DROEMER

RENATE AHRENS

Alles, was folgte

ROMAN

DROEMER

Besuchen Sie uns im Internet:
www.droemer.de

Originalausgabe Mai 2017

Ein Imprint der Verlagsgruppe
Droemer Knaur GmbH & Co. KG, München

Covergestaltung: Sabine Kwauka
Coverabbildung: Shutterstock: Eric Isselée / frog color / M88
Satz: Nadine Clemens, München
Druck und Bindung: CPI books GmbH, Leck
ISBN 978-3-426-28166-6

2 4 5 3 1

Für
Alan

1

Beim Aufwachen denke ich als Erstes an den Hasen. Ich habe versucht, ihm auszuweichen, habe beim Herumreißen des Steuers für den Bruchteil einer Sekunde seine gelben Augen gesehen, dann gab es einen dumpfen Schlag. Der Wagen geriet ins Schleudern, drehte sich einmal um die eigene Achse und kam schließlich auf dem Seitenstreifen zum Stehen, wenige Meter vor einem Brückenpfeiler. Dunkelheit und Stille umfingen mich, und plötzlich begann ich, am ganzen Körper zu zittern. Ich, die bei meinen Einsätzen in Krisen- und Kriegsgebieten nie zittere, nicht einmal damals in Vietnam habe ich gezittert. Wieso sitzt morgens um halb zwei ein Hase mitten auf der Autobahn?

Ich knipse die Nachttischlampe an und greife nach meinen Zigaretten. Ich hätte nicht so spät nach Hamburg zurückfahren dürfen, hätte noch einmal bei Lilo übernachten sollen. Aber ich war hellwach, nachdem ich in ihrem Labor die Filme vom Sturm auf die Stasi-Zentrale entwickelt hatte. Noch während die Negative trockneten, habe ich die besten Bilder ausgewählt, schnell Abzüge gemacht und sie dann mit Lilos Telebildsender an die Agentur gefunkt. Morgen werden meine Fotos in der internationalen Presse erscheinen. Es herrscht Glatteis, hat Lilo mich gewarnt. Doch von so etwas wie Glatteis habe ich mich noch nie abhalten lassen.

Das Rauchen beruhigt mich. Im Rückspiegel war nichts zu erkennen. Was hätte es genützt, auszusteigen und nach dem Hasen zu sehen? Er war tot. Ich werde den Wagen nachher in die Werkstatt bringen und die Delle in der

Stoßstange ausbeulen lassen. Das Blut und die daran klebenden hellbraunen Haare können sie auch dort entfernen. Hoffentlich hat sich durch den Aufprall der Rahmen nicht verzogen. Das muss ebenfalls geprüft werden. Ein paar Hundert Mark wird das Ganze sicherlich kosten. Vielleicht kann ich die Rechnung bei der Versicherung einreichen. Oder hätte ich dafür die Polizei benachrichtigen müssen? Ich drücke meine Zigarette aus. An Polizei war auf der verlassenen Autobahn irgendwo bei Neuruppin nicht zu denken. Nein, ich werde den Schaden selbst tragen müssen.

Gleich halb neun. Ich stehe auf und gehe ins Badezimmer. Aus dem Spiegel schaut mir mein blasses Gesicht entgegen, ich habe Ringe unter den Augen. Kein Wunder, nach knapp fünf Stunden Schlaf. Meine Locken stehen in alle Richtungen ab, ich binde sie mit einem Haargummi zusammen.

In der Küche fällt ein Sonnenstrahl auf meinen alten Eichentisch und taucht ihn in ein warmes Licht. Die Vase mit dem Strauß gelber, gefüllter Tulpen habe ich heute Nacht beim Nachhausekommen gar nicht bemerkt. Lars muss sie dort hingestellt haben. Und jetzt sehe ich auch den Zettel, der zwischen den Blumen steckt: *Schön, daß Du wieder da bist. Ich rufe Dich morgen in meiner Pause an. Kuß, Dein L.* Ich bin nur drei Tage lang weg gewesen. Seit wann gibt es im Januar Tulpen? Die Blüten verströmen einen leichten Duft nach Honig.

Ich fülle Wasser in meinen kleinen Espressokocher und male die Bohnen in der elektrischen Kaffeemühle. Es ist ein Ritual, mit dem ich den Tag am liebsten beginne, völlig unverständlich für Lars, der nichts anderes als grünen Tee trinkt. Wir sind sowieso sehr verschieden, bis auf die Tatsache, dass wir beide allein ein Kind großgezogen haben. Aber er kommt mit seiner pubertierenden Tochter gut zurecht, während das Verhältnis zwischen Thorsten und mir immer schon schwierig war. Am Wochenende in Berlin sind wir wieder schlimm aneinandergeraten.

Ich weiß nicht, wie Lars es schafft, sich durch nichts aus der Ruhe bringen zu lassen. Vielleicht liegt es daran, dass sein Leben eine so klare Struktur hat. Seit dem Ende seines Studiums hat er eine feste Stelle als Bibliothekar an der Uni-Bibliothek, mit geregelten Arbeitszeiten und sechs Wochen Urlaub im Jahr. Abends um neunzehn Uhr steht das Essen auf dem Tisch, sonnabends nachmittags besucht er seinen Vater im elterlichen Reihenhaus in Reinbek, und sonntagmorgens spielt er Tennis mit einem alten Schulfreund. Als Freiberuflerin habe ich nie ein solches Leben führen können und auch nicht führen wollen. Aber ich sehne mich manchmal nach mehr Gelassenheit.

Nachdem ich meinen Wagen in der Werkstatt abgeliefert habe, kaufe ich etwas Obst, Brot, Käse und Joghurt ein und frühstücke ausgiebig. Dabei geht mir wieder der Konflikt mit Thorsten durch den Kopf. Er ist seit Beginn seines Studiums im Oktober nicht mehr nach Hause gekommen, auch zu Weihnachten nicht. Lars war darüber fast noch erschrockener als ich, die schon resigniert hatte. Als es neulich darum ging, dass ich für ein paar Tage nach Berlin fahren wollte, um einige der Veränderungen seit dem 9. November fotografisch zu dokumentieren, ermutigte Lars mich, Thorsten wenigstens Bescheid zu sagen und zu versuchen, mich mit ihm zu verabreden. Ich gab mir einen Ruck, rief mehrmals in seiner Wohngemeinschaft an, bevor ich ihn endlich erreichte. Widerwillig erklärte er sich bereit, mich am Sonntagabend in einer Kneipe in Kreuzberg zu treffen.

Er kam eine halbe Stunde zu spät, und ich sah sofort, wie schlecht gelaunt er war. Meine Fragen zu seinem Geschichts- und Politikstudium, seinen Mitbewohnern und seinem Leben in Berlin in diesen aufregenden Monaten beantwortete er so einsilbig, dass ich mich beherrschen musste, nicht aus der Haut zu fahren. Irgendwann verfiel ich in Schweigen.

Thorsten blickte mich kein einziges Mal an, sondern spielte mit einem Stapel Bierdeckel. Er baute Häuser, so wie er es schon als Kind getan hat. Wenn sie eine gewisse Höhe erreicht haben, lässt er sie einstürzen.

Ich holte tief Luft. »Hör mal, kannst du nicht wenigstens …«

»Wieso tust du so, als ob du dich für mich interessieren würdest?«, unterbrach er mich. »Dir war doch dein Beruf immer wichtiger als ich.«

»Das ist nicht wahr.«

»Wenn es Oma nicht gegeben hätte, wäre ich garantiert in einem Internat gelandet.«

»Vielleicht«, antwortete ich so ruhig wie möglich. »Aber was hätte ich machen sollen? Ich musste Geld verdienen. Und dazu gehört in meinem Beruf nun mal das Reisen. Von deinem Vater, diesem arbeitslosen Musiker, war keine finanzielle Unterstützung zu erwarten.«

»Lass Lothar aus dem Spiel.«

»Das sagst du so einfach. Du hast keine Ahnung, wie schwierig die Situation für mich war.«

»Du hast immer gut verdient.«

»Das stimmt nicht. Als du klein warst, gab es Zeiten, in denen wir gerade genug zum Leben hatten. Aber was mir wirklich Kopfzerbrechen bereitete, war das Verhalten deines Vaters.«

»Habe ich nicht gerade gesagt, dass ich nicht über Lothar sprechen will?«

»In den ersten Jahren besuchte er dich noch alle paar

Wochen«, fuhr ich mit lauter Stimme fort. »Aber dann verschwand er von einem Tag auf den anderen in die USA, und du fragtest mich ständig, warum er nicht mehr zu uns käme. Wie sollte ich dir erklären, dass er sich entschieden hatte, ein Leben ohne seinen Sohn zu führen?«

»Schrei nicht so. Ich bin nicht taub.«

Thorsten baute ein neues Kartenhaus, während ich die Fäuste ballte. Wieso gelang es meinem Sohn immer wieder, mich so zu provozieren?

»Ich wiederhole es noch einmal«, sagte er, ohne seinen Blick von den Bierdeckeln abzuwenden. »Hier geht es nicht um Lothar, hier geht es um dich. Versuch nicht, dich als Mutter aufzuspielen.«

»Was heißt hier ›mich als Mutter aufzuspielen‹? Ich bin deine Mutter.«

»Ich brauche keine Mutter. Ich habe achtzehn Jahre lang eine Oma gehabt, die wie eine Mutter für mich war.«

»Oma ist seit zwei Jahren tot.«

Thorsten presste die Lippen zusammen.

»Ich weiß, wie sehr du sie vermisst, aber wir müssen uns irgendwie zusammenraufen.«

»Wieso?«

Darauf fiel mir keine Antwort ein.

Ein paar Minuten später stand Thorsten auf und ging, ohne ein weiteres Wort. Ich versuchte nicht, ihn aufzuhalten.

Ursprünglich wollte ich noch am selben Abend nach Hamburg zurückfahren, aber dann hörte ich den Kneipenwirt sagen, dass Vertreter der Bürgerrechtsbewegung für den nächsten Tag um siebzehn Uhr eine Demonstration vor der Stasi-Zentrale in der Normannenstraße angekündigt hätten. Da rief ich Lilo an und fragte sie, ob ich eine weitere Nacht bei ihr schlafen könne.

Hätte ich ohne die Auseinandersetzung mit Thorsten rechtzeitig von der Demonstration erfahren? Vermutlich nicht. Ich schiebe den Gedanken beiseite; die beiden Dinge haben nichts miteinander zu tun. Ich habe Glück gehabt, wie so oft in meinem Beruf. Die vielen vor der Stasi-Zentrale anwesenden Fotografen und Kameraleute waren von ihren Redaktionen beauftragt worden, Bilder zu liefern. Ich dagegen arbeite nicht im Tagesjournalismus, niemand erteilt mir konkrete Aufträge, irgendwo hinzufahren und zu fotografieren. Aber wenn mir starke Bilder gelingen, erreiche ich damit eine internationale Öffentlichkeit.

Ich gehe in mein Arbeitszimmer hinüber, räume den Schreibtisch leer und breite die Fotos vor mir aus: Eine Menschenmenge, die durch die Öffnung des Eingangstores zum geheimen Zentrum der Macht der DDR drängt, ein paar hilflos dreinblickende Mitarbeiter der Stasi, die niemanden aufhalten, Demonstranten, die sich ungläubig durch die Flure des Gebäudes schieben, Türen zu Büroräumen öffnen, Unterlagen durchwühlen und andere, die Möbel und Akten aus den Fenstern werfen.

Perfekt, stand im Fax der Agentur. *European Pressphoto Agency. EPA.*

Ich hoffe, du weißt, wie gut du es hast, dass du für die arbeiten kannst, meinte Lilo und grinste. Manchmal vergesse ich es, sagte ich und nahm sie in die Arme.

Klingelt das Telefon schon länger? Auf dem Weg ins Wohnzimmer stolpere ich beinahe über meine Stiefel. Ich greife nach dem Hörer, es ist Lars. Er hat es bereits ein paarmal versucht.

»Tut mir leid. Ich war so in meine Fotos vertieft, dass ich nichts gehört habe.«

»Und ich hatte schon Angst, dass dir etwas passiert sei.

Gestern Abend hat es mehrere Unfälle gegeben, auch auf der Autobahn von Berlin nach Hamburg.«

»Habe ich nichts von mitbekommen. Ich bin aber auch erst um kurz vor halb eins in Berlin gestartet.«

»Bei dem Glatteis? Du hattest mir doch versprochen, nicht mehr so unvernünftig zu sein.«

»Es war eine Ausnahme.« Die Geschichte von dem toten Hasen werde ich für mich behalten. »Hast du von dem Sturm auf die Stasi-Zentrale gehört?«

»Ja, natürlich. Das war die erste Meldung in den Nachrichten.«

»Ich habe dort fotografiert, dann bei Lilo die Filme entwickelt und die Bilder an die Agentur gefunkt. Deshalb konnte ich nicht früher losfahren.«

»Du hattest also mal wieder den richtigen Riecher.«

»Es war purer Zufall. Ich erzähl's dir heute Abend. Wann kommst du?«

»Gegen neun.«

»So spät?«

»Ich muss Andrea vom Handballtraining abholen und dann noch für eine Mathearbeit mit ihr üben.«

»Ah, ja.«

»Wie war's mit Thorsten?«

»Nicht gut.«

»Oh, und ich hatte so gehofft, dass sich die Situation etwas entspannt hätte.«

»Im Gegenteil.«

»Dann hätte ich dich wohl besser nicht zu dem Treffen mit ihm überredet.«

»Doch, aber das Ganze ist ziemlich verfahren … vielen Dank übrigens für die schönen Tulpen.«

»Sie duften gut, oder?«

»Ja.«

»Ich freue mich auf heute Abend.«

»Ich mich auch.«

Ich habe mir gerade noch einen Espresso gekocht, als es an der Tür klingelt.

»Wer ist da?«, rufe ich in die Sprechanlage.

»Die Post. Ich habe ein Einschreiben für Katharina Elbracht.«

»Bitte in den dritten Stock.«

Ich erwarte kein Einschreiben.

Der Postbote überreicht mir einen wattierten Umschlag und lässt sich den Empfang quittieren. Ich schaue auf den Absender.

Manfred Thiele
Kollwitzstraße 84
DDR – 1020 Berlin

Ich habe nie von einem Manfred Thiele gehört. Und ich kenne niemanden in Ostberlin. Vor dem 9. November war ich nur selten in der DDR. Es hat mich immer in die Ferne gezogen.

In dem Umschlag befinden sich ein Brief von Manfred Thiele und ein mit einem blauen Geschenkband umwickeltes Bündel Briefe auf hellblauem Papier. Manfred Thiele schreibt mir, dass er nach dem Fall der Mauer in einem Westberliner Postamt meine Hamburger Adresse in Erfahrung gebracht hätte und mir nun beiliegende Briefe schicke, die Maria Elbracht in den Jahren 1946 bis 1947 seiner 1975 verstorbenen Mutter geschrieben hätte und die vielleicht für mich von Interesse seien.

Ich weiß, dass Mutters Schwester Ingrid in der DDR lebte. Sie hat mir irgendwann erzählt, dass sie keinen Kontakt mehr zu ihr hätte, weil Ingrids Mann, ein SED-Bonze, dies nicht wünschte.

Ich zünde mir eine Zigarette an. Warum bin ich auf einmal so nervös? Ich lege das Bündel Briefe vor mich auf den Wohnzimmertisch und überlege einen Moment lang, ob ich es an Manfred Thiele zurückschicken soll. Mutter ist tot. Ich kann das, was sie damals an ihre Schwester geschrieben hat, nicht mehr mit ihr besprechen. Habe ich überhaupt das Recht, Briefe zu lesen, die nicht an mich gerichtet sind? Mutter war immer so diskret. Und sie hat so viel durchgemacht. Über die Vergangenheit und vor allem über den Krieg wollte sie nie sprechen. Von Vater habe ich eines Tages erfahren, dass die Großeltern 1943 im Feuersturm ums Leben gekommen sind. Für deine Mutter ist die Erinnerung daran unendlich schmerzhaft, sagte er. Sie ist damals fast wahnsinnig geworden. Ihre Eltern sind im Luftschutzkeller verbrannt, sie hat sie nicht einmal beerdigen können. Frag sie nicht danach. Habe ich deshalb dieses Thema immer gemieden? Und auch nie von Mutter wissen wollen, ob sie als junge Frau für oder gegen die Nazis war. Was sie von der Verfolgung der Juden mitbekommen hat. Ob sie wusste, was in den Konzentrationslagern geschah. Vater starb 1954 an den Folgen seiner Kriegsverletzungen, und danach war niemand mehr da, der mir meine Fragen hätte beantworten können. Mutter hat jahrelang Trauer getragen. Sie ist über den Verlust ihrer Eltern und ihres Mannes nie hinweggekommen. Das einzig Tröstliche für sie war die Tatsache, dass sie sich um Thorsten kümmern konnte. Ohne meinen Enkel wäre ich schon längst im Grab, pflegte sie zu sagen.

Ich überfliege noch einmal die Zeilen von Manfred Thiele. Warum glaubt er, dass diese Briefe aus der unmittelbaren Nachkriegszeit für mich von Interesse sind? Ich bin im Juli 1945 zur Welt gekommen und habe nie Kontakt zu meiner Tante gehabt.

Meine Neugier wächst. Diese Tante hat im anderen Deutschland gelebt, in dem Staat, über den wir jetzt jeden Tag Neues erfahren. Und Manfred Thiele ist immerhin mein Vetter. Vorsichtig löse ich das blaue Geschenkband und falte den ersten Brief auseinander.

Hamburg, den 20. Januar 1946

Liebe Ingrid!

Nun bist Du schon seit einer Woche in Berlin. Wie geht es Dir? Versorgt Ernst Dich auch gut? Vermißt Du uns?

Katharina wächst und gedeiht. Heute hat sie zum ersten Mal versucht zu krabbeln.

Stell Dir vor, Johannes ist vor zwei Tagen aus der Gefangenschaft nach Hause gekommen. Wir sind überglücklich, auch wenn er noch sehr geschwächt ist und seine Kriegsverletzung ihm zu schaffen macht (er hat seinen linken Arm verloren). Aber Du weißt ja, wie er ist: Er läßt sich nicht unterkriegen. »Zum Glück bin ich Rechtshänder«, sagt er und lacht.

Johannes war natürlich hocherfreut, Katharina zu sehen und hat sie sofort in sein Herz geschlossen.

Liebste Ingrid, ich weiß, in was für einem tiefen Konflikt Du steckst. Ernst bietet Dir ein Dach über dem Kopf und finanzielle Sicherheit, was in diesen schwierigen Zeiten sehr viel bedeutet. Hast Du noch einmal mit ihm über alles gesprochen? Bleibt er dabei, daß er Dich nur ohne das Kind will?

In meinen Ohren beginnt es zu rauschen. Nur ohne das Kind? Das Kind? Das bin ich. Soll das heißen, dass diese Ingrid … Nein. Nein, das kann nicht sein.

Ich springe auf und laufe durch die Wohnung. Hin und her, und hin und her. In der Küche schließe ich die Augen. Ohne das Kind. Ist das alles nur ein schlechter Traum? Nein. Ich spüre, wie Übelkeit in mir aufsteigt. Warum bin ich meiner inneren Stimme nicht gefolgt und habe die Briefe zurückgeschickt? Ich öffne die Augen und starre auf die gelben Tulpen. Jetzt wird es immer ein Vorher und ein Nachher geben.

Ich gehe langsam zurück ins Wohnzimmer und zwinge mich weiterzulesen.

Wenn es die Dinge für Dich erleichtern würde, können wir die Kleine gerne ganz zu uns nehmen. Es wäre uns eine große Freude, Deine Tochter aufzuziehen. Du weißt, wie sehr wir uns seit Jahren ein Kind wünschen. Wir würden alles in unseren Kräften Stehende tun, um Katharina zu beschützen, sie glücklich zu machen und ihr eine gute Erziehung zukommen zu lassen.

Ich schlage mit den Fäusten auf den Tisch. Vierundvierzig Jahre und sechs Monate lang habe ich mit der Vorstellung gelebt, dass Maria und Johannes Elbracht meine leiblichen Eltern sind, und das soll jetzt plötzlich eine Lüge sein? Erlaubt sich dieser Manfred Thiele einen üblen Scherz? Ist er einer dieser verbitterten DDR-Bürger, der es einem Westler mal ordentlich heimzahlen will?

Ich gerate immer mehr in Rage, dabei weiß ich doch: Das ist Mutters Schrift. Es hat keinen Sinn, mich über Manfred Thiele zu ereifern.

Du bist noch so jung und hast schon so viel Kummer und Leid erfahren müssen. Letztlich ist es doch ein großes Glück, daß Du dem so viel älteren Ernst begegnet

bist, der Dich liebt und beschützt und für Dich sorgen will. Was ich damit sagen möchte, ist, daß Du kein schlechtes Gewissen zu haben brauchst, wenn Du Dich entscheidest, Katharina bei uns zu lassen. Niemand wird Dir deshalb einen Vorwurf machen. Es sind schwere Zeiten, und Du wünschst Dir nur das Beste für Dein Kind.
Ich will Dich nicht drängen. Laß Dir also alles in Ruhe durch den Kopf gehen.
Es grüßt Dich von Herzen und umarmt Dich
Deine Dich liebende Schwester Maria
P.S. Ganz herzliche Grüße auch von Johannes

Im Februar 1946 geht es bereits um die Adoption, die ohne Probleme bewilligt wird, weil es sich bei Maria um die Tante des Säuglings handelt, und der Staat es begrüßt, wenn Kinder von Familienmitgliedern aufgezogen werden, gerade in einem Fall wie diesem, wo die leibliche Mutter minderjährig und der Vater unbekannt ist.

Vater unbekannt? Ich schlucke. Hat Ingrid sich eine Nacht lang mit jemandem vergnügt, den sie nie wiedergesehen hat? Oder ist sie … Das Blut schießt mir in den Kopf. Ist sie vergewaltigt worden?

Im Juli steht der Umzug nach Ostwestfalen bevor. Johannes hat in seiner Geburtsstadt Herford eine Stelle gefunden.

In Herford wird niemand erfahren, daß wir nicht Katharinas leibliche Eltern sind. Und sie ist noch so klein, daß sie sich an nichts erinnern wird.

Natürlich habe ich mich an nichts erinnert, aber schon als kleines Kind hatte ich manchmal ein seltsames Gefühl, das ich mir nicht erklären konnte. Wenn meine Eltern etwas sagten und mich dabei nicht ansehen konnten. Oder wenn plötzlich ein beklemmendes Schweigen bei Tisch entstand. Oder wenn sie abrupt das Thema wechselten.

Mama und Papa löffeln ihre Linsensuppe. Ich bin sieben. Heute hat unsere Lehrerin Anjas schöne, dunkle Haare bewundert, verkünde ich und rühre in meiner Suppe. Und da hat Anja gesagt: Die habe ich von meinem Vater. Na, so was, murmelt Papa. Und von wem habe ich meine blonden Locken? Mama und Papa schauen sich kurz an, dann senken sie die Augen. Von deiner Mama, antwortet Papa. Aber Mamas Haare sind braun, sage ich, und Locken hat sie nur, weil sie beim Friseur eine Dauerwelle bekommt. Früher waren Mamas Haare auch blond, sagt Papa unwirsch, und die Locken verlieren sich, wenn man älter wird. Das stimmt nicht, protestiere ich. Unser Musiklehrer ist schon alt, und er hat weiße, lockige Haare. Schluss jetzt, ruft Mama und holt den Schokoladenpudding, obwohl ich meine Linsensuppe noch gar nicht aufgegessen habe und es sonst erst Nachtisch gibt, wenn alle Teller leer sind.

Ich weiß genau, dass es dieses kurze Zögern gab. Habe ich damals zum ersten Mal gespürt, dass bei uns etwas nicht stimmt?

Der letzte Brief datiert vom März 1947:

Es fällt mir sehr schwer, Dir nicht mehr zu schreiben, aber wenn Ernst es von Dir verlangt, werde ich mich daran halten. Paß gut auf Dich auf, liebe Ingrid. Und vergiß eines nicht: Wenn Du jemals wieder Hilfe brauchen solltest, bin ich immer für Dich da.
Es umarmt und küßt Dich

Deine Schwester Maria
P. S. Denkst Du manchmal noch an Katharinas Vater? Oskar war so ein feiner Mensch.

Ich lehne mich zurück. So unbekannt ist der Vater also nicht. Mein Vater. Oskar.

Warum hat Ingrid darauf verzichtet, den Behörden zu sagen, wer der Vater ihres Kindes war? Wollte Oskar das Kind nicht? Oder hat er die Vaterschaft abgestritten? Aber dann stünde da nicht, *Oskar war so ein feiner Mensch.* Vielleicht war er verheiratet.

Ich gehe an den Aktenschrank und suche meine Geburtsurkunde heraus. Dort sind Maria und Johannes Elbracht als meine Eltern eingetragen.

Vor vielen Jahren habe ich irgendwo gelesen, dass Adoptivkinder neue Geburtsurkunden bekommen, in denen nur die Namen der Adoptiveltern verzeichnet sind. Aus der Geburtsurkunde ist somit nicht zu ersehen, dass es sich um ein adoptiertes Kind handelt. Und rechtlich sind diese Adoptivkinder nicht mehr mit ihrer Herkunftsfamilie verwandt.

Ich falte die Briefe wieder zusammen und stecke sie zurück in den Umschlag.

Ich werde niemandem erzählen, was ich heute erfahren habe.

Ich werde weiterleben wie bisher.

2

Oskar steht am Küchenfenster und schaut zu den kahlen, braunen Hügeln hinüber. Wolken sind aufgezogen, bald wird es anfangen zu regnen. Soll er sich trotzdem auf den Weg machen? Wenn er Glück hat, ist es nur ein Sprühregen, *a soft rain,* wie die Iren sagen, und kein heftiger Schauer wie gestern, als er völlig durchnässt nach Hause kam. Fünf Stunden vorher war er bei strahlender Sonne zu einer Wanderung aufgebrochen und hatte geglaubt, er würde seine Regenjacke nicht brauchen. Dabei lebt er jetzt seit anderthalb Jahren hier und müsste wissen, dass sich das irische Wetter ständig ändert. Was sagte Frau Dr. Mende an seinem letzten Tag in der Schule zu ihm? Wollen Sie wirklich für immer auf die grüne Insel ziehen? Da regnet es doch ständig. Die Insel ist gar nicht so grün, wie Sie denken, entgegnete er ihr. Und es regnet zwar viel, aber nie lange; dafür ist es viel zu windig. Kein Vergleich mit dem Hamburger Dauerregen und dem Dauergrau im Winter. Ich würde eher in den Süden auswandern, meinte sie und schaute ihn besorgt an. Sonne und Wärme sind gut fürs Gemüt. Mein Gemüt mag es nicht so heiß, antwortete er. Aber es mag das irische Licht.

Als ob das Wetter ihm recht geben will, reißt in diesem Moment die Wolkendecke auf. Die Sonne kommt heraus und lässt die Hügel goldgelb schimmern. Oskar hört den Ruf eines Greifvogels, und dann entdeckt er ihn, hoch oben über dem Bach schwebend. Ein Turmfalke. Er holt sein Fernglas aus dem Schrank und beobachtet den Vogel, der in der Luft stillzustehen scheint. Deutlich sieht er den breit gefächerten, etwas nach unten geknickten Schwanz, die gelben Beine und die helle, nur leicht gesprenkelte Unterseite. Ein Männchen. Gleich wird es zum Sturzflug ansetzen und eine Wühlmaus, einen kleinen Vogel, einen Käfer oder einen Regenwurm erbeuten.

Er lässt das Fernglas sinken. Noch immer schwebt der Turmfalke an derselben Stelle. Ist seine Beute entkommen? Nein. Plötzlich stürzt er senkrecht herab und verschwindet im Gestrüpp am Ufer des Baches.

Oskar atmet langsam aus. Seit seinen Kindertagen, seitdem Vater auf ihren Wanderungen in den Alpen seinem Bruder Eduard und ihm Steinadler, Mäusebussarde, Habichte, Sperber und Turmfalken gezeigt hat und ihnen damals erklärte, welche Jagdgewohnheiten sie haben, wie sich das Gefieder von Männchen und Weibchen unterscheidet, wo sie brüten und wie sie ihre Jungen aufziehen, klopft sein Herz, wenn er einen Greifvogel am Himmel entdeckt.

Der Wind ist stärker geworden, er wird die Wolken vertreiben. Oskar beschließt, ein paar Käsebrote, zwei Äpfel und eine Flasche Wasser einzupacken und sich auf den Weg zu machen.

Von seinem alten, weiß gestrichenen Cottage bis zum Fuße des Berges braucht er nicht länger als zehn Minuten. Ist es Ihnen nicht zu einsam dort?, fragte Mrs. Donovan, die Besitzerin des Bed & Breakfast, in dem er wohnte, als er auf Haussuche war. Ziehen Sie doch in einen der schönen, modernen Bungalows mitten in Enniskerry. Da haben Sie alle Läden gleich um die Ecke. Und bis zur Kirche und zur Kneipe ist es auch nicht weit. Je einsamer, desto besser, lautete seine Antwort. Sie wissen nicht, was im Winter hier auf Sie zukommen kann, murmelte Mrs. Donovan, und wir werden alle nicht jünger. Ich habe Schneeketten, falls Sie das meinen. Da seufzte sie nur und verließ kopfschüttelnd das Frühstückszimmer.

Bei der ersten Steigung spürt Oskar, dass er nicht genug Luft bekommt. Vor ein paar Wochen war er schon einmal so kurzatmig. Und seit dem Aufwachen hat er wieder diese seltsamen Schmerzen im Hinterkopf. Passen Sie auf Ihren Blutdruck auf, lautete die Warnung von Dr. Schröder, als er in der Woche vor seinem Weggang aus Hamburg zum letzten Mal bei ihm war. Er ist viel zu hoch. Sie müssen sich in Irland möglichst schnell einen Arzt suchen, der Ihre Werte regelmäßig kontrolliert und Ihnen Ihre Tabletten verschreibt. Oskar nickte, obwohl er genau wusste, dass er in den Wicklow Mountains bestimmt nicht sofort zum Arzt gehen würde. Wenn der Schulstress erst einmal vorbei wäre, er den Umzug geschafft hätte und jeden Tag wandern könnte, würde sich der Blutdruck von selbst regulieren. Sie halten seit Jahren Ihr Gewicht und wirken sehr fit, sagte Dr. Schröder. Nur Ihre Gesichtsfarbe verrät dem Spezialisten, dass Sie ein Kandidat für einen Schlaganfall sind. Oskar fährt sich mit der Hand über die Stirn. Ärzte können sich auch irren.

In jenen Julitagen vor anderthalb Jahren schien die Sonne, es war warm, und abends wurde es nie vor zehn Uhr dunkel. Oskar war bisher meistens im Frühjahr oder im Herbst in Irland gewesen. Zwanzig Jahre lang hatte er Schulklassen in den Ferien nach Dublin begleitet und versucht, sie für das Land und seine Menschen zu begeistern. Manchmal war es ihm gelungen, manchmal nicht. Er kannte die ganze Insel, aber es zog ihn immer wieder in die Wicklow Mountains. Wenige Wochen vor seiner Pensionierung wurde ihm auf einmal bewusst, wie sehr er sich nach dieser Landschaft, nach der Ruhe und der Einsamkeit sehnte und dass es nichts gab, was ihn nach dem Ende seiner Lehrertätigkeit in Hamburg halten würde. Ans Auswandern knüpfte er die Hoffnung, fernab von seiner gewohnten Umgebung ein neues Leben beginnen zu können.

Oskar bleibt stehen und schaut ins Tal. Er hat nicht damit gerechnet, dass er in diesem neuen Leben immer häufiger von Erinnerungen an eine Zeit heimgesucht würde, von der er geglaubt hatte, sie endgültig hinter sich gelassen zu haben.

Am Jungfernstieg steigt er aus der Straßenbahn. Das Schneetreiben nimmt ihm die Sicht, doch den Weg zum Alsterpavillon würde er auch blind finden, so oft war er schon dort. Eigentlich müsste er jetzt fürs mündliche Abitur büffeln, das in der übernächsten Woche ansteht, aber er hat beschlossen, dass ihm ein paar Stunden Swing-Tanzen guttun werden. Vater hat er gesagt, dass er mit seinen Freunden Erich und Heinz für die Griechischprüfung lernen wolle. Wenn er wüsste, dass sein Sohn Swing tanzt, würde er ihm sofort eine Standpauke halten. Wie kannst du moralisch so tief sinken, dass du mit diesem verruchten Gesindel zur Musik unserer Feinde tanzt! Wenn du bei einer Razzia durch die Gestapo verhaftet wirst, geschieht dir das ganz recht. Swing-Tanzen ist nicht offiziell verboten, aber Oskar weiß, dass Swing-Tänzer schon in Arbeitslagern gelandet sind, weil sie als aufrührerisch gelten. Trotzdem lässt er sich davon nicht einschüchtern. Da können die Nazis die Swing-Musik noch so sehr verteufeln, für ihn ist es die einzig wahre Musik. Beim Swing-Tanzen kann er alles vergessen: die Schule, die Hitler-Jugend, den Krieg. Und das Gute ist: Die Leute, die hierherkommen, wollen mit den braunen Schreihälsen auch nichts zu tun haben. Vater darf die Kleidung, die sie als Swing-Boys tragen, natürlich nicht sehen; deshalb bewahrt Oskar seinen langen Mantel, den Hut, den weißen Schal und den Regenschirm im Keller auf und schleicht immer erst dann aus dem Haus, wenn er sicher ist, dass Vater in seiner Kanzlei arbeitet oder zu Hause am Schreibtisch sitzt und Akten studiert. Eduard weiß von Oskars Swing-Leidenschaft. Bei seinem letzten Fronturlaub hat er ihn im Keller erwischt. Aber er hat ihm versprochen zu schweigen. Und Oskar musste ihm versprechen, mit niemandem über das zu reden, was Eduard ihm von seinen Erlebnissen an der Ostfront erzählt hat. Dass er massenhafte Erschießungen von Juden mit angesehen habe.

»Für den Fall, dass sie mich zwingen wollen, so etwas zu tun, bringe ich mich um«, sagte Eduard.

Oskar wird schwindelig, wenn er daran denkt.

»Weißt du noch, wie es angefangen hat?« In Eduards Gesicht zuckte es. »Erst gab es Verbote, in jüdischen Geschäften zu kaufen, Juden verloren ihre Arbeitsstellen und ihre Wohnungen, und dann kam die Kristallnacht. Seit Herbst letzten Jahres werden Juden in den Osten deportiert. Du kennst doch den Platz an der Moorweidenstraße. Da ist der Sammelpunkt.«

»Ich weiß«, sagte Oskar. Anfang Dezember hat er von der S-Bahn aus die vielen Menschen dort stehen sehen. Das Bild lässt ihn seitdem nicht mehr los. Als er Vater davon berichtete, meinte der nur, dass im Osten Arbeitskräfte gebraucht würden.

»Aber es waren auch kleine Kinder dabei«, wandte Oskar ein.

Vater schaute ihn fassungslos an. »Na, sollen sie die etwa hier zurücklassen? Sie würden nur dem deutschen Staat auf der Tasche liegen.«

Oskar öffnet die Tür zum Alsterpavillon, hört den Swing und versucht, auf andere Gedanken zu kommen.

Er hält nach Erich und Heinz Ausschau und entdeckt sie auf der Tanzfläche, zusammen mit ihren Freundinnen Helene und Margot, beide in kurzen Röcken und mit hochgesteckten Haaren. Sie haben sich geschminkt und heißen hier Helen und Margo, weil sie sich, wie viele der Swing-Boys und -Girls, mit englischen Vornamen ansprechen. Erich und Heinz nennen sich Eric und Henry. Oskar hat sich darauf beschränkt, aus dem ›K‹ in seinem Namen ein ›C‹ zu machen.

»Swing Heil!«, rufen die vier ihm zu und winken.

Er winkt zurück. In der letzten Woche hat er mit einem Swing-Girl getanzt, das sich Lucy nannte und dessen richtigen Namen er nicht kennt. Doch Lucy scheint heute nicht da zu sein.

Während er sich noch nach ihr umschaut, betritt eine Gruppe von jungen Leuten den Alsterpavillon, darunter ein Mädchen mit hellblonden, lockigen Haaren, das Oskar hier noch nie gesehen hat. Es trägt eine Matrosenhose und hat sich die Lippen lila angemalt. Neugierig blickt es sich um und kann es offenbar kaum erwarten, mit dem Tanzen zu beginnen. Es greift nach der Hand eines der Jungen aus der Gruppe. In seinem karierten Sakko und mit der Zigarette im Mundwinkel wirkt er sehr lässig. Er drückt seine Zigarette aus, und gemeinsam stürzen sie sich auf die Tanzfläche. Sie tanzen gut, sehr gut sogar.

Oskar spürt einen kleinen Stich, als er sieht, wie vertraut die beiden miteinander sind. Doch dann tanzt das Matrosenmädchen nacheinander auch mit den anderen Jungen aus der Gruppe. Alle sind begeisterte Swing-Tänzer, aber keiner tanzt so ausgelassen wie das Mädchen. Ab und zu fährt es sich durch seine dichten, blonden Locken. Das ist keine Dauerwelle, wie viele Swing-Girls sie haben, diese Locken sind echt.

»Oscar, was ist los mit dir?«, hört er Erich in dem Moment hinter sich sagen.

Er dreht sich um. »Wieso?«

Jetzt taucht auch Heinz neben ihm auf und gibt ihm einen Knuff. »Warum tanzt du nicht? Denkst du etwa an die Griechischprüfung?«

»Nein«, murmelt Oskar.

»Und warum guckst du so ernst?«

»Ich war gerade in Gedanken.«

Die beiden schütteln den Kopf und kehren zu ihren Swing-Girls zurück, die kichernd in einer Ecke stehen und ihre Lippen nachziehen. Wo ist das Matrosenmädchen? Oskars Herz schlägt schneller. Ist es schon wieder weg? Nein, die Gruppe macht eine Pause. Das Mädchen lehnt neben dem Sakko-Boy am Tresen und zieht gerade an seiner Zigarette. Vielleicht sind die beiden doch ein Paar, überlegt Oskar. Und wenn schon. Mehr als Nein sagen kann sie nicht.

Langsam geht er auf das Mädchen zu. »Tanzt du mal mit mir?«, fragt er schüchtern und viel zu leise.

Es schaut ihn überrascht an. »Ja, gerne.«

Der Sakko-Boy grinst, er scheint nichts dagegen zu haben.

»Ich heiße Oscar«, sagt er auf dem Weg zur Tanzfläche. »Und du?«

»Ingrid.« Dabei rollt sie das ›R‹, als sei es ein englischer Name.

Sie fangen an zu tanzen. Ingrids Hand ist schmal, aber sie hat einen festen Griff. Schon bald vergisst Oskar alles um sich herum. Er hat es noch nie zuvor erlebt, dass er mit jemandem sofort den gleichen Rhythmus findet und sie ohne Worte auch die schwierigsten Drehungen schaffen. Es ist, als würden Ingrid und er seit Jahren zusammen tanzen. Sie scheint überhaupt nicht müde zu werden.

»Ich kenne niemanden, der so gut Swing tanzt wie du«, sagt er, als sie sich später bei einem Bier gegenübersitzen. »Wo hast du das gelernt?«

»Meine Freundin Elisabeth hat es mir beigebracht. Die tanzt noch besser als ich, aber ihre Eltern haben ihr verboten auszugehen, weil sie in der Schule so schlecht geworden ist.«

»Und wo übt ihr?«

»Elisabeths Eltern haben ein eigenes Haus mit einem schallisolierten Keller, nicht weit von mir entfernt, in Barmbek. Dort brauchen wir keine Angst zu haben, dass uns jemand hört. Seit einem Jahr üben wir jeden Tag.« Sie lächelt ihn verschmitzt an.

Erst jetzt bemerkt Oskar das Grübchen an ihrem Kinn. »Wie alt bist du?«

»Fünfzehn, und du?«

»Neunzehn.«

»Gehst du noch zur Schule?«

Er nickt. »Aber nicht mehr lange. Ich stecke mitten im Abitur. Und danach werde ich bestimmt sofort eingezogen.«

Ihr Lächeln verschwindet. »Wann ist das?«

»Wahrscheinlich in sechs Wochen, direkt nach Ostern.«

Ingrid seufzt. »Mein Bruder ist seit September '39 an der Front.«

»Meiner auch.«

»Wir haben schon länger nichts von Gustav gehört. Meine Mutter weint jeden Abend.«

»Eduard hatte neulich Fronturlaub …«

»Hat er was erzählt, wie es ihm ergangen ist?«

Oskar wischt sich über die Stirn. »Ich …«

»Du darfst nicht darüber reden.«

»Nein. Er schreit nachts im Traum.«

Sie verfallen in Schweigen.

»Wenn nur der blöde Krieg nicht wäre und die Schweine einem das Leben nicht so schwer machen würden«, sagt Ingrid nach einer Weile.

»Nicht so laut«, murmelt Oskar.

»Am liebsten würde ich nach England auswandern«, flüstert sie. »Aber über so was kann ich mit meinen Eltern nicht sprechen, und sie dürfen natürlich auch nicht wissen, dass ich Swing tanze.«

»Mein Vater weiß es auch nicht.«

»Und deine Mutter?«

»Die ist schon lange tot.«

»Oh.« Ingrid schaut ihn erschrocken an.

»Ich war sieben, als sie starb.«

»Woran?«

»Tuberkulose.«

»Das tut mir leid.« Ingrid berührt kurz seine Hand, dann schaut sie zum Fenster hinaus.

Es schneit noch immer.

»Meine Schwester Maria weiß, dass ich Swing tanze«, sagt sie nach einer Weile. »Sie ist zwanzig Jahre älter und schon lange verheiratet. Jedes Mal, wenn sie mich sieht, warnt sie mich vor der Gestapo.«

»Hier passt der Bandleader auf. Er sitzt etwas erhöht, und sobald jemand von der Gestapo durch die Tür kommt, spielt er einen Trommelwirbel, und dann erklingt ein harmloser Walzer.«

Ingrid strahlt. »So tricksen wir sie aus.«

»Ja … mal sehen, wie lange das noch gut geht.«

An diesem Tag haben sie Glück, die Gestapo taucht nicht auf.

Oskar begleitet Ingrid bis nach Barmbek. Es hat aufgehört zu schneien. Sie stapfen durch die dichte Schneedecke, die alle Geräusche verschluckt.

An einer Straßenecke bleibt Ingrid plötzlich stehen. »Weiter kannst du nicht mitkommen«, sagt sie leise. »Meine Eltern dürfen dich nicht sehen.«

»Wann treffen wir uns wieder?«, fragt er. »Am nächsten Sonntag im Alsterpavillon?«

Sie nickt.

Er würde sie gerne küssen, doch da läuft sie schon weiter, ohne sich umzuschauen, und verschwindet in einem der Mietshäuser, die alle gleich aussehen.

Oskar blickt in den wolkenverhangenen Himmel. Fast achtundvierzig Jahre sind seitdem vergangen. Er wünschte, er könnte diesen Tag im Februar 1942 und alles, was dann folgte, vergessen. Aber es gelingt ihm nicht.

3

Zwanzig vor neun. Lars wird bald hier sein.

Vor mir auf dem Wohnzimmertisch liegen die Briefe. Zwei Stunden lang habe ich es geschafft, sie nicht anzurühren. Dann habe ich sie wieder und wieder gelesen. Jetzt bin ich erschöpft.

Auf einmal sehne ich mich danach, mit Thorsten zu sprechen. Soll ich versuchen, ihn anzurufen? Seit seinem abrupten Aufbruch aus der Kneipe haben wir nichts mehr voneinander gehört.

Zögernd wähle ich seine Nummer. Ich lasse es neun- oder zehnmal klingeln und will gerade auflegen, als sich ein mir unbekannter Sven Schubert meldet.

»Hier ist Katharina Elbracht. Ist Thorsten zu Hause?«

»Nein.«

»Wissen Sie, wann er zurückkommt?«

»Keine Ahnung.«

»Wären Sie so nett und würden ihm ausrichten, dass ich angerufen habe?«

»Okay.«

»Ich würde mich freuen, wenn er mich noch heute zurückrufen könnte.«

»Kann sein, dass es zwei oder drei Uhr wird. Vielleicht kommt er auch gar nicht.«

Wo treibt er sich denn mitten in der Woche so lange herum?, liegt es mir auf der Zunge zu fragen.

»Das macht nichts«, sage ich stattdessen. »Es … ist dringend.«

»Ich schreib's ihm auf.«

»Danke.«

Warum habe ich gesagt, dass es dringend sei? Muss Thorsten wirklich erfahren, dass Maria uns all die Jahre belogen hat und sie nicht seine Großmutter, sondern nur eine Großtante war? Will ich mich damit bei ihm einschmeicheln? Er wird mir antworten, dass ihm das völlig gleichgültig sei und er sich das Andenken an seine geliebte Oma dadurch nicht beschmutzen lasse.

Ich höre, wie die Wohnungstür aufgeschlossen wird, und lege schnell die Briefe in meinen Aktenschrank.

»Katharina?«

»Ja …«

Ich richte mich auf, entschlossen, mir nichts anmerken zu lassen.

Im Flur nimmt Lars mich in die Arme. Meine Kehle schnürt sich zu.

»Wieso ist es hier so dunkel?«, fragt er und gibt mir einen Kuss.

»Ich … habe im Wohnzimmer gelesen.«

»Aber du hast hoffentlich zwischendurch etwas gegessen.«

»Ich hatte keinen Hunger.«

Er knipst das Licht an und nimmt mein Gesicht in seine Hände. »Was ist los?«

»… nichts.«

»Soll ich dir ein Rührei machen?«

Ich nicke und folge Lars in die Küche. Während er mir von Andreas Sechs in der letzten Mathearbeit und ihren Erfolgen beim Handball erzählt, beobachte ich ihn, wie er mit ruhigen, sicheren Bewegungen die Eier verquirlt, Milch, Salz und Pfeffer hinzufügt und Butter in der Pfanne zerlässt. Er wirkt kein bisschen müde, im Gegensatz zu mir. Sein schmales Gesicht ist entspannt, er sieht jünger aus als neununddreißig. Plötzlich spüre ich den Altersunterschied zwischen uns, zum ersten Mal, seitdem wir uns kennen.

»Woran denkst du?«

Ich räuspere mich. »Daran, dass du fünf Jahre jünger bist als ich.«

»Das hat bisher nie eine Rolle gespielt.«

»Irgendwann ist es nicht mehr zu übersehen.«

»Wir sind seit drei Jahren zusammen. Warum fällt es dir ausgerechnet heute auf?«

Ich zucke mit den Achseln.

Lars bestreicht eine Scheibe Schwarzbrot mit Butter, füllt das Rührei auf und reicht mir den Teller. »Was willst du trinken? Ein Bier?«

»Nein.« Ich fange an zu essen. Es schmeckt mir, wie immer, wenn Lars gekocht hat.

»Dann wenigstens ein Glas Wasser. Ich wette, du hast heute wieder zu wenig getrunken.«

»Meinetwegen.«

Er schenkt uns ein und setzt sich mir gegenüber. »Und jetzt erzähl.«

»Was?«

»In den letzten drei Tagen ist irgendetwas passiert. So habe ich dich noch nie erlebt.«

Ich esse schweigend weiter. In meinem Kopf dröhnt es. Die Briefe, diese verfluchten Briefe.

»Hat es einen richtigen Bruch zwischen Thorsten und dir gegeben?«

Ich hole tief Luft. Thorsten. Natürlich. Wieso bin ich nicht von selbst darauf gekommen, dass ich Lars von dem Treffen in der Kneipe berichten könnte? Das wird mich von den Briefen ablenken.

»Er kam zu spät und hatte von Anfang an äußerst schlechte Laune.«

Lars hört mir aufmerksam zu. Ich sehe ihm an, wie besorgt er ist.

»›Versuch nicht, dich als Mutter aufzuspielen‹, ist ein harter Satz«, murmelt er.

»Das finde ich auch.«

»Was willst du jetzt unternehmen?«

»Ich habe vorhin mit jemandem aus seiner Wohngemeinschaft telefoniert und darum gebeten, dass Thorsten mich zurückruft.«

»Gut. Und wenn er sich nicht meldet, schreib ihm einen Brief.«

»Mal sehen.«

Lars legt mir die Hand auf den Arm. »Du darfst es nicht wieder zu einem wochenlangen Schweigen zwischen euch kommen lassen.«

»Ich kann meinen Sohn nicht zwingen, den Kontakt zu mir aufrechtzuerhalten.«

»Nein. Trotzdem ist es wichtig, ihm zu signalisieren, dass du für ihn da bist und dich von seiner schroffen Art nicht abschrecken lässt.«

»Aber das stimmt nicht«, platzt es aus mir heraus. »Ich finde sein Verhalten völlig inakzeptabel und wünsche mir manchmal, dass ich …«

»Was?«

»Dass ich einfach meine Ruhe habe und nicht diesen ständigen Beleidigungen und Anfeindungen ausgesetzt bin. Womit habe ich das verdient? Ich bin keine schlechte Mutter. Ich habe getan, was ich konnte.«

Lars seufzt. »Ich war fest davon überzeugt, dass sich eure Beziehung verbessern würde, wenn Thorsten auszieht und ihr etwas Abstand voneinander gewinnt.«

»Du bist bei allem immer sehr optimistisch.«

»Aber du darfst dich mit dieser Situation nicht abfinden.«

»Das sagst du so einfach. Im Moment steht mir nicht der Sinn danach, Thorsten hinterherzulaufen.« Ich schiebe meinen leeren Teller beiseite und stecke mir eine Zigarette an. »Jetzt will ich nicht mehr über ihn reden. Ich erzähl dir lieber, was ich beim Sturm auf die Stasi-Zentrale erlebt habe.«

Lars runzelt die Stirn. Er mag es nicht, wenn ich unvermittelt das Thema wechsele.

Während ich ihm ausführlich den Verlauf des Abends in Berlin schildere, sehe ich, dass er mit seinen Gedanken woanders ist.

Um halb elf verabschiedet er sich, früher als sonst und auf merkwürdig kühle Weise.

Thorsten meldet sich nicht.

Mitten in der Nacht werde ich wach. Hat das Telefon geklingelt? Ich lausche. Nein, wahrscheinlich habe ich es geträumt.

Ich stehe auf, gehe ins Wohnzimmer und hole die Briefe aus dem Aktenschrank. Soll ich sie verbrennen, um sie nicht immer wieder lesen zu müssen? Ich ringe mit mir. Noch nie habe ich irgendein Dokument vernichtet. Aber handelt es sich bei diesen Briefen um Dokumente? Egal. Es sind Texte, die etwas Zerstörerisches an sich haben.

Ich nehme sie mit in die Küche. Wenn ich Blatt für Blatt über der Spüle verbrenne, kann nichts passieren.

Ich zünde ein Streichholz an und greife nach dem ersten Brief.

Doch irgendetwas lässt mich innehalten. Ich sehe Mutter vor mir, die keine Kinder bekommen konnte und zweimal in ihrem Leben die Kinder anderer großgezogen hat.

Ich besuche sie jeden Tag auf der Intensivstation. Die Ärzte meinen, es sei ein Wunder, dass meine Mutter den Unfall überlebt habe. Eine kleine, zierliche Frau wie sie, einundachtzig Jahre alt und so wackelig auf den Beinen. Der Fahrradfahrer hat sie voll erwischt. Drei Tage lag sie im Koma, dann hat sie das Bewusstsein wiedererlangt. Sie kann sogar wieder sprechen, berichtet mir die Stationsschwester. Ich betrete das Zimmer, Mutter dreht den Kopf und schaut mich an, ihre Augen sind voller Angst. Sie öffnet den Mund, will mir etwas sagen. Ich streiche ihr über die Haare. Ganz ruhig, Mama. Du musst nicht reden. Sie beginnt zu weinen. Einen Tag später ist sie gestorben.

Jetzt weiß ich, was sie mir sagen wollte. Aber sie hatte nicht mehr genug Kraft.

Ich lege die Briefe zurück in den Aktenschrank.

4

Ein dicker, alter Mann mit Bürstenhaarschnitt und einer kleinen, runden Brille stürmt in mein Kinderzimmer und reißt die Schranktür auf. Er stopft meine Kleider, Hosen, Blusen, Pullover, Unterwäsche, Strümpfe und Schuhe in schwarze Müllsäcke und wirft sie aus dem Fenster. Das dürfen Sie nicht!, rufe ich. Halt den Mund, sonst setzt es was!, brüllt der Mann und wirft das Federbett und mein Kopfkissen hinterher. Mama!, Mama!, schreie ich, aber niemand antwortet mir. Der Mann nimmt ruck, zuck den Schrank und das Bett auseinander und schleppt fluchend die Holzteile die Treppen hinunter, nach draußen auf die Straße. Dann trägt er auch den kleinen, gelben Tisch mit den zwei Stühlen nach unten, und den Kaufmannsladen, das Schaukelpferd, den Puppenwagen und zuletzt eine große Reisetasche mit meinen Bilderbüchern, dem Waschbeutel, der Spieluhr und dem Katzen-Mobile. Er schnauft, sein Kopf ist dunkelrot, ihm tropft der Schweiß von der Stirn. Plötzlich höre ich ein Schluchzen aus dem Badezimmer. Mama!, Mama!, rufe ich und will zu ihr laufen. Doch der Mann hält mich fest. Mach, dass du wegkommst!, zischt er und drückt mir meine Puppe und meinen Stoffbären in den Arm. Er schiebt mich aus der Wohnung und schlägt die Tür hinter mir zu. Ich stehe im Treppenhaus und kann mich nicht rühren. Da höre ich wieder Mamas Schluchzen und die Stimme des Mannes: Ich habe dir doch gesagt, dass ich dich nur ohne das Kind will.

Ich schrecke hoch. Gleich halb zehn. Ich muss vergessen haben, den Wecker zu stellen. Mir ist heiß, meine Zunge klebt am Gaumen. Ich lege die Finger an meine Schläfen und versuche, ruhig zu atmen. *Letztlich ist es doch ein großes Glück, daß Du dem so viel älteren Ernst begegnet bist.* Ein großes Glück für wen? Für Ingrid? Weil ein Mann für sie sorgte und sie beschützte? Für Maria? Weil sie nun das lang ersehnte Kind hatte? Für mich? Weil ich geliebt und gut betreut wurde? Wäre die minderjährige Ingrid keine verlässliche Mutter gewesen? Hatte sie sich in den Monaten nach meiner Geburt nicht genug um mich gekümmert? War Maria als hilfsbereite Tante eingesprungen? Noch immer habe ich das Bild des dicken, alten Mannes mit dem Bürstenhaarschnitt und der kleinen, runden Brille vor Augen. Ich kenne niemanden, der so aussieht. Ernst. Seine äußere Gestalt habe ich im Traum erfunden.

Was für müßige Gedanken. Ich schlage die Bettdecke zurück und stehe auf.

Nach dem Frühstück setze ich mich an meinen Schreibtisch und starre aus dem Fenster. Es hat angefangen zu schneien. Ich müsste mir eine Liste machen, wie ich in den nächsten Tagen vorgehen will. Warum fällt es mir so schwer, mich zu konzentrieren? Für Oktober ist eine große Retrospektive meiner Fotos in Berlin geplant. *Katharina Elbracht – 20 Jahre Photographie aus Krisen- und Kriegsgebieten.* Dazu wird es einen Katalog geben. Ich hätte längst die Fotos auswählen müssen, aber die Ereignisse der letzten Monate haben dazu geführt, dass ich ständig unterwegs war, um zu fotografieren. Erst ging es um die Öffnung der Grenze in Ungarn, dann um die DDR-Flüchtlinge in der deutschen Botschaft in Prag, um die Montagsdemonstrationen in Leipzig und schließlich um den Fall der Mauer. Dabei bin ich mehrmals in brenzlige Situationen geraten, doch so etwas spornt mich eher an.

Die Werkstatt ruft mich an, um mir mitzuteilen, dass die

Reparatur meines Wagens mindestens bis Freitag dauern werde. Das sei nicht schlimm, höre ich mich sagen. Dabei müsste ich spätestens morgen zum Getränkemarkt fahren, um Wasser zu holen. Und auch sonst brauche ich mein Auto, gerade bei diesem Wetter. Aber die Vorstellung, hinter dem Steuer zu sitzen, behagt mir nicht.

Mittags um halb zwei klingelt wieder das Telefon. Lars, denke ich. Doch es ist Thorsten. Er hat Svens Zettel eben erst entdeckt. Was wäre, wenn mir oder Lars irgendetwas passieren würde und ich Thorsten unbedingt erreichen müsste?, schießt es mir durch den Kopf.

»Danke, dass du zurückrufst«, sage ich so freundlich wie möglich.

»Was ist los?« Thorsten klingt kurz angebunden.

»… nichts, ich dachte nur … nachdem wir uns am Sonntag gar nicht richtig verabschiedet haben …«

»Und deshalb rufst du hier an?«

»Thorsten, ich …«

»Ich habe nicht viel Zeit«, unterbricht er mich. »Um zwei muss ich an der Uni sein.«

»Vielleicht können wir heute Abend in Ruhe reden. Ruf mich doch an, wenn du wieder zu Hause bist.«

»Für mich gibt's im Augenblick nichts zu bereden.«

»Also gut. Aber du sollst wissen, dass es mir leidtut.«

»Was?«

»Dass ich am Sonntag so laut geworden bin.«

»Das war wirklich unmöglich von dir.«

»Ich weiß.«

»Okay. Ich muss jetzt los.«

Ich sage ihm noch, dass er auf sich aufpassen solle, doch da hat er schon aufgelegt.

Ich brauche keine Mutter. Ich habe achtzehn Jahre lang eine Oma gehabt, die wie eine Mutter für mich war.

5

Oskar hat den Rest eines Lammeintopfs gegessen, ein Bier getrunken und ein Torffeuer angezündet. Nun stopft er sich seine Pfeife, greift nach der Zeitung und setzt sich in den Sessel am Kamin. Seit dem Fall der Mauer gibt es in der *Irish Times* jeden Tag Berichte aus Deutschland, häufig sogar auf der ersten Seite. Gestern wurde die Stasi-Zentrale in der Normannenstraße gestürmt. Das Foto zeigt junge Demonstranten, die auf dem Boden hocken und Aktenberge durchwühlen. Oskar spürt, wie sein Herz klopft. Diese Nachrichten von den Umwälzungen in seinem Heimatland bewegen ihn mehr, als ihm lieb ist. Sollte er nicht doch für ein oder zwei Wochen nach Deutschland zurückkehren? Nicht nach Hamburg, sondern nach Berlin. Wer weiß, ob Ingrid noch … Nein.

Er legt ein spätes Streichquartett von Beethoven auf und schließt die Augen. Wenn er sich intensiv auf die Musik konzentriert, kann er vielleicht dieses Kreisen der Gedanken beenden.

Nach einer Weile überkommt ihn eine große Müdigkeit. Vermutlich war die Wanderung zu lang oder das Essen zu schwer.

Mutter greift nach seiner Hand und zwinkert ihm zu. Du schaffst das schon. Sie laufen hinter Vater und Eduard her. Der Weg zum Almbauernhof ist steinig, und links geht es steil bergab. Hör mal, wie die Bienen summen, sagt Mutter. Ist das nicht schön? Er nickt. Sie atmet tief durch die Nase ein. Und wie gut die Wiesenblumen duften! Warum redet Vater immer nur mit Eduard? Mutter streicht ihm über den Kopf. Weil er größer und älter ist. Er schluckt. Eduard wird immer größer und älter sein, sechs Jahre älter. Mutter nimmt ihn in die Arme. Mach dir nichts draus, ich bin ja da. Und ich bin so glücklich, dass es meinen kleinen Oskar gibt. Vor ihnen taucht der Hof auf, er sieht einen Hund, einen Esel, zwei Schafe und jede Menge Federvieh: Enten, Gänse, Hühner und viele Küken. Plötzlich schnattern und gackern sie aufgeregt und laufen mit flatternden Flügeln auf ihre Ställe zu. Da entdeckt er den Greifvogel mit seinen breiten Schwingen und den gelben Beinen. Er bekommt es mit der Angst. Gleich wird sich der Vogel auf eines der Küken stürzen. In dem Moment legt Mutter ihm die Hand über die Augen. Ein Sperber!, ruft Eduard. Sehr gut, lobt Vater. Hildegard, warum hältst du Oskar die Augen zu? Weil er nicht sehen soll, wie ein Küken stirbt. Auch Sperber müssen leben, sagt Vater. Das Küken hat's geschafft!, ruft Eduard. Mutter zieht ihre Hand weg. Der Sperber ist verschwunden. Du verweichlichst den Jungen, sagt Vater kopfschüttelnd. Willst du ein Muttersöhnchen aus ihm machen? Hartmut, sei nicht so unerbittlich. Guck mal, Oskar kommen schon die Tränen. Vater wirft ihm einen strengen Blick zu. Nun reiß dich mal zusammen.

Oskar wacht auf. Er hat ein beklemmendes Gefühl in der Brust. Wo ist er? Natürlich. In seinem Cottage in den Wicklow Mountains. Seine Pfeife liegt auf dem Boden. Das Feuer im Kamin ist erloschen. Seine alte Standuhr steht auf zwanzig vor zwei.

Was für ein seltsamer Traum. Er erinnert sich genau an jene Wanderung im Sommer 1929. Ein paar Monate zuvor war er eingeschult worden. Aber anders als im Traum waren sie nicht zu viert, sondern zu dritt gewandert. Mutter lag seit Wochen in einem Sanatorium in den Alpen;

die Tuberkulose hatte sie schon sehr geschwächt. Vater, Eduard und er waren in den Ferien dort hingefahren, um sie zu besuchen. Sie wohnten in einer kleinen Pension in der Nähe des Sanatoriums. Oskar hätte gerne jeden Tag mit Mutter verbracht, doch Vater behauptete, das sei zu anstrengend für sie. Mutter widersprach ihm, aber da kannte Vater kein Pardon. Schau dich doch an, wie dünn und bleich du geworden bist! So brachen sie oft zu stundenlangen Wanderungen auf. Die Szene mit dem Sperber hatten sie tatsächlich erlebt, aber niemand hatte ihm die Augen zugehalten. Zehn Monate später war Mutter gestorben.

Oskar geht zum Fenster und schaut in die sternenklare Nacht hinaus. Er wünschte, er könnte jetzt mit jemandem reden.

Am nächsten Morgen scheint die Sonne. Raureif liegt auf den Wiesen. Er wird nach Enniskerry fahren und einkaufen. Und später wird er vielleicht einen Ausflug nach Dublin machen. Dort war er seit Monaten nicht.

Der Metzger, Mr. Gibson, begrüßt ihn freundlich wie immer. Oskar wählt ein Schweinekotelett, ein Steak und ein halbes Pfund Hackfleisch aus. Dazu etwas Bacon, sechs Eier und ein Glas Rinderbouillon.

»Haben Sie Verwandte in Deutschland?«, fragt Mr. Gibson, nachdem er bezahlt hat.

»Nein«, antwortet Oskar überrascht. Mr. Gibson hat ihn noch nie etwas Persönliches gefragt. »Wieso?«

»Ich dachte nur … Es ist so überwältigend, was im Moment in Deutschland alles passiert. Wenn ich mir vorstelle, dass Familien, die Jahrzehnte getrennt waren, nun wieder zusammenkommen können.«

»Ja …«

»Haben Sie jemals gedacht, dass die Mauer eines Tages fallen würde?«

»Nein.« Oskar packt seine Einkäufe ein. »Nein, ganz sicher nicht.«

»Glauben Sie, dass in diesem Land auch so etwas möglich wäre?«

»In Irland gibt es keine Mauer.«

»Trotzdem ist es ein geteiltes Land.«

»Die Situation ist aber eine ganz andere.«

»Ja … da haben Sie wohl recht.«

Oskar verabschiedet sich. Wieso ist ihm nie zuvor aufgefallen, dass Mr. Gibson einen nordirischen Akzent hat?

6

In dieser Nacht träume ich nichts oder kann mich zumindest an nichts erinnern. Beim Aufwachen denke ich an mein Treffen mit Lars gestern Abend. Zu Anfang wirkte er immer noch etwas kühl und verhalten, aber das gab sich, als ich ihm sagte, dass ich mich bei Thorsten für meinen Ausbruch entschuldigt hätte. Und dann habe ich ihm plötzlich, ohne dass ich es wollte, doch von dem Hasen erzählt. Jetzt weiß ich endlich, was seit deiner Rückkehr aus Berlin mit dir los ist, sagte Lars vorwurfsvoll. Ich habe es bisher nicht erwähnt, weil du dich nicht aufregen solltest, versuchte ich, mich zu verteidigen. Er seufzte und wollte, dass ich ihm alles noch einmal ganz genau beschreibe. Während des Gesprächs habe ich kein einziges Mal an die Briefe gedacht.

Am späten Vormittag ruft mich Anna Lenbach, die Kuratorin der Fotoausstellung, an, weil sie mit mir dringend etwas besprechen müsse.

»Worum geht's?«, frage ich und überlege, wie sehr ich mit der Abgabe meiner Fotos in Verzug bin.

»Liegen wir mit dem Titel *20 Jahre Photographie aus Krisen- und Kriegsgebieten* richtig?«, höre ich Anna sagen. »Müssten es nicht dreißig sein, 1961 bis 1990?«

»Wieso?«

»Ich habe gestern in einem Zeitungsarchiv ein Interview mit dir in der *New York Times* aus dem Jahr 1980 entdeckt, nachdem du den Pulitzer-Preis für Fotoberichterstattung von aktuellen Schauplätzen bekommen hattest. Darin wurdest du gefragt, wann du beschlossen hättest, Fotografin zu werden.«

»Ah, jetzt weiß ich, was du meinst …«

»Du erwähntest Fotos, die du im Oktober 1961 in Paris, auf einer Demonstration gegen den Algerienkrieg, gemacht hättest.«

»Ja, aber damals war ich erst sechzehn, und die Fotos sind alles andere als professionell.«

»Ich würde sie mir trotzdem gerne anschauen.«

»Gut, ich suche sie dir raus.«

Zum Schluss möchte Anna wissen, wann sie mit meiner Auswahl der anderen Fotos rechnen könne. Es dränge allmählich, vor allem wegen des Katalogs.

Ich zögere, und nach einigem Hin und Her vereinbaren wir den 31. Januar.

Bis dahin sind es noch dreizehn Tage.

Nachdem ich aufgelegt habe, fange ich an, nach den Pariser Fotos zu suchen. Ich habe Anna nicht gesagt, dass ich nicht weiß, wo sie sind. Mit der Archivierung habe ich erst Jahre später, in der Ausbildung, begonnen.

In meinen alten Mappen finde ich weder die Fotos noch die Negative. Ich koche mir einen Espresso und überlege, was für andere Möglichkeiten es gibt. Auf dem Dachboden habe ich zwei Umzugskisten mit Mutters Sachen abgestellt, die ich nach ihrem Tod nicht wegwerfen, aber auch nicht in meiner Wohnung haben wollte: Dokumente, Briefe, Bankauszüge, Steuerunterlagen und Mutters Bilder. Ein paar Fotoalben waren auch dabei.

Ich steige die steile Treppe zum Dachboden hinauf. Hier oben ist es kalt. Die beiden Kisten stehen ganz hinten in dem schmalen Verschlag, der zu meiner Wohnung gehört. In der ersten befinden sich Mutters Blumenaquarelle. Ich habe vor zwei Jahren mit mir gerungen, ob ich eines davon bei mir aufhängen sollte, aber die Rosen, Amaryllis und Orchideen sind nicht mein Fall.

In der zweiten Kiste liegen Briefe, Ordner, eine Dokumentenmappe und die Alben. *Juli 1931: Unsere Hochzeitsreise in den Schwarzwald, Ostern 1933: Unsere Wanderung im Harz, September 1935: Unsere Ferien im Sauerland.*

Mutter hat nur einen kleinen Stapel Briefe und Postkarten aufgehoben; sie sind alle von Vater. Die Briefe ihrer Schwester muss sie vernichtet haben, damit sie mir nicht in die Hände fallen.

In der Dokumentenmappe sehe ich nichts, was ich nicht schon kenne: Mutters Geburtsurkunde, ihre Schulzeugnisse, Belege über ihre Ausbildung zur Krankenschwester, die Verträge für ihre Stellen im Krankenhaus Barmbek und im Stadtkrankenhaus Herford.

In einem Ordner mit der Aufschrift *Diverses* befinden sich Plastikhüllen mit Strick- und Häkelproben aus Mutters Grundschulzeit, ein paar kolorierte Zeichnungen und eine kleine Briefmarkensammlung.

In der letzten Hülle entdecke ich meine ersten Buntstiftbilder von Häusern mit Gärten, in denen ein Kind mit einem Hund spielt. So wie wir damals in Herford gelebt haben.

Den braunen, zugeklebten DIN-A4-Umschlag ohne Aufschrift hätte ich fast übersehen. Ich reiße ihn auf, und da sind sie, meine schwarz-weißen Paris-Fotos, aufgeklebt auf dünne Pappbögen, die von mir gelocht und mit einem roten Band zusammengebunden wurden. *Paris, 15.–22. Oktober 1961.* Es war mein Weihnachtsgeschenk für Mutter in jenem Jahr. Sie hat sich darüber nicht gefreut, sondern war zutiefst erschrocken. So etwas fotografiert man doch nicht, sagte sie und zeigte auf das Bild eines Polizisten, der mit seiner Maschinenpistole auf einen Demonstranten zielt.

Ich lege alles in die Kisten zurück und nehme nur die Fotos mit nach unten in die Wohnung. Anna wird sich freuen. Bin ich deshalb so erleichtert? Nein. Es liegt eher daran, dass mich das Paris-Thema eine Weile von allem anderen ablenken wird.

Ich setze mich an meinen Schreibtisch und ziehe die Pappbögen aus dem Umschlag. Das erste Foto zeigt meine Gasteltern: François Dupont, ein gebeugter, hagerer Mann mit Halbglatze, der früh gealtert ist, und seine Frau Simone, klein und dünn, mit einem freundlichen Blick. Die beiden hatten keine Kinder. Ich verbrachte meine Herbstferien bei ihnen, um mein Französisch zu verbessern. Es war damals noch ungewöhnlich, dass deutsche Jugendliche nach Frankreich reisten, aber als Tochter ihrer geliebten Maria war ich bei François und Simone sehr willkommen. François war als Kriegsgefangener in Deutschland zu Zwangsarbeit verpflichtet worden und im Sommer 1944 schwer erkrankt. Mutter hatte ihn in einem Lazarett gepflegt. Später waren sie in Kontakt geblieben. Die Duponts lebten in einer winzigen Wohnung in Belleville, im Osten der Stadt. Sie arbeiteten in einer Tuchfabrik am Fließband und hatten gerade genug zu essen. Erst als ich bei ihnen ankam und sah, wie arm sie waren, begriff ich, warum Mutter darauf bestanden hatte, dass ich für meinen Aufenthalt bezahlte.

Es war kein Zufall, dass ich an jenem 17. Oktober 1961 mit der Métro zur Place da la Concorde fuhr. Belleville war ein Viertel, in dem viele Nordafrikaner lebten, und ich hatte am Tag vorher auf einem Straßenmarkt gehört, dass die algerische Unabhängigkeitsbewegung FLN zu einer friedlichen Demonstration aufgerufen hätte. Bis dahin wusste ich nicht einmal, dass Algerien eine französische Kolonie war und dort seit sieben Jahren Krieg herrschte. Ich beschloss, François und Simone nicht zu erzählen, was ich vorhatte. Sie würden sich nur Sorgen machen. Und da sie den ganzen Tag arbeiteten, würden sie sowieso nichts merken. Ich war aufgeregt, als ich in der Innenstadt ankam und sah, wie viele Algerier für die Unabhängigkeit ihres Landes demonstrierten. Ich machte Fotos von den friedlich marschierenden Menschen. Dann hörte ich einen Schrei. Polizisten gingen mit Knüppeln auf die unbewaffneten Demonstranten los und schlugen sie zusammen. Anstatt in Deckung zu gehen, fotografierte ich. Ich hatte keine Angst, sondern war besessen von dem Gedanken, alles festhalten zu müssen. Was hier geschah, war ein Verbrechen. Irgendwann fielen die ersten Schüsse. Ich rannte weiter bis zum Pont Saint-Michel, sah blutende, schwerverletzte Menschen und zum ersten Mal in meinem Leben einen Toten. Er lag auf dem Rücken, seine offenen Augen waren starr. Ich konnte ihn nicht fotografieren. Wirf sie rein!, schrie plötzlich ein Polizist, und dann begannen sie, Verletzte und Leichen in die Seine zu werfen. Später habe ich gelesen, dass bei diesem Massaker mindestens zweihundert Menschen getötet wurden. Der französische Staat schweigt bis heute dazu.

Es war Vaters Kamera, mit der ich damals fotografiert habe. Mutter hatte mir erst im letzten Moment erlaubt, dass ich sie mit nach Paris nehme. Später, als sie die Fotos betrachtete, meinte sie, sie hätte bei ihrem Verbot bleiben sollen. Doch da stand für mich schon fest, dass ich weiter fotografieren würde. Vielleicht war ein Stück Größenwahn dabei, aber ich wollte Gewalt, Zerstörung und Elend in Bildern festhalten, um die Menschen zum Handeln zu bewegen. Die Journalistin der *New York Times* fragte mich in dem Interview, wie ich es aushielte, immer wieder mit dem Grauen des Krieges konfrontiert zu werden. Darüber denke ich nicht nach, antwortete ich ihr. Ich will der Welt die Wahrheit zeigen. Diesen Satz wählte sie als Überschrift für ihren Artikel, und seitdem ist er zu meinem Motto geworden.

Der Welt die Wahrheit zeigen. Wie vermessen das klingt. Und nicht nur das. Irgendetwas von dem Anspruch, den ich in meiner Arbeit an mich habe, scheint nicht mehr zu dem zu passen, wie ich lebe.

7

Lars und ich laufen an der Elbe entlang. An diesem kalten, regnerischen Samstagvormittag ist hier kaum jemand unterwegs. Er erzählt mir von Andreas Problemen in der Schule. Sie habe nicht nur Schwierigkeiten in Mathe, sondern jetzt auch in Deutsch. Er sei von der Klassenlehrerin aufgefordert worden, einen Gesprächstermin mit ihr zu vereinbaren.

Meine Gedanken schweifen ab. Anna hat gestern das Einschreiben mit den Paris-Fotos bekommen und mich gleich angerufen, um mir zu sagen, wie begeistert sie sei. Ich hätte schon im Alter von sechzehn Jahren diese besondere Fähigkeit gehabt, Fotos zu machen, die eine Geschichte erzählen und den Betrachter berühren. Sie wolle sie auf jeden Fall mit ausstellen. Ihr Lob tat mir gut und hatte etwas Tröstliches. Nach einer schlaflosen Nacht fühlte ich mich dünnhäutiger denn je. Anna muss es gespürt haben, denn sie fragte mich, ob irgendetwas mit mir sei. Ich murmelte, dass ich schlecht geschlafen hätte, woraufhin sie meinte, dass ich hoffentlich nicht diese Grippe bekäme, die im Moment grassiere.

»Hörst du mir überhaupt zu?«

»Tut mir leid …«

»Ich habe schon die ganze Zeit den Eindruck, dass du an was anderes denkst.«

»Mich beschäftigen immer noch die Paris-Fotos, die ich auf dem Dachboden gefunden habe.«

Lars bleibt stehen und schaut mich an. »Ich glaube, das ist es nicht.«

Mein Herz klopft. »Worauf willst du hinaus?«

»Du hättest fast einen schweren Unfall gehabt. Dir steckt diese Sache mit dem Hasen wahrscheinlich noch mehr in den Knochen, als du zugeben willst.«

Ich schüttele den Kopf und zünde mir eine Zigarette an. »Der Wagen ist repariert, es ist alles in Ordnung.«

Wir gehen schweigend weiter. Es regnet immer stärker, und auch der Wind hat zugenommen. Warum sind wir nicht längst irgendwo eingekehrt?

»Du rauchst wieder mehr.«

»Kann sein.« Ich nehme noch einen tiefen Zug, dann trete ich die Zigarette aus.

»Ist irgendwas mit uns?«

Ich will ihm antworten, dass er endlich aufhören solle, mir diese bohrenden Fragen zu stellen, aber ich bekomme kein Wort heraus. Und bevor ich weiß, wie mir geschieht, breche ich in Tränen aus. Lars nimmt mich in die Arme und hält mich fest. Und dann erzähle ich ihm von den Briefen.

»Warum hast du mir denn bisher nichts davon gesagt?«, fragt er fassungslos.

»Weil ich diese Briefe ignorieren werde. Ich will so weiterleben wie bisher. Maria und Ingrid sind tot, Johannes ist auch tot. Ich bin vierundvierzig und brauche keine Eltern mehr, weder Adoptiveltern noch leibliche Eltern.«

»Das ist nicht dein Ernst.«

»Doch.«

»Und was ist mit deinem Vater?«

»Was soll mit ihm sein?«

»Vielleicht lebt er noch.«

»Na und? Ich kenne ihn nicht.«

»Er weiß vielleicht gar nicht, dass du existierst.«

»Umso besser. Dann kann er mich auch nicht vermissen.«

Lars streicht mir über den Kopf. »Du musst das alles erst mal verdauen, dann wirst du ihn suchen. Da bin ich mir sicher.«

Gleich halb drei. Lars ist eben zu seinem Vater nach Reinbek gefahren. Ich habe ihm die Briefe zu lesen gegeben. Für ihn ist alles so klar, so eindeutig. Seinen leiblichen Vater muss man suchen, auch wenn man längst erwachsen ist. Lars ist seinem Vater sehr nahe. Seitdem seine Mutter nicht mehr lebt, fährt der Vater sogar jedes Jahr mit Lars und Andrea in den Ferien an die Nordsee. Vater und Sohn sind sich ähnlich, sind beide eher still, vielleicht verstehen sie sich deshalb so gut. Lars kann sich gar nicht vorstellen, wie sehr es mich aus der Bahn werfen würde, plötzlich einem Menschen zu begegnen, der mein leiblicher Vater ist. Schon bei dem Gedanken bekomme ich Beklemmungen. Womöglich stellt so jemand noch Ansprüche, will versorgt oder gar gepflegt werden. Nein, das ist völlig undenkbar.

Ich sollte die Briefe vernichten. Aber ich bringe es nicht über mich, lege sie zurück in den Aktenschrank und wende mich meinen Fotos zu.

Abends fange ich wieder an zu grübeln. Mutter wohnte während des Krieges irgendwo in Winterhude. Hat sie Ingrid nach dem Feuersturm bei sich aufgenommen? War Oskar jemals in dieser Wohnung? Ob es noch Nachbarn gibt, die sich an ihn erinnern?

Ich schüttele unwillkürlich den Kopf. Nach viereinhalb Jahrzehnten? Was für eine absurde Idee.

8

Oskar sitzt am Küchentisch und stopft seine Pfeife. Der Regen schlägt gegen die Fensterscheiben, er wird auch heute nicht wandern können. Vor drei Tagen, kurz nach seiner Rückkehr vom Einkaufen in Enniskerry, begann es zu regnen. Und seitdem hängt dieses Tiefdruckgebiet über der gesamten Ostküste. So etwas hat er in Irland noch nie erlebt. Frau Dr. Mende würde sich in ihrer Meinung bestätigt fühlen.

Er hat darauf verzichtet, nach Dublin zu fahren. Was soll er durch die nasse, graue Stadt laufen? Natürlich könnte er in die National Gallery oder ins National Museum gehen, er könnte sich in den Buchhandlungen nach Neuerscheinungen umschauen oder herausfinden, was für Filme in den Kinos laufen. Er könnte sich ins Café setzen und die *Irish Times* lesen oder eine der experimentellen Theateraufführungen besuchen, die häufig um die Mittagszeit angeboten werden. Aber für all das bringt er keine Energie auf.

Ächzend erhebt er sich, räumt die Frühstückssachen weg und wäscht das Geschirr ab. Seit einiger Zeit spürt er einen ziehenden Schmerz in seinen Finger- und Kniegelenken. Hoffentlich bekommt er kein Rheuma. Im Schlafzimmer gibt es einen neuen gelben Fleck über der Fußleiste. Aufsteigende Feuchtigkeit. Das kann nicht gut für ihn sein. Er muss etwas unternehmen, einen Handwerker suchen, der sich mit solchen Dingen auskennt, doch auch dazu kann er sich heute nicht überwinden. Zum ersten Mal ertappt er sich bei dem Gedanken, ob es ein Fehler war, nach Irland zu ziehen.

Es ist still, so still, dass es ihm beinahe unheimlich vorkommt. Dabei hat er sich jahrzehntelang nach Stille gesehnt, hat das Gekreische und Gejohle der Schüler oft kaum ertragen. Heute sehnt er sich nach Stimmen, die ihn ablenken könnten – von seinen trüben Gedanken und den Erinnerungen an Ingrid.

Warum hat er ihr bloß ein Treffen am nächsten Sonntag vorgeschlagen und nicht schon eins am Montag oder Dienstag? Oskar zählt die Tage, die Stunden, die Minuten. Noch nie ist die Zeit so langsam vergangen. Er versucht, fürs mündliche Abitur zu lernen, aber er kann sich nicht konzentrieren. In der Nacht zum Donnerstag gibt es Bombenalarm, und er flieht mit Vater in den Luftschutzkeller. Dabei muss er immerzu an Ingrid denken. Hoffentlich schlägt in Barmbek keine Bombe ein. Am nächsten Morgen radelt er vor Beginn der Schule zu der Straßenecke, an der sie sich verabschiedet haben. Das Haus, in dem Ingrid wohnt, steht noch. Erleichtert macht er kehrt. Als er am Sonntag aufwacht, ist ihm beinahe schlecht vor Aufregung. Er schleicht viel zu früh aus dem Haus und fährt mit der Straßenbahn zum Jungfernstieg. Der Alsterpavillon öffnet erst in einer Stunde. Die Sonne scheint, der Schnee ist fast geschmolzen. An der Binnenalster gehen Familien mit ihren Kindern spazieren. Ein Paar sitzt eng umschlungen auf einer Bank. Was soll er machen, wenn Ingrid nicht kommt? Vielleicht haben ihre Eltern erfahren, dass sie Swing tanzt, und haben ihr verboten auszugehen. Oder ein Nachbar hat ihnen erzählt, dass ihre Tochter am letzten Sonntag in Begleitung eines jungen Mannes nach Hause gekommen sei, und sie musste ihnen versprechen, sich nie wieder mit ihm zu treffen. Oder dem Sakko-Boy ist es doch nicht so egal, dass das Matrosenmädchen mit ihm getanzt hat. Je länger

Oskar darüber nachdenkt, was alles passiert sein könnte, umso sicherer ist er, dass er Ingrid heute nicht wiedersehen wird.

»Swing Heil!«, hört er da jemanden rufen.

Er dreht sich um. Erich und Heinz kommen rauchend auf ihn zu, gefolgt von ihren Swing-Girls Helene und Margot.

»Gleich wird aufgemacht«, sagt Erich und gibt ihm einen Knuff. »Lucy steht schon an der Tür. Kommst du mit rein?«

»Nein.«

»Angst vor der Gestapo?«

Er schüttelt den Kopf.

Heinz drückt seine Zigarette mit der Schuhspitze aus. »Der wartet auf das Mädchen mit den blonden Locken.«

Prompt fangen die Swing-Girls an zu kichern. Oskar zieht die Augenbrauen hoch und schweigt.

»Dich hat's wohl schwer erwischt, oder?«, sagt Erich und grinst.

»Warum geht ihr nicht schon mal vor?«

»Merkt ihr, wir sind hier nicht erwünscht!«, ruft Heinz.

Achselzuckend zieht Erich die anderen mit sich fort.

Oskar schaut aufs Wasser. Wenn Ingrid nicht kommt, wird er wieder nach Hause fahren. Er hat keine Lust, mit Lucy oder sonst irgendwem zu tanzen. Und auf die Kommentare von Erich und Heinz und das Gekicher ihrer Freundinnen kann er auch gut verzichten.

Da greift auf einmal jemand nach seiner Hand. Er fährt herum. Ingrid. In ihrer Matrosenhose.

»Warum guckst du so ernst?«

»Ich …«

»Hast du gedacht, dass ich nicht komme?«

Statt über irgendeine Antwort nachzudenken, nimmt er

ihr Gesicht in beide Hände und küsst sie. Einen Moment lang spürt er einen leichten Widerstand, dann küsst sie ihn zurück.

Sie tanzen. Und küssen sich. Und tanzen weiter.

Auf dem Nachhauseweg wünscht Oskar, dass dieser Tag nie enden möge.

»Wollen wir uns morgen Nachmittag wieder treffen?«, fragt er beim Abschied.

»Nein. Ich muss im Bäckerladen meiner Eltern aushelfen.«

»Jeden Nachmittag?«

»Hm. Meiner Mutter geht's nicht gut.«

»Was hat sie denn?«

»Irgendwas mit den Nerven.« Ingrid schluckt. »Nächsten Sonntag vor dem Alsterpavillon?«

»Ja.«

»Ich drück dir die Daumen für dein mündliches Abitur.«

»Danke.«

Während er ihr nachschaut, wie sie in ihrem Mietshaus verschwindet, zieht sich in seinem Innern etwas zusammen. Eine Woche ist so lang.

Erst als er wieder zu Hause ist, fällt ihm ein, dass er vergessen hat, Ingrid seine Adresse zu geben.

Am Montagmorgen hat er die erste Prüfung. Ausgerechnet Griechisch. Aber er schafft sie, schafft sie sogar sehr gut. Ihm ist, als ob er schweben würde. Und auch die anderen Prüfungen besteht er mit Bestnoten. Vater ist überrascht. Er hat ihm nicht zugetraut, dass er so brillant abschneiden könnte wie Eduard.

Sein letzter Brief von der Front war ganz kurz. Es ging nur um den Schnee und die Kälte. Hoffentlich kommt er nicht zu einem dieser schlimmen Einsatzkommandos. Oskar würde ihm zutrauen, dass er sich das Leben nimmt. Im September '39, als Eduard seinen Einberufungsbefehl bekam, sagte er zu ihm, dass er sich dafür verachte, für Hitler in den Krieg zu ziehen. Aber ich habe nicht genug Mut, in den Widerstand zu gehen. Mach du es besser. Oskar weiß, dass er das nicht kann, auch wenn er jeden Tag sieht, was um ihn herum passiert. Gestern hat die Gestapo ihre Nachbarn, Dr. Silbermann und seine Familie, abgeholt. Er war seit vielen Jahren ihr Hausarzt. Das können wir doch nicht zulassen, hat Oskar zu Vater gesagt. Doch der hat nur mit den Achseln gezuckt.

Am Sonntagnachmittag wartet Oskar vergebens auf Ingrid. Soll er zu ihr nach Hause gehen? Sie kann sich nicht bei ihm melden, weil sie nicht weiß, wo er wohnt. Nein, er wird nicht nach Barmbek fahren. Er will sie nicht in Schwierigkeiten bringen.

Tag für Tag quält er sich mit der Frage, was geschehen sein könnte. Will Ingrid ihn nicht mehr sehen? Aber an ihren Küssen hat er gespürt, dass sie ihn genauso mag wie er sie.

Am nächsten Sonntag fährt Oskar morgens nach Barmbek und wartet an der Straßenecke auf sie. Nach fast drei Stunden kommt sie aus dem Haus. Verblüfft schaut sie ihn an. Sie ist bleich.

»Was ist passiert?«

»Wir … haben vor zehn Tagen erfahren, dass … Gustav gefallen ist … in der Sowjetunion.«

Oskar nimmt sie in die Arme. »Oh … das tut mir so leid.«

»Er war gerade fünfundzwanzig geworden.«

Sie laufen am Osterbekkanal entlang. Plötzlich bleibt Ingrid stehen und küsst ihn. Und dann beginnt sie zu weinen. Er drückt sie an sich.

»Lass uns nach England gehen, bevor sie dich einziehen«, flüstert sie.

»Aber wie sollen wir das anstellen? Die Grenzen sind geschlossen.«

»Vielleicht finden wir irgendwo eine Lücke.«

»Nein, Ingrid. Wir würden es nicht einmal schaffen, in eins der besetzten Länder zu kommen. Da gibt es überall strenge Kontrollen.«

»Man muss es nur wollen.«

Oskar spürt, wie sich eine bleierne Schwere auf ihn herabsenkt. Er will auch nicht in diesen grausamen Krieg ziehen. Wenn er sich allerdings vorstellt, dass Ingrid und er versuchen würden, heimlich über irgendeine Grenze zu gelangen, wird ihm schwindelig.

Es hat wieder angefangen zu schneien, schwere, feuchte Flocken. Oskar merkt auf einmal, wie sehr er friert. Und auch Ingrid zittert.

»Wo wollen wir hingehen?«, fragt er. »Ins Kino?«

»Nein, wir können uns bei meiner Schwester aufwärmen.«

»Darf sie denn wissen, dass wir …«

»Ich hab's ihr schon erzählt. Maria und ich haben nie Geheimnisse voreinander gehabt.«

»Wo wohnt sie?«

»In Winterhude, in der Dorotheenstraße. Wir können zu Fuß gehen.«

Schweigend laufen sie durch das Schneegestöber. Oskar hat den Arm um Ingrids Schulter gelegt. Ab und zu wischt sie sich über die Augen.

Nach einer halben Stunde erreichen sie ein großes Mietshaus.

»Hier ist es«, sagt Ingrid und klingelt bei *Elbracht*.

»Ein ungewöhnlicher Name.«

»Marias Mann Johannes stammt nicht aus Hamburg, sondern aus irgendeiner Stadt in Ostwestfalen.«

»Ist er auch an der Front?«

»Hm.«

»Bist du's?«, ruft jemand von oben.

»Ja.«

Ein Schlüssel wird heruntergeworfen. Ingrid hebt ihn auf und öffnet die Tür.

Im Hausflur riecht es nach angebranntem Kohl und Bohnerwachs.

»Maria wohnt im vierten Stock«, erklärt Ingrid. »Ich geh mal vor.«

Schnell läuft sie die Treppen hinauf. Oskar folgt ihr mit etwas Abstand. Er weiß nicht, ob Maria ihn von oben gesehen hat. Ingrid soll ihre Schwester darauf vorbereiten, dass sie nicht allein kommt.

In der offenen Wohnungstür steht eine kleine, zierliche Frau mit braunen Haaren und leicht gerunzelter Stirn. Sie trägt eine blau-weiße Kittelschürze. Oskars erster Gedanke ist, dass sie Ingrids Mutter sein könnte, so groß ist der Altersunterschied.

»Ich bin Ingrids Schwester«, sagt sie und gibt ihm die Hand. »Freut mich, Sie kennenzulernen.«

»Ihr könnt euch ruhig duzen«, ruft Ingrid.

Maria geht nicht näher darauf ein. Und auch Oskar käme es seltsam vor, diese Frau zu duzen.

»Kommt herein. Wollt ihr eine Tasse Tee?«

»Ja, gerne«, antwortet Ingrid. »Und hast du vielleicht ein paar Kekse?«

Maria lächelt. »Es sind noch Nusshäufchen da. Setzt euch ins Wohnzimmer.«

Als sie den Raum betreten, fällt Oskars Blick sofort auf die Anrichte, wo ein Bilderrahmen mit einem Trauerband steht. Das Foto zeigt einen jungen Mann mit hellen Haaren und einem verschmitzten Lächeln. Ingrid bleibt davor stehen und fängt wieder an zu weinen. Im nächsten Moment rennt sie aus dem Zimmer.

Oskar hört ihr Schluchzen aus der Küche. Maria redet mit leisen, beruhigenden Worten auf sie ein. Doch dann kann sie plötzlich nicht weitersprechen. Und jetzt ist Ingrid diejenige, die versucht, ihre Schwester zu trösten. Oskar betrachtet wieder das Foto. Gustav war genauso alt wie Eduard. Und Eduard ist auch an der sowjetischen Front.

Er wünschte, er würde nicht jedes Wort verstehen, aber die Wohnung ist so klein, dass er nicht umhin kann, mitzubekommen, was in der Küche gesprochen wird. Jetzt geht es um ihn.

»Hast du den Eltern inzwischen von ihm erzählt?«, will Maria wissen.

»Natürlich nicht«, zischt Ingrid. »Das gibt nur Ärger. Und du sagst ihnen gefälligst auch nichts.«

Beim Teetrinken erfährt Oskar, dass Marias Mann in Frankreich stationiert ist und sie große Angst um ihn hat. Seit einem Monat hat sie keine Post mehr von ihm bekommen.

»Wenn ihn nun dasselbe Schicksal ereilt wie Gustav …«

»Bestimmt nicht«, sagt Ingrid und nimmt Maria in den Arm.

Als Ingrid das Zimmer verlässt, um auf die Toilette zu gehen, bittet Maria ihn inständig, gut auf ihre kleine Schwester aufzupassen und ihren kindlichen Überschwang, ihre Naivität nicht auszunutzen.

»Sie hat viel Phantasie und neigt zu extremen Entschlüssen. Unsere Eltern machen sich oft Sorgen um sie. Nach dem Tod unseres Bruders ist ihr alles zuzutrauen.«

Oskar nickt beklommen. Weiß Maria von Ingrids Auswanderungsträumen?

Er hatte gehofft, dass sie an diesem Tag noch etwas Zeit zu zweit haben würden, aber Ingrid wird bei ihrer Schwester bleiben. Später werden die Eltern kommen und gemeinsam mit ihnen essen.

Beim Abschied gibt er Ingrid seine Adresse. Sie verabreden sich für den nächsten Tag, um Viertel nach sechs an der Straßenecke.

»Ich kann dich auch an eurem Bäckerladen abholen.«

»Nein, Vater darf dich nicht sehen.«

In der Nacht überlegt Oskar, ob es doch irgendeinen Weg gibt, wie Ingrid und er Deutschland verlassen könnten. Er weiß es nicht. Und er kennt niemanden, der solche Pläne schmiedet. Was für Ersparnisse hat er? Viel ist es nicht. Und wie würde Vater reagieren, wenn alles schiefgeht? Noch hat er keinen Einberufungsbefehl, aber vielleicht wäre er für die Wehrmacht trotzdem schon so etwas wie ein Fahnenflüchtiger. Erst gegen Morgen schläft er ein.

Als sie sich am Montagabend treffen, schlägt Ingrid vor, ins Kino zu gehen. »Im UFA-Palast läuft *Frauen sind doch bessere Diplomaten*. Mit Marika Rökk und Willy Fritsch.«

»Wenn du meinst …«

Oskar steht eigentlich nicht der Sinn danach, diese Komödie mit der tanzenden und singenden Marika Rökk zu sehen, aber im Kino ist es wenigstens warm.

Viel bekommen sie von der Vorführung nicht mit, weil das Küssen viel spannender ist als der Film. Anderthalb Stunden vergehen, ohne dass Oskar an Ingrids toten Bruder, den Krieg oder den drohenden Einberufungsbefehl denkt.

Auf dem Nachhauseweg erzählt Ingrid ihm, dass ihre

Mutter gestern Abend bei Maria einen Zusammenbruch gehabt habe.

»Sie konnte nicht aufhören zu weinen und sagte immer wieder, dass sie nicht wisse, wie sie nach dem Tod ihres einzigen Sohnes weiterleben solle.«

»Und was habt ihr gemacht?«

»Maria ist Krankenschwester. Sie hat ihr Beruhigungstropfen gegeben. Irgendwann ist meine Mutter eingeschlafen.«

»Es tut mir so leid, dass dein Bruder …«

»Unsere Familie muss zusammenhalten«, unterbricht Ingrid ihn. »Ich kann meine Eltern nicht verlassen. Verstehst du das?«

Er nickt und ist beinahe erleichtert, dass das Thema Auswanderung erst einmal vom Tisch ist.

Oskar setzt Teewasser auf. Was hat es für einen Sinn, sich an all diese Dinge zu erinnern?

9

Ich schlafe kaum in dieser Nacht. Die Frage, wo Mutter damals gewohnt hat, lässt mich nicht los.

Am nächsten Morgen steige ich auf den Dachboden und finde in ihrer Dokumentenmappe einen alten Mietvertrag für eine Zweieinhalbzimmerwohnung in Winterhude mit der Anschrift *Dorotheenstraße 174*. Als Einzugstermin wurde der 1. August 1931 festgelegt.

Das muss die Wohnung sein. Mutter wurde nicht ausgebombt und blieb selbst in der Zeit nach dem Feuersturm dort wohnen. Als Krankenschwester hatte man sie dienstverpflichtet und nicht evakuiert wie viele andere Hamburger, die die schweren Bombardierungen überlebt hatten. Fünfzehn Jahre war dort ihr Zuhause, bis sie im Juli 1946 mit Vater und mir nach Herford zog.

Später, als sie nach Hamburg zurückkam, mied sie diesen Stadtteil. Ach, Kind, seufzte sie, wenn ich sie fragte. Es waren so traurige Zeiten.

Und Ingrid? Sie wird nirgendwo erwähnt, aber was lag näher, als zu ihrer Schwester zu ziehen, nachdem die Eltern im Feuersturm umgekommen waren? Johannes war im Krieg, es gab Platz genug. Und erst recht später, als das Kind, als ich, da war, hätte es keine praktischere Lösung geben können. Ingrid konnte zu ihrem Ernst nach Berlin reisen, und Maria übernahm es, mich zu betreuen.

Bin ich womöglich in der Wohnung gezeugt worden? Und auch dort zur Welt gekommen?

Ich greife nach den Alben. Unzählige Bilder von Mutter beim Wandern, in Knickerbockerhosen und karierter Bluse, mit einem Rucksack auf dem Rücken und einem Wanderstock in der Hand. Wie jung sie aussieht. Das letzte Bild des Hochzeitsalbums zeigt sie vor einem düster wirkenden Altbau. *Im 4. Stock befindet sich unsere erste eigene Wohnung*. Ob das Haus noch steht?

Ich blättere zurück. Das Foto von dem glücklichen Brautpaar und dem Blumen streuenden Mädchen im gesmokten Kleid habe ich vorhin übersehen. Es hat blonde Locken und ist höchstens vier. *Meine kleine Schwester Ingrid* lautet die Unterschrift.

Ich suche nach weiteren Bildern von Ingrid. Vergeblich. Und von Oskar gibt es natürlich auch keins.

Statt mich an meinen Schreibtisch zu setzen und weitere Fotos für die Ausstellung auszuwählen, fahre ich nach Winterhude. Es herrscht kaum Verkehr an diesem grauen Sonntagmorgen. Von meiner Wohnung in Eimsbüttel brauche ich gerade mal zehn Minuten.

Die Dorotheenstraße ist lang; laut Stadtplan liegt die Nummer 174 am oberen Ende, in der Nähe der Barmbeker Straße. Ich bin nervös, will das Haus nicht vom Wagen aus entdecken. Also parke ich, sobald ich eine Lücke sehe, und gehe den Rest zu Fuß. Es muss auf der rechten Seite liegen, gleich hinter der U-Bahn-Brücke. Mein Herz klopft. Warum ist es mir auf einmal so wichtig, dieses Haus zu finden?

Mein Blick fällt auf einen Gelbklinkerbau aus den Fünfzigerjahren. Das kann nicht sein. Doch die Hausnummer stimmt. Ich will es nicht glauben. War der Altbau einsturzgefährdet und wurde deshalb nach dem Krieg abgerissen?

Auch das Nachbarhaus und die dahinter liegenden roten Backsteinhäuser sind aus den Fünfzigerjahren. Nur auf der anderen Straßenseite stehen noch Altbauten mit vier oder fünf Stockwerken.

Ratlos starre ich auf die Gelbklinkerfassade. In dem Moment wird im ersten Stock ein Fenster geöffnet. Eine ältere Frau mit strähnigen Haaren fragt mich, was ich hier wolle.

Ich stammele etwas von meinen Eltern, die im Krieg in der Nummer 174 gewohnt hätten, aber das müsse ein anderes Haus gewesen sein.

»Ja, sicher. Sie sehen doch, dass dies ein Bau aus der Nachkriegszeit ist.«

»Erinnern Sie sich an eine Familie Elbracht?«

»Nie gehört.« Die Frau schlägt das Fenster zu.

Ich schaue mir die Klingelschilder an. Es ist sinnlos, andere Mieter zu befragen. Warum sollte jemand, der in den Fünfzigerjahren hier eingezogen ist, sich an Bewohner eines Hauses erinnern, das nicht mehr steht?

Vielleicht habe ich mehr Glück, wenn ich es in den Altbauten auf der gegenüberliegenden Straßenseite versuche. Es gibt schließlich Menschen, die fünfzig Jahre und länger in derselben Wohnung leben.

Ich überquere die Straße und klingele, ohne lange zu überlegen, bei einer der Erdgeschosswohnungen. Es meldet sich ein Mann, der es unverschämt findet, an einem Sonntagmorgen von einer Fremden belästigt zu werden. Bei meinem nächsten Versuch antwortet mir ein Junge, dass er erst seit ein paar Wochen hier wohnen würde. Schließlich klingele ich ganz oben, bei *Hartmann*.

Es dauert eine Weile, dann höre ich eine leise Frauenstimme fragen, wer da sei.

Ich schöpfe Hoffnung und erkläre mein Anliegen.

»Nein, so alt bin ich noch nicht, dass ich mich an ein Haus aus dem Krieg erinnern könnte.«

»Kennen Sie eventuell jemanden, der schon seit fünfzig oder sechzig Jahren hier wohnt?«

»Wissen Sie, ich lebe sehr zurückgezogen. Zu den Menschen im Haus habe ich kaum Kontakt.«

»Dann entschuldigen Sie bitte die Störung.«

»Sie haben mich nicht gestört.« Frau Hartmann räuspert sich. »Was sagten Sie, wie hieß der Mann, der vermutlich manchmal zu Besuch bei den beiden Schwestern war?«

»Oskar.«

»Und mit Nachnamen?«

»Das weiß ich nicht.«

»Warum wollen Sie ihn finden?«

»Er ist mein Vater.«

»Ah …«

Was für eine merkwürdige Situation. Wie komme ich dazu, einer völlig fremden Person so private Dinge durch eine Sprechanlage mitzuteilen?

»Ich werde meine Mutter fragen, ob sie Ihnen weiterhelfen kann. Dies war früher ihre Wohnung. Jetzt lebt sie im Altersheim.«

»Danke, das ist sehr nett von Ihnen.«

»Aber ich muss Sie warnen. Meine Mutter hat eine beginnende Demenz. Man kann sich auf ihre Aussagen nicht verlassen.«

»Trotzdem würde ich es gern versuchen.«

»Dann werfen Sie einen Zettel mit Ihrem Namen und Ihrer Telefonnummer in meinen Briefkasten.«

»Danke.«

Der Türsummer ertönt. Ich hinterlasse meine Angaben und kehre mit leichtem Schritt zu meinem Wagen zurück.

Das Bezirksamt Hamburg-Nord öffnet montags um acht. Auf dem Weg dorthin denke ich an Lars' Besuch gestern Abend. Wie erleichtert er war, dass ich mit der Suche nach Oskar begonnen habe. Und er hat mich auf die Idee gebracht, mir beim Standesamt einen Ausdruck aus dem Geburtenregister zu besorgen.

»Selbst wenn der Name deines leiblichen Vaters dort nicht auftaucht, ist es ein wichtiges Dokument für dich.«

»Wieso?«

»Weil darin dein erster Name und Angaben zu deiner leiblichen Mutter zum Zeitpunkt deiner Geburt verzeichnet sind.«

»Woher kennst du dich mit diesen Dingen so gut aus?«

Lars nahm mich in die Arme. »Weil ich mal geheiratet habe und vor jeder Trauung diese Abstammungsurkunden vorliegen müssen. Sonst könnte jemand womöglich seinen Bruder oder seine Schwester heiraten.«

Es ist selten genug, dass Lars seine Heirat erwähnt. Kurz bevor wir uns kennenlernten, wurde er von seiner alkoholabhängigen Frau geschieden und bekam das alleinige Sorgerecht für Andrea. Sie will ihre Mutter schon seit Langem nicht mehr sehen.

Beim Standesamt muss ich eine halbe Stunde warten. Dann werde ich gebeten, mich auszuweisen.

»Für einen beglaubigten Auszug aus dem Geburtenregister erheben wir eine Gebühr von zehn Mark«, teilt mir die Standesbeamtin mit.

Ich erwerbe eine entsprechende Gebührenmarke und warte wieder.

Bevor mir die Beamtin den Auszug überreicht, zögert sie einen Moment. Überlegt sie, wie sie mir beibringen soll, dass ich adoptiert wurde?

»Ich weiß Bescheid«, sage ich schnell, »allerdings erst seit knapp einer Woche.«

Sie faltet das Blatt in der Mitte, legt es in einen Umschlag und überreicht ihn mir. »Alles Gute.«

»Danke.«

Im Flur ziehe ich das Blatt heraus und beginne zu lesen:

> Die Haushaltshilfe Ingrid Herta Gertrud Jensen,
> evangelisch
> wohnhaft in: 24 Hamburg, Dorotheenstraße 174
> ledig
> hat am 1. Juli 1945 um 8 Uhr 07 Minuten im Universitäts-Krankenhaus Eppendorf in Hamburg ein Mädchen geboren. Das Kind hat die Vornamen erhalten: Katharina Ingrid Maria

Ich stutze. *Ingrid?*

> Vater des Kindes: unbekannt
> Eingetragen auf schriftliche Anzeige des Vorstehers des Universitäts-Krankenhauses Eppendorf in Hamburg

Unter *Änderungen des Geburtseintrags* ist vermerkt, dass am 31. März 1946 meine Adoption durch Maria und Johannes Elbracht erfolgte. Seitdem lautet mein Name: *Katharina Maria Elbracht.*

Tränen steigen mir in die Augen. Nichts sollte an die Frau erinnern, die mich zur Welt gebracht hat.

Aber es hat etwas Tröstliches zu wissen, dass Ingrid mich auch nach ihr benannt hat. Vielleicht war sie bei meiner Geburt noch entschlossen, mich zu behalten.

Vater unbekannt. Ob sie Oskar geliebt hat? Ich werde es vermutlich nie erfahren. Aber ich wünsche mir, dass sie ihn wenigstens nicht gehasst hat.

Seit zwei Stunden sitze ich an meinem Schreibtisch, rauche eine Zigarette nach der anderen und versuche, Manfred Thiele zu schreiben. Meine langen Ausführungen darüber, was Marias Briefe in mir ausgelöst haben, sind viel zu persönlich. Schließlich fange ich noch einmal von vorne an, danke ihm kurz dafür, dass er mir die Briefe geschickt hat. Und dann bitte ich ihn um ein Treffen.

Ich kann jederzeit nach Berlin kommen.
Mit freundlichen Grüßen
Katharina Elbracht

Um kurz vor achtzehn Uhr werfe ich den Brief in den Kasten. Spätestens übermorgen müsste Manfred Thiele ihn haben.

Auf dem Nachhauseweg regt sich leiser Zweifel in mir, ob ich das Richtige getan habe. Hätte ich nicht noch einmal darüber schlafen sollen, so wie Lars es immer macht, wenn es um wichtige Entscheidungen geht?

Jetzt ist es zu spät.

10

Seit einer Woche beschäftige ich mich mit meinen Fotos. Aber es gelingt mir nicht, mich länger als ein oder zwei Stunden am Stück zu konzentrieren.

Manfred Thiele hat sich bisher nicht gemeldet. Und von Frau Hartmann höre ich auch nichts.

Manchmal schaue ich mir zwischendurch den Auszug aus dem Geburtenregister an, frage mich, in was für einem Haushalt meine Mutter als Hilfe angestellt war, ob die Religion eine Bedeutung für sie hatte und wie man sie im Krankenhaus behandelt haben mag. Eine ledige und dazu noch minderjährige Frau, die den Namen des Kindsvaters nicht preisgibt, wird verächtlichen Blicken und Bemerkungen anderer Mütter ausgesetzt gewesen sein. Und auch die Ärzte und Krankenschwestern werden ihre Vorbehalte gehabt haben. In der öffentlichen Wahrnehmung galten Menschen wie meine Mutter damals als gefallene Mädchen.

Und wenn nicht jener Oskar mein Vater ist, sondern ein anderer Mann, den Ingrid vielleicht nur kurze Zeit gekannt hat? Hat sie dies aus Scham, vor allem Maria gegenüber, verschweigen wollen?

Alles reine Spekulation.

Heute Abend will ich Lars meine ausgewählten Fotos zeigen. Ich habe sie chronologisch geordnet, weil ich denke, dass so am ehesten eine Entwicklung meiner Arbeit deutlich wird. Anna hat schon angedeutet, dass sie eher thematische Schwerpunkte setzen möchte. Dazu hat sie als Kuratorin natürlich das Recht, aber es erscheint mir nicht sinnvoll. Wahrscheinlich wird es demnächst eine längere Diskussion darüber geben.

Ich gehe die einzelnen Etappen ein letztes Mal durch, tausche hier und da noch ein Foto aus.

Von den Paris-Bildern habe ich nur Fotokopien, und auch die kennt Lars bisher nicht.

Junge, ernst blickende Demonstranten vor dem Amerika-Haus in Berlin. Ihr Plakat trägt die Aufschrift *Solidarität mit Vietnam.* Ich war damals im zweiten Jahr meiner Ausbildung als Fotografin und wollte seit Monaten endlich einmal nach Berlin. An jenem Wochenende Anfang Februar 1966 hatte ich eine Mitfahrgelegenheit. Die *Hamburger Morgenpost* druckte das Bild.

Beim Schah-Besuch am 2. Juni 1967 arbeitete ich schon als feste Freie für die *Morgenpost.* Mein Foto von einem Mann, der versucht, seinen Kopf vor zwei prügelnden Polizisten zu schützen, stieß bei dem Redakteur zunächst auf Ablehnung. Er vermutete einen Einzelfall, bis er durch die Nachrichten eines Besseren belehrt wurde.

Häuserruinen in Belfast. Kinder spielen hinter Stacheldrahtbarrikaden, beobachtet von Soldaten mit Maschinengewehren. Mein erster Auslandseinsatz. Nachdem im August 1969 ein neunjähriger Junge in Nordirland erschossen worden war, eskalierte dort die Gewalt. Lothar wollte nicht, dass ich fahre. Für das Foto bekam ich einen Preis.

Ein verbranntes Dorf in Vietnam. Im Vordergrund kauert eine alte Frau. Neben ihr steht ein kleines Mädchen mit leerem Blick. Das Bild entstand im August 1970. Fünf Monate zuvor war Thorsten zur Welt gekommen. Lothar hatte Zweifel gehabt, ob es für ihn der richtige Zeitpunkt war, Vater zu werden, aber ich wollte das Kind. Wir zogen zusammen. Es dauerte nicht lange, und ich fühlte mich eingeengt und wünschte mir nichts sehnlicher, als wieder in die Welt hinauszuziehen. Und dann erhielt ich das Angebot, in Vietnam zu fotografieren. Ich zögerte nicht. Thorsten blieb bei Lothar. Als ich nach sechs Wochen zurückkam, fremdelte er. Zwischen Lothar und mir gab es schwere Auseinandersetzungen, die Beziehung zerbrach. Im Dezember 1970 bot Mutter mir an, nach Hamburg zu kommen und sich um Thorsten zu kümmern. Sie war damals dreiundsechzig Jahre alt und erschöpft von ihrer Arbeit im Krankenhaus. Außerdem gefiel ihr offenbar der Gedanke, in ihre Heimatstadt zurückzukehren. Sie war von da an diejenige, die mit Lothar die Besuche bei seinem Sohn verabredete. Bis Lothar in die USA verschwand.

Eine Frau kniet neben einem Schwerverletzten. Rechts und links von ihr stehen Soldaten. Blutsonntag in Derry am 30. Januar 1972. Eine Woche zuvor hatte es in Nordirland Demonstrationen für mehr Bürgerrechte gegeben. Die Situation spitzte sich zu. Thorsten hatte Masern. Fahr ruhig, sagte Mutter. Und ich fuhr.

Je erfolgreicher ich wurde, umso weniger bekam ich mit, was zu Hause geschah. Ich hatte ständig ein schlechtes Gewissen, aber nicht, weil ich meinen Sohn nicht sah, sondern weil ich mich am lebendigsten fühlte, wenn ich mein Leben aufs Spiel setzte. Das ist pervers, sagte Wolfgang, mit dem ich nach der Trennung von Lothar eine Zeit lang zusammen war. Seitdem habe ich nie wieder mit jemandem über dieses Thema gesprochen.

Im Jom-Kippur-Krieg wurde ich durch Granatsplitter verletzt. Das hielt mich nicht davon ab, ein Jahr später nach Äthiopien zu reisen, um über den Bürgerkrieg dort zu berichten. Es war wie eine Sucht.

Wieso ›war‹? Ist es heute anders? Ich schiebe den Gedanken beiseite.

Bürgerkriege im Libanon und in Afghanistan, Ausnahmezustand in Südafrika, der Golfkrieg, die Intifada. Vor mir die Fotos von brennenden Häusern, verwaisten Kindern, gelynchten Männern, trauernden Frauen, weinenden Soldaten.

Später steht Lars vor den Bildern, ich sehe die Erschütterung in seinem Gesicht. Von vielen meiner früheren Einsätze wusste er bisher nichts.

»Du schwebst ständig in Gefahr, wenn du solche Aufnahmen machst.«

»Ja, das gehört zu meinem Beruf«, antworte ich gereizt. Warum sagt er nichts zu den Fotos?

»Ich weiß, aber …«

»Es hat keinen Zweck, wenn du wieder davon anfängst, dass du dir Sorgen um mich machst«, unterbreche ich ihn. »Ich habe von Anfang an klargestellt, dass mein Beruf an erster Stelle steht und ich darüber nicht mit mir verhandeln lasse.«

»Katharina, reg dich nicht so auf. Darum geht es nicht.«

»Sondern?«

»Ich verstehe nicht, wieso du so aggressiv reagierst.«

»Mich interessiert es zu hören, was du von der Auswahl der Fotos hältst. Ich habe keine Lust zu einer Grundsatzdiskussion.«

Lars verfällt in Schweigen. Es war ein Fehler, ihn nach seiner Meinung zu fragen.

»Vielleicht wechseln wir das Thema«, schlage ich nach einer Weile vor und greife nach einer Zigarette.

»Nein.« Lars deutet auf das Foto von dem Mädchen in Vietnam. »Du kannst nicht von mir verlangen, dass ich mir diese Bilder anschaue, ohne an dich zu denken. An die Gefahr, der du dich aussetzt. Aber auch daran, wie du seit

Jahrzehnten den Anblick von so viel Elend, so viel Brutalität erträgst.«

»Man gewöhnt sich daran.«

»Das ist zynisch.«

»Nein, aber ohne Abhärtung und eine gewisse innere Distanz ist es nicht zu schaffen. Was nicht heißt, dass meine Gefühle abstumpfen.«

Lars schaut mich zweifelnd an.

»Du kannst es dir schenken, nach Gründen zu suchen, warum ich mich dem freiwillig aussetze. Ich muss für nichts büßen und mich auch für nichts bestrafen. Es hat sich einfach so entwickelt. Punkt.«

»Ich … glaube, es ist besser, wenn ich jetzt gehe.«

»Ja, das glaube ich auch.«

Ich blicke aus dem Fenster in die Dunkelheit, während er den Raum verlässt. Leise fällt die Wohnungstür ins Schloss.

11

In den letzten anderthalb Wochen ist Oskar wieder mehr zur Ruhe gekommen. Er hat auf größere Wanderungen verzichtet, die Schmerzen in den Gelenken haben nachgelassen, er hat tief und traumlos geschlafen.

Statt immer nur die *Irish Times* zu lesen, hat er sich in James Joyce' Roman *Ulysses* vertieft. Während seines Studiums hat er dieses Buch zum ersten Mal gelesen, und so schwer die Lektüre auch war, verspürte er sofort eine Nähe zu der Hauptfigur Leopold Bloom, der ein Einzelgänger ist wie er selbst.

Heute beginnt er mit dem sechsten Kapitel, in dem Bloom auf dem Weg zu einer Beerdigung ist. Seine Gedanken kreisen um seinen Sohn Rudy, der vor elf Jahren, kurz nach der Geburt, starb.

Oskar hält inne. Wieso weiß er nichts mehr von dieser Szene? Hat er sie damals überschlagen? Er zwingt sich weiterzulesen und Bloom zu folgen, der sich vorstellt, wie es gewesen wäre, wenn der kleine Rudy überlebt hätte. Ihn aufwachsen zu sehen, seine Stimme im Haus zu hören, sich selbst in Rudys Augen zu erkennen. Er erinnert sich an den Moment der Zeugung und daran, wie Molly immer dicker wurde, mit seinem Sohn in ihr.

Oskar überkommt das Gefühl einer großen Leere. Er legt das Buch beiseite, seine Hände zittern. In seinem Leben gibt es kein Kind, auch nicht die Trauer über ein früh verstorbenes Kind. So wie es nie eine Frau gegeben hat, mit der er ein Kind hätte haben wollen. Oder nur die eine, aber sie hatte sich längst anders entschieden.

Er hat plötzlich einen Kloß im Hals.

Langsam steht er auf und geht in die Küche, um sich ein Glas Wasser zu holen. Und einen Whiskey.

Er betritt den Metzgerladen in Enniskerry. Die Frau in der Schlange vor ihm trägt eine Matrosenhose. Ihre blonden Locken hat sie hochgesteckt. Sie dreht sich um und lächelt ihn an. Da bist du ja. Er starrt auf ihre lila geschminkten Lippen und die Fältchen um ihre Augen. Sie legt ihm die Hand auf den Arm. Erkennst du mich nicht wieder? Ich bin's, Ingrid. Ich weiß, antwortet er leise und streicht über ihre Finger. Wie hast du erfahren, dass ich in Irland lebe? Was ist denn das für eine Frage?, ruft sie und lacht. Ich wohne doch auch hier.

Oskar schreckt hoch. Er ist in Schweiß gebadet. Kurz nach zwei. Er wünschte, er wäre nicht aufgewacht. Die Frau im Traum hatte kleine Leberflecken auf ihrem Handrücken. So wie er. Tränen laufen ihm über die Wangen.

Es wird schon hell, als er endlich wieder einschläft.

12

Seit drei Tagen herrscht Funkstille zwischen Lars und mir. Übers Wochenende hat er eine Fortbildung in Köln. Ich muss vorher mit ihm sprechen, mich bei ihm entschuldigen. Warum fällt es mir so schwer?

Noch eine Zigarette. Dann greife ich zum Telefon.

Er nimmt nicht ab. Dabei ist es schon halb acht. Er müsste längst zu Hause sein. »Melde dich doch mal«, spreche ich auf sein Band. »Oder bist du etwa schon weg?«

Unruhig laufe ich in der Wohnung auf und ab. Hätte ich mir nur für heute Abend etwas vorgenommen. Die Auswahl der Fotos habe ich abgeschlossen. Anna hat sie gestern bekommen und mich gleich angerufen.

»Ich bin überwältigt. Es sind so eindrückliche, bewegende Bilder. Sie prägen sich sofort ein. Dieses kleine Mädchen in Vietnam … das werde ich nie vergessen.«

»Danke.«

»Es wird eine fantastische Ausstellung mit richtig viel Publikum.«

»Ich will deinen Optimismus nicht dämpfen. Aber die Menschen neigen dazu, nichts vom Krieg wissen zu wollen.«

»Warten wir's ab. Wenn die ersten euphorischen Besprechungen erschienen sind, werden die Leute Schlange stehen.«

Anna will sich im April mit ihrem Konzept bei mir melden. Mal sehen, ob dann die Stimmung zwischen uns auch noch so freundlich ist.

Um zehn nach neun klingelt das Telefon. Es ist Lars.

»Ich habe deine Nachricht eben erst bekommen. Andrea und ich waren in der Alsterschwimmhalle, und dann habe ich sie fürs Wochenende zu einer Freundin gebracht.«

»Es tut mir leid, dass es am Dienstagabend diesen Streit zwischen uns gab.«

»Ja, mir auch. Was ist bloß mit dir los?«

»Weiß ich nicht … Ich habe das Gefühl, alles falsch zu machen.«

»Aber du hast so viel geschafft. Die Ausstellung vorbereitet und Verschiedenes unternommen, um deinen Vater zu finden …«

»Ach, diese Sucherei ist völlig aussichtslos. Es gibt keine weiteren Anhaltspunkte.«

»Manfred Thiele wird sich bestimmt irgendwann melden. Für ihn ist es sicherlich auch nicht so einfach, dass seine Halbschwester ihn treffen will.«

»Warum hat er mir die Briefe dann geschickt?«

»Ich nehme an, weil er meint, dass du ein Recht darauf hast zu erfahren, wer deine leibliche Mutter ist.«

»Ich will von diesen ganzen Familienangelegenheiten erst mal nichts mehr wissen.«

»Dabei fällt mir ein: Gibt's was Neues von Thorsten?«

Das war jetzt die falsche Frage, denke ich und zwinge mich zu einem freundlichen ›Nein‹.

Zum Glück verschont Lars mich heute mit Tipps zum besseren Umgang mit meinem Sohn.

Später höre ich in den Nachrichten, dass der südafrikanische Präsident F. W. de Klerk das Verbot des African National Congress aufgehoben hat. Man rechnet damit, dass Nelson Mandela demnächst aus der Haft entlassen wird, nach über siebenundzwanzig Jahren.

Ich stelle mir Fotos vor, die Mandela zeigen, wie er durch das offene Gefängnistor geht. Auf einmal habe ich wieder Energie und fange an, eine Reise nach Südafrika zu planen. Zuletzt war ich vor viereinhalb Jahren dort, kurz nachdem im Juli 1985 der Ausnahmezustand ausgerufen worden war. Ich könnte nach Kapstadt fliegen und versuchen, die Aufbruchstimmung im Land in Bildern einzufangen.

Am nächsten Tag ruft Frau Hartmann mich an. Ich bin so überrascht, dass ich einen Moment lang nicht weiß, was ich sagen soll.

»Spreche ich mit Katharina Elbracht?«

»Ja, entschuldigen Sie …«

»Wahrscheinlich haben Sie nach fast zwei Wochen gar nicht mehr mit meinem Anruf gerechnet.«

»Ehrlich gesagt, nein.«

»Meine Mutter hatte eine Grippe mit hohem Fieber. Deshalb habe ich sie erst jetzt nach Maria Elbracht fragen können.«

»Und?«

»Sie erinnert sich sehr gut an sie und würde sich gerne mit Ihnen unterhalten.«

»Wirklich?« Meine Stimme überschlägt sich fast.

»Am besten ist es, wenn ich Sie begleite. Passt es Ihnen morgen Nachmittag?«

»Ja, natürlich.«

»Dann kommen Sie doch um halb vier zu mir. Bis zum Altersheim ist es nicht weit. Wir können zu Fuß gehen.«

In der Nacht liege ich wach und versuche, mich innerlich gegen eine mögliche Enttäuschung zu wappnen. Wenn die alte Frau Hartmann eine beginnende Demenz hat, ist ihren Erinnerungen nicht unbedingt zu trauen.

Der Sonntagvormittag vergeht wie in Zeitlupe. Lars kann ich nicht erreichen, bei Lilo hinterlasse ich eine Nachricht auf dem AB, und in Thorstens Wohngemeinschaft meldet sich wieder nur Sven. Diesmal bitte ich ihn nicht um einen Rückruf.

Vor dem Altbau in der Dorotheenstraße steht eine große, hagere Frau in einem grauen Wollmantel, die sich suchend umschaut. Das muss sie sein. Mit ihrer dicken Hornbrille und der Angoramütze sieht sie älter aus, als sie ist. Jetzt hat sie mich entdeckt und hebt ihren Arm, als ob sie mir zuwinken wolle.

Ich strecke ihr die Hand entgegen. »Guten Tag, Frau Hartmann.«

»Tag, Frau Elbracht.«

Ihr Händedruck ist schlaff und feucht. Kurz gleitet ihr kritischer Blick an mir hinunter, und ich sehe mich mit ihren Augen: Meine dichten, blonden Locken, den bunten Schal, die blaue Daunenjacke, meine Jeans und die langen Fellstiefel.

»Wollen wir los?«, frage ich und lächele.

Sie nickt.

Auf dem Weg zum Altersheim erzählt Frau Hartmann mir, dass ihre Mutter seit anderthalb Jahren dort lebe. Nach einem Herzinfarkt hätte sie die vielen Treppen nicht mehr steigen können. Die Trennung sei für sie beide sehr schwer gewesen.

»Besuchen Sie sie oft?«

»Ja, jeden Tag. Ich … arbeite nicht mehr … aus gesundheitlichen Gründen.« Wieder schaut sie mich an. »Darf ich Sie fragen, was Sie beruflich machen?«

»Ich bin Fotografin.«

»Aha. Was fotografieren Sie?«

»Menschen und Landschaften.« Ich habe die Erfahrung gemacht, dass nicht jeder wissen muss, wo meine Fotos entstehen. Frau Hartmann wäre mit Sicherheit alarmiert.

»Da sind wir.« Sie deutet auf ein dunkelrotes Backsteingebäude. »Ich gehe mal vor.«

Ich folge ihr in das düstere Haus. Ein leichter Uringeruch schlägt mir entgegen. Im Flur sitzen zwei zahnlose Frauen und dämmern vor sich hin.

Das Zimmer der alten Frau Hartmann ist überraschend hell. Eine rüstige alte Dame in einem karierten Kostüm und einer rosafarbenen Seidenbluse reicht mir die Hand.

»Wie schön, Sie kennenzulernen.«

»Ich danke Ihnen, dass Sie bereit sind, mir von Maria Elbracht zu erzählen.«

Der Unterschied zwischen Mutter und Tochter könnte nicht größer sein. Die weißen Haare der alten Frau Hartmann sind sorgfältig frisiert, während ihre Tochter nur einen dünnen grauen Zopf hat.

»Bitte setzen Sie sich doch. Dürfen wir Ihnen einen Tee anbieten?«

»Ja, gerne.«

»Gerda, wärst du so gut?«

Wortlos setzt die Tochter den Wasserkessel auf und deckt feines Porzellangeschirr.

»Ich bin Maria Elbracht zum ersten Mal Mitte der Dreißigerjahre begegnet«, sagt Frau Hartmann und streicht über ihre Perlenkette. »Damals hatte ich einen Fahrradunfall direkt vorm Haus. Maria hat mich gesehen und mir sofort geholfen. Sie war eine hervorragende Krankenschwester. Als Dank dafür habe ich sie zum Tee eingeladen. Und da stellten wir fest, dass wir derselbe Jahrgang waren: Ich bin im Januar 1907 geboren und sie im März.«

Gerda schenkt uns Tee ein und stellt eine Schale mit Waffelröllchen auf den Tisch.

»Als der Krieg ausbrach und unsere Ehemänner eingezogen wurden, hatten wir beide große Angst. Die einzigen Lichtblicke waren die Fronturlaube. Ja, und dann kam 1942 meine Gerda zur Welt, da hat Maria mir auch so manches Mal beigestanden. Sie hatte leider keine Kinder, das war ihr großer Kummer.«

Ich schlucke.

Frau Hartmann zeigt auf die Waffelröllchen. »Bitte bedienen Sie sich.«

»Danke.«

Prompt bleibt mir ein Krümel in der Kehle stecken, und ich fange an zu husten.

»Gerda hat mir berichtet, dass Sie einen Mann namens Oskar suchen. Stimmt's?«

»Ja.« Mein Herz klopft.

»Den habe ich nie gesehen, aber Marias jüngere Schwester Ingrid schon, dieses hübsche Mädchen mit den goldenen Locken.«

»Das war meine Mutter«, werfe ich ein.

Frau Hartmann nickt. »Sie haben durchaus eine gewisse Ähnlichkeit mit ihr.«

»Hat Maria Ihnen etwas über ihre Schwester erzählt?«

»Ja, dass Ingrid ihren Freund beim Swing-Tanzen im Alsterpavillon kennengelernt hätte. Maria war immer in Sorge, dass die beiden bei einer Razzia durch die Gestapo verhaftet werden könnten. Aber sie waren so unbekümmert und so verliebt. Oskar steckte damals mitten im Abitur. Er besuchte ein humanistisches Gymnasium, lernte Griechisch und Latein. Überhaupt stammte er aus einer anderen gesellschaftlichen Schicht als Maria und Ingrid. Sein Vater war Rechtsanwalt. Auch das bedrückte Maria.

Sie befürchtete, dass Oskars Vater niemals die Tochter eines Bäckers als Freundin seines Sohnes akzeptieren würde.«

Vor meinen Augen entsteht ein Bild meiner Eltern. Niemals hätte ich gedacht, dass ich an diesem Nachmittag so viel über sie erfahren würde.

»Nach dem Feuersturm wurden Gerda und ich evakuiert«, fährt Frau Hartmann fort. »Wir konnten auf dem Hof meines Bruders in Schleswig-Holstein unterkommen. Aber nach ein paar Monaten sind wir in unsere Wohnung zurückgekehrt. Hamburg lag in Schutt und Asche. Und Maria war ständig im Einsatz, hat geholfen, wo sie nur konnte. Sie hatte ihre Eltern im Feuersturm verloren, Ingrid wohnte nun bei ihr, bis sie zum Arbeitsdienst musste. Ja, und eines Tages habe ich gesehen, dass Ingrid schwanger war. Maria fühlte sich für sie verantwortlich. Ihre Schwester war ja erst siebzehn und der Vater des Kindes im Krieg. Im Sommer '45 wurde Ingrids Tochter geboren. Sie war so glücklich.«

Ich kann mich nicht rühren.

»Wir waren alle glücklich, dass nach diesen schrecklichen Jahren, den vielen Toten und Verletzten nun ein neuer, kleiner Mensch auf der Welt war. Möchten Sie noch eine Tasse Tee?«

»Ja … danke.«

Gerda schenkt uns nach.

»Maria konnte Ingrid bei der Versorgung des Babys natürlich sehr unterstützen. Immer häufiger war sie diejenige, die ihre Nichte im Kinderwagen ausfuhr. Eines Tages sagte sie mir im Vertrauen, dass ihre Schwester seit Monaten nichts von dem Vater des Kindes gehört habe. Er gelte als vermisst. Manchmal würde sie die ganze Nacht lang weinen.«

Ich greife nach meiner Teetasse. Meine Hand zittert. Vermisst. Dann gibt es kaum noch Hoffnung.

»Irgendwann kursierte das Gerücht, dass Ingrid ein paarmal von einem wesentlich älteren Mann abgeholt worden war. Von Maria erfuhr ich, dass er aus Berlin sei und Ingrid den Hof machen würde.«

Frau Hartmann nestelt an ihrer Bluse. Sie wirkt plötzlich erschöpft.

»Mutter, was ist?«, fragt Gerda besorgt.

»Ach, ich musste eben daran denken, wie erleichtert Maria war, als ihr Mann aus dem Krieg zurückkam …« Sie bricht ab und presst die Lippen zusammen.

»Mein Vater ist in den letzten Kriegsmonaten in Russland gefallen«, sagt Gerda leise.

Frau Hartmann zieht ein Taschentuch aus ihrer Jacke und wischt sich über die Augen. »Im Sommer '46 sind sie weggezogen. Marias Mann hatte eine Stelle in seiner Heimatstadt bekommen, irgendwo im Ostwestfälischen. Wir haben den Kontakt verloren. Ein paar Jahre später wurde das Haus wegen Einsturzgefährdung abgerissen, und das daneben auch. Ich habe immer vermutet, dass Ingrid mit ihrem Kind zu dem Mann nach Berlin gezogen ist.«

»Nein, Maria und ihr Mann haben mich im März 1946 adoptiert«, erkläre ich. »Sie hat nie darüber gesprochen. Vor zwei Jahren ist sie gestorben.«

»Wann haben Sie es erfahren?«

»Vor wenigen Wochen. Mein Halbbruder aus Ostberlin hat mir Briefe geschickt, die Maria an ihre Schwester geschrieben hat.«

»Was für eine traurige Geschichte.« Frau Hartmann sinkt in sich zusammen. »Ich verstehe nicht, warum ich auf einmal so müde bin.«

Gerda gibt mir ein Zeichen, dass ich jetzt gehen soll.

»Ich danke Ihnen, dass Sie mir all das erzählt haben«, sage ich und will aufstehen.

»Nein, bleiben Sie bitte.«

Gerda runzelt die Stirn. »Mutter, du darfst dich nicht überanstrengen.«

Frau Hartmann richtet sich wieder auf. »Mir ist noch etwas eingefallen.«

»Es ist nicht gut für dich, wenn du …«

»Nun lass mich doch«, schimpft Frau Hartmann und macht eine Bewegung, als wolle sie eine Fliege verscheuchen.

Gerda verzieht beleidigt den Mund.

»Vier oder fünf Jahre nach Kriegsende hörte ich im Haus, dass ein junger Mann von Wohnung zu Wohnung gegangen sei und überall gefragt hätte, ob jemand wisse, wohin Maria Elbracht und ihre Schwester gezogen seien, die im Haus gegenüber gewohnt hätten.«

Ich starre sie an.

»Er sei völlig abgemagert gewesen und wahrscheinlich gerade erst aus der Kriegsgefangenschaft heimgekehrt. Ich war an jenem Wochenende mit Gerda bei meinem Bruder. Und im Haus wohnte niemand mehr, der sich an meine Freundschaft mit Maria hätte erinnern können. Leider hatte er seinen Namen und seine Anschrift nicht hinterlassen. Sonst hätte ich ihm sagen können, dass Ingrid ein Kind von ihm zur Welt gebracht hat.«

Frau Hartmann beginnt zu weinen.

»Mutter, das ist alles zu viel für dich«, sagt Gerda entschieden.

Ich stehe auf und drücke Frau Hartmann die Hand. Sie scheint mich kaum noch wahrzunehmen.

»Was hätte ich darum gegeben, wenn mein Hans zurückgekommen wäre …«

Gerda nimmt ihre Mutter in die Arme.
»Haben Sie vielen Dank«, murmele ich.
»Dann wäre auch aus meiner Tochter etwas geworden.«
»Nun gehen Sie schon«, zischt Gerda mir zu.
Wie im Taumel verlasse ich das Altersheim.
Oskar hat den Krieg überlebt. Vielleicht lebt er noch.

13

Oskar biegt auf die N 11 in Richtung Innenstadt ein. Er ist auf dem Weg zur National Gallery. Es herrscht viel Verkehr, doch daran hat er sich inzwischen gewöhnt.

Im Klassiksender läuft die *Wanderer-Fantasie* von Schubert, gespielt von Alfred Brendel. Die Sonne scheint, der Himmel ist strahlend blau. Eigentlich ein perfekter Tag, um in den Bergen unterwegs zu sein, aber Oskar hat sich vor einer Woche ein Ablenkungsprogramm verordnet, um unter Menschen zu kommen und nicht mehr so viel zu grübeln. Jeden Morgen nach dem Frühstück fährt er nach Dublin und versucht, die Stadt neu zu entdecken. Den Goldschmuck aus der Bronzezeit im National Museum, die Bilder zeitgenössischer irischer Künstler in der Hugh Lane Gallery, asiatische Buchkunst in der Chester Beatty Library. Er machte eine Führung durch die Guinness Brauerei mit, sah im Dubliner Zoo den ersten Wolf seines Lebens, und vor ein paar Tagen aß er mittags in Davy Byrne's Pub ein Gorgonzola-Sandwich und trank ein Glas Burgunder dazu, so wie Leopold Bloom im achten Kapitel des *Ulysses*.

Auf einer seiner Rückfahrten hörte er in den Nachrichten, dass der südafrikanische Präsident F. W. de Klerk das Verbot des ANC aufgehoben habe. Oskar musste anhalten und aussteigen, so überrascht war er, dass nach dem Fall der Mauer nun endlich auch ein Ende der Apartheid in Sicht ist. Er war nie in Südafrika, aber für das Schicksal dieses Landes hat er sich immer besonders interessiert, vor allem wegen Nelson Mandela. Wie hat er es geschafft, über siebenundzwanzig Jahre im Gefängnis zu sitzen, ohne verrückt oder depressiv zu werden? Oskar haben schon vier Jahre Kriegsgefangenschaft im Ural so zermürbt, dass er oft nicht wusste, ob er noch weiterleben wollte. Nur der Gedanke an Ingrid hat ihn damals aufrechterhalten. In der Mitteilung hieß es, dass Mandelas Entlassung aus der Haft vermutlich unmittelbar bevorstehe. Den Moment will Oskar nicht verpassen. Und obwohl er sich vor Jahren geschworen hat, dass er sich niemals einen Fernseher kaufen wird, besitzt er seit gestern Abend ein solches Gerät.

In der National Gallery ist an diesem Vormittag nicht viel Betrieb. Oskar geht langsam von Raum zu Raum. Er war früher mit seinen Klassen häufiger hier, doch die wenigsten Schüler hatten Interesse an irischer Malerei. Das Gebäude müsste dringend renoviert werden, hier und da zeigen die Wände Spuren von Feuchtigkeit, und manche der Gemälde scheinen von einem Grauschleier überzogen zu sein. Offenbar fehlt das Geld, um sie zu restaurieren.

Er betritt einen Raum mit Portraits des Malers John Butler Yeats. Sein Blick fällt auf ein Bild, das er noch nie zuvor gesehen hat. Ein junger Mann mit dunklem Haarschopf und einem schmalen, zierlichen Gesicht. Durch seine kleine, runde Brille schaut er den Betrachter direkt an. Er strahlt etwas Verletzliches aus. *Portrait of William Butler Yeats (1865–1939), Poet, 1900, oil on canvas.* Oskar hat die Werke des berühmten Dichters und ersten irischen Nobelpreisträgers nie gelesen, er kennt sich mit Lyrik nicht aus. Aber das Bild nimmt ihn gefangen. W. B. Yeats war fünfunddreißig Jahre alt, als sein Vater dieses Portrait von ihm schuf. Er sieht viel jünger aus, eher wie neunzehn oder zwanzig. Vielleicht sah John Butler Yeats beim Malen den gerade erst erwachsenen Sohn vor seinem inneren Auge.

Oskar wird plötzlich von einer tiefen Traurigkeit überwältigt. Er sinkt auf die Bank. Warum geht ihm dieses Portrait so nahe? Er weiß nichts über den Maler und die Beziehung zu seinem Sohn. Aber in der Art, wie er ihn dargestellt hat, liegt eine große Zärtlichkeit.

Oskar verbirgt sein Gesicht in den Händen. Wie wäre sein Leben verlaufen, wenn Vater solche Gefühle für ihn gehabt hätte?

Ingrid und er haben den ganzen Nachmittag getanzt. Eben hat er sie nach Hause gebracht, und jetzt hofft er, seine Kleidung und den Schirm im Keller verstecken zu können, bevor Vater ihn sieht. Im Arbeitszimmer brennt Licht, er hat Glück.

Da tritt er ihm im Flur in den Weg. »Wo kommst du her?«

Oskar spürt seinen Puls, ganz oben am Hals. »… aus der Stadt.«

Vater greift nach seinem weißen Schal. »Und was ist das für ein lächerlicher Aufzug?«

»Das kann ich dir alles …«

»Wage nicht, mich anzulügen«, unterbricht er ihn. »Gehörst du etwa zu dieser Swing-Jugend?«

»… ja.«

»Du solltest dich schämen.« Vater holt aus und verpasst ihm eine Ohrfeige. »Dein Bruder kämpft für unser Vaterland, und du gehst tanzen!«

Oskar hält sich die brennende Wange. Seit Jahren hat Vater ihn nicht mehr geschlagen.

»Und als ob das nicht schon schlimm genug wäre.« Vaters Stimme ist voller Verachtung. »Nein! Mein Sohn tanzt zur entarteten Musik unserer Feinde.«

Oskar schluckt. Er müsste ihm jetzt sagen, dass die Engländer und Amerikaner nicht seine Feinde seien. Doch er schweigt.

»Es wird Zeit, dass man dich einberuft. Im Krieg wirst du endlich lernen, worauf es ankommt.«

»Und das wäre?«

Vater starrt ihn an. »Oskar, was soll diese freche Frage? Bist du schon so verweichlicht, dass du nicht einmal mehr weißt, welche Werte wichtig sind im Leben? Vaterlandstreue, unbedingter Gehorsam, Tapferkeit und Pflichtgefühl.«

Krieg heißt sterben und nicht leben, will er ihm antworten, aber dazu fehlt ihm der Mut.

Oskar steht auf und verlässt den Raum, ohne das Portrait noch einmal anzuschauen.

Ziellos läuft er durch die Stadt und landet schließlich in einem Kino, wo er sich eine australische Komödie anschaut, ohne sich später an die Handlung erinnern zu können.

14

Das Umsteigen am Frankfurter Flughafen hat problemlos geklappt. Jetzt sitze ich seit fünf Stunden in einer Maschine nach Kapstadt.

Mein Nachbar, ein übergewichtiger Mittdreißiger aus Gießen, der zum ersten Mal nach Südafrika fliegt, um dort auf Safari zu gehen, hat mehrere Versuche unternommen, sich mit mir zu unterhalten. Zum Glück ist er sofort nach dem Essen eingeschlafen.

Ich blicke durch das schmale Fenster hinaus in die Dunkelheit und sehe nichts, keine Lichter, keinen Mond, keine Sterne. Dieser Nachtflug hat etwas Gespenstisches. Plötzlich steigt Panik in mir auf. Ich mache die Augen zu und atme ein paarmal tief ein und aus, aber dadurch wird es eher noch schlimmer. So ein Gefühl kenne ich gar nicht. Wie oft bin ich schon mit viel kleineren Maschinen in äußerst gefährliche Regionen geflogen, ohne irgendeine Beklemmung zu erleben.

Ich versuche, meinen Nachbarn zu wecken. Als mir das nicht gelingt, klettere ich über ihn hinweg und laufe den Gang auf und ab.

Die meisten Passagiere schlafen, einige schauen sich Filme an oder lesen. Mein Herz schlägt so schnell, dass ich es mit der Angst bekomme. Ich gehe auf die Toilette, wasche mir das Gesicht und bitte die Stewardess um ein Glas Wasser. Schließlich entdecke ich einen freien Platz am Gang und setze mich wieder.

Ich wünschte, Lars wäre bei mir. Nach seiner Rückkehr aus Köln habe ich ihm von dem Besuch bei der alten Frau

Hartmann und von meinen Reiseplänen erzählt. Und dann habe ich ihn gefragt, ob er mit nach Kapstadt käme. Er schaute mich völlig entgeistert an.

»Wie stellst du dir das vor? Ich bekomme nicht so kurzfristig Urlaub, und Andrea kann ich auch nicht schon wieder bei einer Freundin unterbringen.«

»Ich habe dich in drei Jahren noch nie gebeten, mich zu begleiten.«

»Katharina, es geht nicht.«

Habe ich geahnt, dass ich im Moment nicht allein reisen sollte? Aber warum nicht? Weil mich die Geschichte von Ingrid und Oskar so verunsichert hat? Das kann nicht sein. Ich bin eine erwachsene, unabhängige Frau, die in ihrem beruflichen Leben viele Male bewiesen hat, dass sie in der Lage ist, mit den schwierigsten Risiken fertigzuwerden. Unsicherheit passt nicht zu mir.

Außerdem gibt es gar keinen Grund, unsicher zu sein. Das, was ich von Frau Hartmann erfahren habe, ist alles sehr positiv. Ich weiß jetzt, dass Ingrid glaubte, Oskar sei vermisst. Ihr nächtelanges Weinen ist eine Bestätigung dafür, dass sie ihn geliebt hat. Und er hat nach seiner Rückkehr aus der Kriegsgefangenschaft nach ihr gesucht; vielleicht war seine Liebe zu Ingrid der einzige Hoffnungsschimmer für ihn in diesen schweren Jahren.

Aber das ist noch nicht alles. Meine Eltern waren Swing-Tänzer und keine Nazis. Sie hatten den Mut, zu verbotener Musik zu tanzen, und gingen dabei sogar das Risiko ein, von der Gestapo verhaftet zu werden.

Und Oskar hatte keinen Dünkel. Die Tatsache, dass sein Vater Rechtsanwalt war, hielt ihn nicht davon ab, eine Bäckerstochter zu lieben.

Ich gebe nicht auf. Wenn Manfred Thiele mir nicht antwortet, werde ich ihm einen zweiten Brief schreiben. Und falls er dann immer noch schweigt, fahre ich nach Berlin und suche ihn auf.

Gleich vierzehn Uhr dreißig. Zusammen mit einigen Tausend Menschen und der gesamten internationalen Presse warte ich seit sieben Stunden vor den Toren des Victor-Verster-Gefängnisses in Paarl bei Kapstadt auf Nelson Mandela. Selten habe ich so ein Gedränge erlebt.

Die letzten zweieinhalb Tage seit meiner Ankunft in Südafrika waren wie ein Rausch. Ich dachte, dass ich auf die veränderte Situation in diesem Land vorbereitet war, aber eine solche Vorfreude, wie ich sie vom ersten Augenblick an überall in Kapstadt gespürt habe, hatte ich mir nicht vorstellen können. Was für ein Unterschied zu der Atmosphäre im Juli 1985. Damals herrschte eine Stimmung der Angst und Hoffnungslosigkeit. Das Apartheid-Regime ging mit brutalen Unterdrückungsmaßnahmen gegen aufständische Schwarze vor, und diese reagierten zunehmend mit Gegengewalt. Der internationale Boykott gegen Südafrika wurde stärker, ein Ende der Rassentrennung war in weite Ferne gerückt.

Jetzt bereitet sich das Land auf ein Freudenfest vor. Bei meiner ersten Fahrt in die Innenstadt blickte ich an einer Ampel in das strahlende Gesicht eines kleinen Jungen, der mir ein Exemplar der Tageszeitung mit der Schlagzeile überreichte: *Am Sonntag um fünfzehn Uhr wird Nelson Mandela ein freier Mann sein.*

Freitag und Samstag bin ich kreuz und quer durch die Kap-Region gefahren und habe Menschen fotografiert: junge und alte, schwarze und weiße, Männer und Frauen. Fahrer der Minibus-Taxis, Fischer am Hafen, Weinbauern in den Bergen. Blumenhändlerinnen am Straßenrand, Verkäuferinnen im Supermarkt, Friseurinnen mit ihrer Kundschaft. Tauben verscheuchende Mädchen im Park, bettelnde Jungen am Strand, weinende Babys im Kinderwagen. Vom Betreten der Townships haben südafrikanische Kollegen mir abgeraten. Noch sei es längst nicht so weit, dass Weiße dort willkommen seien.

Gleich fünfzehn Uhr. Die wartende Menge wird immer unruhiger. Einige Journalisten sind auf Bäume geklettert, um eine bessere Sicht zu haben. Hubschrauber kreisen über uns. Ich stehe nicht weit von den Gefängnistoren entfernt. Es ist heiß, ich habe kein Wasser mehr. Immer mal wieder verkündet eine Stimme, dass es gleich so weit sei. Doch die Tore bleiben verschlossen.

Und dann, um Viertel nach vier, schreit plötzlich jemand: Da ist er! Ich höre ein vielstimmiges Seufzen, dann das Kreischen einer Frau. Vor mir recken sich Arme mit Kameras in die Höhe, von hinten werde ich geschoben und getreten, ich sehe nichts als die verschwitzten, nach vorn drängenden Rücken der Fotografen. Kurz darauf heult ein Motor auf, eine Staubwolke hüllt uns ein, es ist vorbei.

Für ein paar Sekunden bin ich starr vor Enttäuschung, dann versuche ich, mir einen Weg zu meinem Wagen zu bahnen, um so schnell wie möglich die fünfzig Kilometer nach Kapstadt zu fahren, wo Nelson Mandela vom Rathausbalkon zu den Menschen sprechen wird, die sich auf der Grand Parade, dem Platz vor dem Rathaus, versammelt haben. Doch natürlich gerate ich in einen Stau. Es gelingt mir nicht, auch nur in die Nähe des Platzes zu gelangen. Ich bleibe inmitten der Menschenmassen stecken, höre in der Ferne das Jubelgeschrei, irgendwann erklingt Nkosi Sikelel' iAfrika, die Hymne des Widerstands gegen die Apartheid.

Am nächsten Tag sehe ich ein Foto von Mandela in der Zeitung, wie er Hand in Hand mit seiner Frau Winnie das Gefängnis verlässt. Es heißt, dass sechzigtausend Menschen seiner Rede gelauscht hätten. Ich lese den Text, zwei Sätze daraus notiere ich mir: *Our march to freedom is irreversible. We must not allow fear to stand in our way.* Es gibt keine Umkehr auf dem Weg zur Freiheit. Wir dürfen der Angst keinen Raum lassen.

Zwei Tage später fliege ich nach Hamburg zurück. Diesmal bin ich so müde, dass ich kurz nach dem Start einschlafe und erst wieder aufwache, als die Maschine sich schon über der Sahara befindet.

Bin ich wirklich in dem naiven Glauben losgefahren, ich könnte der Weltöffentlichkeit ein Foto des gerade aus der Haft entlassenen Nelson Mandela liefern? Ein typischer Fall von Selbstüberschätzung. Sind mir meine Erfolge zu Kopf gestiegen? Ich bin Expertin darin, Krieg und Zerstörung zu dokumentieren. Mit der Entwicklung eigener Bilder für Prozesse der Versöhnung kenne ich mich nicht aus.

15

Oskar hat in seinem Leben nicht oft geweint, aber als er Nelson Mandela aus dem Gefängnis kommen sieht, kann er die Tränen nicht zurückhalten. Dieser aufrecht gehende, lächelnde Mann wirkt trotz seiner langen Haft ungebrochen. Dabei weiß Oskar aus den vielen Zeitungsberichten, die er im Laufe der Jahre gelesen hat, dass Mandelas Gesundheit aufgrund der Schwerstarbeit, die er in einem Steinbruch leisten musste, sehr angegriffen ist. Aber es hieß immer wieder, er sei so diszipliniert, dass er sich davon nicht unterkriegen lasse.

Wie gebannt hört Oskar später die Rede, die Mandela vor einer großen Menschenmenge in Kapstadt hält. Er beschließt sie mit einem eigenen Zitat, das Oskar auswendig kennt, weil er es in seinen Englisch-Leistungskursen oft mit Schülern diskutiert hat. Es sind die Sätze, die Nelson Mandela am Ende seiner Verteidigungsrede beim Rivonia-Prozess 1964 vortrug, bei dem er und weitere ANC-Aktivisten zu lebenslangen Freiheitsstrafen wegen Terrorismus verurteilt wurden und die für ihn immer noch Gültigkeit haben. Darin geht es um sein Ideal einer demokratischen und freien Gesellschaft, in der alle Menschen harmonisch zusammenleben und die gleichen Chancen haben. *It is an ideal which I hope to live for and to achieve. But if needs be, it is an ideal for which I am prepared to die.*

Oskar übersetzt im Stillen: *Dies ist ein Ideal, für das ich leben und das ich erreichen möchte, aber wenn es notwendig ist, bin ich auch bereit, für dieses Ideal zu sterben.*

Inzwischen haben Mandela und die vielen Tausend Menschen auf dem Platz begonnen, die Hymne Nkosi Sikelel' iAfrika zu singen. Oskar summt die Melodie leise mit, und einen Moment lang hat er das Gefühl, Mandelas Haftentlassung hätte auch ihn von etwas befreit, ohne dass er sagen könnte, wovon.

Die BBC-Übertragung aus Kapstadt ist beendet. Oskar steht auf und schaltet den Fernseher aus. Eine Unruhe überkommt ihn. Er kann jetzt auf keinen Fall den ganzen Abend hier allein vor dem Kamin sitzen und seinen Gedanken nachhängen.

Bevor er sich überlegt hat, wo er hingehen könnte, greift er nach seinem Dufflecoat, setzt seine Baskenmütze auf und verlässt das Haus. Es ist längst dunkel, Regen liegt in der Luft. Er steigt in seinen Wagen. Soll er nach Dublin fahren? Nein, das ist ihm heute Abend zu weit. Aber die sechs Kilometer bis Enniskerry, die schafft er. Dort wird er in die Kneipe gehen und ein Bier trinken, zum ersten Mal, seitdem er hier lebt.

Der Schankraum ist verraucht, und es sind fast nur Männer anwesend. Einige drehen sich um und betrachten ihn schweigend. Oskar ist kurz davor, wieder zu gehen, als er sieht, wie Mr. Gibson, der Metzger, ihm zuwinkt.

Zögernd stellt er sich neben ihn an den Tresen.

»Ich heiße David«, sagt Mr. Gibson und gibt ihm die Hand.

»Oskar«, murmelt er und zieht seinen Dufflecoat aus. Schon früher, auf seinen Klassenreisen, konnte er sich nicht daran gewöhnen, dass die Iren jeden so schnell mit dem Vornamen ansprechen.

»Was trinkst du?«

»Ein Guinness.«

David bestellt ihm ein Pint. Das ist Oskar eigentlich zu viel, weil er noch fahren muss, aber er sagt nichts.

Sie prosten sich zu. In seinen Jeans und dem roten Pullover sieht David jünger aus als in seinem weißen Metzgerkittel. Er ist vermutlich höchstens vierzig. Könnte sein Sohn sein.

»Rauchst du?«, fragt David und hält ihm seine Schachtel Marlboro hin.

»Nein, danke. Keine Zigaretten. Nur ab und zu eine Pfeife.«

»Hast du heute Nachmittag im Fernsehen die Freilassung von Nelson Mandela gesehen?«

»Ja.«

»Wieder so ein Tag, der die Welt verändert.«

Oskar nickt.

»Wird Zeit, dass in Nordirland auch endlich Frieden einkehrt.«

»Lebt deine Familie dort?«

»Ja, meine Eltern und meine fünf Geschwister. Ich bin der Einzige, den es in den Süden verschlagen hat. Meine Frau kommt aus Enniskerry.«

Oskar erfährt, dass David drei kleine Söhne hat und seit zehn Jahren in den Wicklow Mountains lebt.

»Hast du Kinder?«

»Nein, ich war nie verheiratet.«

»Ah … ich dachte, du seiest vielleicht Witwer.«

Oskar nimmt einen großen Schluck aus seinem Glas. Seltsam. David ist da etwas aufgefallen, was nicht ganz falsch ist. Manchmal fühlt er sich wie ein Witwer in seiner Trauer um die verlorene Liebe seines Lebens.

Es nieselt, als er eine Stunde später die Kneipe verlässt. Auf dem Weg zu seinem Wagen kommt ihm ein betrunkener, alter Mann entgegen, den Oskar schon häufiger in Enniskerry gesehen hat. Er lallt, dass er den Deutschen auch mal kennenlernen wolle. Oskar will weitergehen, doch der Mann hält ihn am Ärmel fest.

»Ich habe nichts gegen die Deutschen. Im Gegenteil.« Er grinst ihn an mit seinem zahnlosen Mund. »Die Feinde unserer Feinde sind unsere Freunde.«

»Lassen Sie mich los!«, faucht Oskar und stößt den Mann von sich weg.

»Hitler war gar nicht so übel, wie immer behauptet wird«, ruft er ihm nach.

Oskar schließt seinen Wagen auf. Er zittert vor Wut. Irgendwo hat er einmal gelesen, dass einige der alten, nationalistischen Iren, die die Briten hassen, noch immer große Sympathien für Hitler-Deutschland hegen. Aber heute ist er zum ersten Mal so jemandem begegnet.

Kurz vor Ostern erhält er seinen Einberufungsbefehl. Am 9. April 1942 soll er sich zur Grundausbildung in der Rettberg-Kaserne in Eutin einfinden. Bis dahin sind es noch sieben Tage.

Vater triumphiert. Er kann ihn nicht schnell genug loswerden.

Abends um Viertel nach sechs wartet Oskar an der Straßenecke auf Ingrid. Als er sie auf sich zukommen sieht, versucht er zu lächeln, doch sie weiß sofort Bescheid.

»Wann?«

»In einer Woche.«

»Wir haben alles falsch gemacht.«

»Wieso?«

»Wir hätten weggehen müssen.«

»Aber deine Mutter …«

»Der kann niemand mehr helfen«, unterbricht sie ihn. »Sie liegt im Bett und sagt kein Wort. Ihr ist es egal, ob ich da bin oder nicht.«

»Wir hätten es sowieso niemals über die Grenze geschafft.«

»Ich weiß einen Weg.«

Oskar nimmt sie in die Arme. Er will an diesem Abend nicht mit ihr streiten.

»Wir könnten morgen ganz früh aufbrechen und versuchen, nach Dänemark zu kommen«, flüstert sie. »Und dann weiter nach Schweden. Ohne Gepäck. Einfach so. Vielleicht nimmt uns jemand in seinem Boot mit.«

»Bist du wahnsinnig? Wir würden unser Leben riskieren.«

»Na und? Besser als getrennt zu werden.«

Oskar lässt den Motor an. Ingrids Idee war völlig verrückt. Und trotzdem hatte sie recht. Sie hätten es versuchen sollen.

16

Ich laufe mit anderen Fotografen und Kameraleuten durch eine steinige Wüstenlandschaft. Die Sonne steht senkrecht über uns, vor meinen Augen flimmert es, ich habe Durst. Da sind sie, ruft jemand und zeigt auf eine johlende, im Kreis stehende Gruppe. Wer sind diese Menschen? Warum bin ich hier? Jetzt haben sie uns bemerkt und weichen ein Stück auseinander. In dem Moment sehe ich die eingegrabene Frau. Nur ihr Kopf ragt aus dem Boden. Da wirft ein Mann den ersten Stein, er trifft die Frau an der Stirn. Ich höre ihren Schrei, sehe ihren aufgerissenen Mund und das Blut, das über ihr Gesicht läuft. Von allen Seiten werden nun Steine auf sie geworfen. Meine Kollegen fotografieren und filmen. Ich kann mich nicht rühren, starre nur auf die Frau, die immer schwächer wird. Ein junger Mann rempelt mich an. Was glotzt du so? Warum knipst du nicht? Jemand versucht, mir die Kamera zu entreißen. Ich renne davon.

Ich wache auf. Es ist dunkel. Wo bin ich? In meiner Kehle brennt es. Ich taste nach dem Schalter einer Lampe, finde ihn. Mein Wecker zeigt zehn nach drei. Gestern bin ich aus Kapstadt zurückgekommen.

Ich stehe auf, gehe in die Küche und schenke mir ein Glas Wasser ein. Diesmal hat Lars mir zur Begrüßung einen Strauß Osterglocken hingestellt. An der Vase lehnt ein Zettel: *Ich bin wie immer erleichtert, wenn Du wieder da bist, und freue mich auf ein gemeinsames Wochenende. Dein Lars*

Da ist wieder seine Sorge um mich. Ich denke an unseren Streit neulich und meinen Satz, dass er es sich schenken könne, nach Gründen zu suchen, warum ich mich diesen gefährlichen Situationen freiwillig aussetze. Der Welt die Wahrheit zeigen. Aber es gibt Grenzen. Ich würde nie den Mord an einem Menschen fotografieren. Und zum Glück musste ich nie eine Steinigung mit ansehen.

Warum träume ich so etwas? Ich trinke mein Wasser aus und gehe wieder ins Bett. Habe ich es mir zu leicht gemacht, als ich Lars sagte, dass sich mein Beruf einfach so entwickelt habe?

Mama und ich sitzen in der Küche und essen Himmel und Erde und geröstete Zwiebeln. Ich bin neun. Mama stochert in ihrem Essen herum, sie trägt nur noch schwarze Kleider und weint so viel. Darf ich morgen endlich wieder mit der Klasse zum Schwimmen ins Hallenbad?, frage ich. Nein, das ist zu gefährlich. Aber wieso denn?, rufe ich. Ich kann doch schon schwimmen. Und der Bademeister und unsere Sportlehrerin sind immer dabei. Mama putzt sich die Nase. Ich will es nicht, weil ich weiß, dass da auch gesprungen und getaucht wird. Und dabei passieren schreckliche Unfälle. Vor ein paar Wochen habe ich von dem plötzlichen Herztod eines Jungen gelesen. Er hatte nach einem Gummiring getaucht. Aber ich tauche nicht nach Gummiringen, rufe ich, ich will nur schwimmen. Nein, und dabei bleibt es. Mama steht auf und räumt die Teller ab. Ich darf gar nichts mehr, schreie ich und fange an zu heulen. Nicht mehr Rad fahren, nicht mehr Rollschuh fahren, und meinen Roller hast du mir auch weggenommen. Mama legt mir die Hand auf die Schulter. Du bist doch das Einzige, was mir nach Papas Tod noch geblieben ist.

Ein paar Jahre lang verbot Maria mir alles, was ihrer Meinung nach gefährlich war. Dann fing ich an, mich über ihre

Vorschriften hinwegzusetzen, machte mein Rettungsschwimmabzeichen und kaufte mir von dem Geld, das ich durch Nachhilfeunterricht verdient hatte, ein gebrauchtes Rennrad. Irgendwann begriff Maria, dass ihre Verbote sinnlos waren und ich selbst lernen musste, mich zu schützen. Bei Thorsten hat sie es später gar nicht erst versucht, weil sie wusste, dass es zu einem schweren Konflikt zwischen uns führen würde. Manchmal glaube ich, dass du diesen gefährlichen Beruf nur aus einer Oppositionshaltung mir gegenüber ergriffen hast, sagte sie, als ich 1969 den Preis für das Nordirland-Foto bekam. Unsinn, antwortete ich. Aber vielleicht lag sie gar nicht so falsch mit ihrer Annahme.

Und doch ist die Geschichte womöglich viel komplizierter. Wenn Oskar als vermisst galt, ist er entweder gefallen oder in Kriegsgefangenschaft geraten. Letzteres bedeutet, dass er noch Jahre nach Kriegsende hätte zurückkehren können. Befürchtete Maria, dass er sie suchen und finden würde und sich dann wundern könnte, wieso sie und Johannes, das kinderlose und schon ältere Ehepaar, nun doch ein kleines Kind hatten? Hatte sie Angst davor, dass Oskar von der Adoption erfahren und Ansprüche auf mich erheben würde? Rechtlich gesehen hätte er keine Chance gehabt, aber Maria hätte nur schwer mit dem Vorwurf leben können, dass sie ihm sein Kind gestohlen habe. So hatte sie neben der Trauer um den Verlust ihrer Eltern noch einen anderen Grund, warum sie nie mit mir über den Krieg sprechen wollte. Habe ich dies unbewusst gespürt und deshalb so früh begonnen, mich für das Thema zu interessieren?

Ich weiß nicht, wie lange ich wach gelegen habe. Als um acht Uhr mein Wecker klingelt, bekomme ich kaum die Augen auf.

Ich koche mir einen Espresso und suche nach meinen Zigaretten. In Kapstadt habe ich es geschafft, weniger zu rauchen, aber nach dieser anstrengenden Nacht brauche ich Nikotin.

Gestern Morgen, nach meiner Rückkehr, habe ich als Erstes die Post durchgesehen und festgestellt, dass von Manfred Thiele nichts dabei war. Ob ich ihm heute noch einmal schreibe? Lars meinte am Telefon, dass ich versuchen solle, ihn anzurufen. Es könne nicht so schwierig sein, über die Auskunft eine Nummer in Ostberlin zu erfahren, wenn man den Namen und die Anschrift der entsprechenden Person kennt. Da mag er recht haben. Trotzdem schicke ich Manfred Thiele lieber einen zweiten Brief. Wenn ich ihn anrufe, riskiere ich, dass er sofort auflegt.

Beim Blick auf die Osterglocken merke ich, dass ich immer noch enttäuscht bin. Lars musste Andrea gestern Abend zu irgendeinem Handballturnier fahren. Ich hätte mir gewünscht, dass er Zeit für mich gehabt hätte. Aber das habe ich ihm nicht gesagt. Sonst denkt er womöglich, dass ich auf Andrea eifersüchtig bin. Oder darauf, wie gut er sich mit ihr versteht.

Ich dusche, frühstücke in aller Ruhe und räume meinen Schreibtisch auf. Dann beschließe ich, kurz nach der Post zu schauen, bevor ich damit anfange, meine Südafrika-Fotos zu entwickeln.

Ein einziger Brief liegt in meinem Kasten. Er ist von Manfred Thiele. Ich bin so aufgeregt, dass ich Mühe habe, ihn zu öffnen.

Berlin, 13. Februar 1990

Sehr geehrte Frau Elbracht,
es tut mir leid, daß es länger gedauert hat, bis ich Ihnen antworten konnte. Und erlauben Sie mir, daß ich etwas aushole, denn die Situation ist kompliziert.
Ich mußte zunächst mit meinen drei Geschwistern über das von Ihnen vorgeschlagene Treffen sprechen. Mein jüngster Bruder war sofort einverstanden und möchte gerne dabei sein. Den mittleren haben wir überredet. Nur unsere Schwester (sie ist die Älteste von uns vieren) lehnt ein Treffen kategorisch ab. Wir hatten bereits im Januar eine schwierige Diskussion darüber, ob ich Ihnen die Briefe von Maria Elbracht schicken solle oder nicht. Meine Begründung lautete, daß Sie ein Recht darauf hätten zu erfahren, wer Ihre leibliche Mutter sei. Dem stimmte meine Schwester schließlich zu, aber sie hat nach wie vor große Vorbehalte gegen einen Kontakt mit Ihnen, weil sie befürchtet, daß das Andenken an unsere geliebte Mutter durch diese Geschichte beschmutzt werden könnte.
Ich weiß nicht, wie lange mein Brief zu Ihnen nach Hamburg unterwegs sein wird, aber wenn Sie ihn vor dem Wochenende erhalten und Zeit haben, kurzfristig nach Berlin zu kommen, würden wir drei Brüder uns freuen, Sie am Samstag, den 17. Februar, um 15.30 Uhr im Café Kisch, Unter den Linden 60 (Ecke Schadowstraße) zu treffen.

Das ist morgen Nachmittag. Ich muss Lilo anrufen und sie fragen, ob ich bei ihr übernachten kann. Oder soll ich schon heute nach Berlin fahren? Dann könnte ich alles gelassen angehen, einen entspannten Abend mit Lilo verbringen und morgen früh vielleicht sogar noch Anna treffen.

Die Telephonverbindungen zwischen der DDR und der BRD sind so schlecht, daß es keinen Zweck hat, sich am Telephon zu verabreden. Wie gesagt, wir drei Brüder werden um 15.30 Uhr im Café Kisch sein und hoffen sehr, daß wir Sie dort treffen.
Mit freundlichen Grüßen
Manfred Thiele

Ich wähle Lilos Nummer. Sie ist zu Hause, und sie hat heute Abend Zeit.

»Geht's um deine Ausstellung?«

»Nein, ich …« Meine Stimme stockt.

»Oder gibt's Probleme mit Thorsten?«

»Der weiß gar nicht, dass ich komme. Ich erklär's dir nachher.«

»Du machst es ja spannend. Aber gut. Hauptsache, wir sehen uns.«

»Ich freue mich.«

»Ich mich auch.«

Lilo und ich kennen uns seit Beginn unserer Ausbildung im Herbst 1964. Sie ist meine beste Freundin. Ich hätte ihr längst erzählen müssen, warum für mich seit einem Monat nichts mehr so ist, wie es mal war.

Lars rufe ich nur in Ausnahmefällen in der Uni-Bibliothek an. Aber heute ist so ein Fall. Er hört mir ruhig zu und wünscht mir viel Glück für die Begegnung mit meinen Halbbrüdern.

Bei dem Wort zucke ich zusammen, obwohl ich es neulich Frau Hartmann gegenüber selbst gebraucht habe.

»Wann kommst du wieder?«

»Morgen Abend.«

»Willst du nicht einen Tag länger bleiben und versuchen, Thorsten zu treffen?«

»Nein, ein schwieriges Treffen pro Wochenende reicht mir.«

»Trotzdem ist es wichtig, dass du …«

»Ich schaffe es nicht«, unterbreche ich ihn und spüre, wie Verzweiflung in mir aufsteigt.

»Ist ja gut. Kein Grund, panisch zu werden.«

»Tut mir leid. Das Ganze zerrt an meinen Nerven.«

»Ich denke an dich.«

Die Sekretärin von Anna Lenbach teilt mir mit, dass Anna beruflich unterwegs sei und erst am Dienstag ins Büro zurückkäme. Auch gut, denke ich. Der Termin morgen Nachmittag wird anstrengend genug sein.

Auf der Autobahn nach Berlin gibt es mehrere Baustellen, ich stehe zwanzig Minuten im Stau, später gerate ich in einen Hagelschauer und muss unter einer Brücke anhalten, weil ich nichts mehr sehen kann. Nach viereinhalb Stunden Fahrt komme ich erschöpft bei Lilo in der Bleibtreustraße an.

»Du hättest den Zug nehmen sollen«, sagt sie und schenkt mir ein Glas Rotwein ein.

Ich sitze in ihrer verwinkelten Küche und schaue ihr zu, wie sie ein Ratatouille zubereitet. In Windeseile schneidet sie Zucchini, Auberginen, Tomaten und Paprika in kleine Stücke und brät sie in Olivenöl an. Dann fügt sie fein gehackte, rote Zwiebeln und Knoblauch hinzu. Ich darf ihr nicht helfen.

Lilo war schon immer rundlich und schnell. Sie trägt ihre hennaroten Haare streichholzkurz und bevorzugt die Farbe Türkis, auch in der Einrichtung ihrer Wohnung. Als sie mit sechzehn schwanger wurde, rieten ihr alle zu einer Abtreibung, aber sie wollte das Kind. Nun ist ihre Tochter Nina selbst schon alleinerziehende Mutter, und

Lilo kümmert sich zweimal in der Woche um ihren kleinen Enkel.

»Was macht Sören?«

»Dem geht's gut. Nur Nina ist wieder unglücklich verliebt. Sie tritt da leider in meine Fußstapfen.«

Lilos letzte Liebe war ein freundlicher Krankenpfleger, der sich als Spieler entpuppte. Mehrmals bat sie mich um Rat, wie sie ihn davon abbringen könne. Er wird sich nicht ändern, versicherte ich ihr. Doch sie brauchte über ein Jahr, um sich von ihm zu trennen. Die geliehenen fünftausend Mark hat sie nie zurückbekommen.

»Und nun zu dir«, sagt Lilo und stellt ein Schälchen mit schwarzen Oliven auf den Tisch.

»Darf ich in der Küche rauchen?«

»Ja. Ich rauche eine mit, obwohl mein Hausarzt mir gesagt hat, dass ich dringend aufhören müsse. Neulich hatte ich schon wieder eine Bronchitis.«

Ich stehe auf und gehe in den Flur, um meine Handtasche mit den Zigaretten zu holen. Wo soll ich anfangen? Mit den Briefen? Mit Maria und ihrer Schwester Ingrid? Mit meinem Gefühl als Siebenjährige, dass bei uns irgendetwas nicht stimmt?

Als ich in die Küche zurückkomme, sieht Lilo mich erwartungsvoll an.

»Also, was ist passiert?«

Ich reiche ihr eine Zigarette, gebe uns Feuer und lehne mich zurück. »Ich … habe erfahren, dass ich adoptiert wurde.«

»Was???«

»Morgen Nachmittag um halb vier werde ich meine drei Halbbrüder in einem Ostberliner Café treffen.«

Lilo sinkt auf einen Stuhl, ohne mich aus den Augen zu lassen.

Ich fasse die Geschichte kurz zusammen und entschuldige mich dafür, dass ich erst jetzt mit ihr darüber sprechen könne. »Ich stand unter einer Art Schock.«

»Das kann ich mir vorstellen. Wie hat Thorsten reagiert?«

»Ich … habe bisher nicht mit ihm darüber gesprochen.«

»Wann wirst du's ihm sagen?«

»Keine Ahnung. Darüber habe ich noch nicht nachgedacht.«

»Dann wird's aber Zeit.«

»Thorsten und ich haben seit Monaten kaum Kontakt. Er will mit mir nichts zu tun haben. Warum soll ich ihm etwas so Persönliches erzählen?«

»Weil diese neue Situation auch ihn betrifft. Immerhin geht es um seine Großmutter, oder die Frau, die er dafür gehalten hat.«

»Ach, Lilo …«

»Versprich mir, dass du mit ihm redest.«

»… ich weiß nicht, ob ich das kann.«

»Bitte. Er ist dein Sohn.«

Als ich um kurz nach zwölf im Bett liege, habe ich eindeutig zu viel Rotwein getrunken.

Am nächsten Morgen höre ich Lilo schon früh in der Küche hantieren. Die Geräusche haben etwas Beruhigendes, ich schlafe bald wieder ein.

Um halb elf weckt sie mich mit einer Tasse Tee und einem Vanillehörnchen. »Ich muss gleich los, um auf Sören aufzupassen.«

»Oh, wenn ich das gewusst hätte, wäre ich eher aufgestanden.«

»Unsinn. Du hattest den Schlaf bitter nötig. Nimm dir alles, was du brauchst.«

»Danke.«

»Ich werde heute Nachmittag an dich denken. Sag mir Bescheid, wie es gelaufen ist.«

»Mach ich.«

Sie nimmt mich zum Abschied in die Arme.

In weniger als fünf Stunden ist es so weit.

Auf dem Weg zum Café Kisch überlege ich, ob ich Manfred Thiele und seinen Brüdern das Du anbieten soll. Ich bin die Älteste, ein solcher Vorschlag müsste also von mir ausgehen. Oder könnten die drei es als Anbiederung empfinden? Geht man in der DDR schnell zum Du über? Ich weiß es nicht, ich weiß so gut wie nichts über die Gepflogenheiten in ihrem Land. Normalerweise dauert es bei mir eine Weile, bis ich jemanden duzen kann, aber es käme mir seltsam vor, meine Halbgeschwister zu siezen.

Ich trage, wie immer, meine Daunenjacke, Jeans und Fellstiefel. Dazu einen roten Rollkragenpulli und natürlich meinen bunten Schal. Ob ich auch in ihren Augen Ähnlichkeit mit ihrer, unserer Mutter habe?

Um Viertel nach drei betrete ich das Café. Alle Tische sind besetzt. Ich schaue mich um, ob irgendwo drei Männer mittleren Alters sitzen, die so aussehen, als ob sie auf jemanden warteten. Vielleicht ist auch erst einer von ihnen da, der hofft, dass seine Brüder bald auftauchen, damit er mich nicht alleine begrüßen muss.

Warm ist es hier. Ich ziehe meine Jacke aus.

»Frau Elbracht?«, fragt da eine Stimme hinter mir.

Ich drehe mich um. Vor mir steht ein kleiner, fast zierlicher Mann mit dunkelblonden, lockigen Haaren und lächelt mich an.

»Manfred Thiele.« Er streckt mir seine Hand entgegen. »Schön, dass es geklappt hat.«

»Das finde ich auch.«

»Wann haben Sie meinen Brief bekommen?«

»Gestern Mittag.«

»Ich habe Sie sofort erkannt. Von uns fünf Kindern sehen Sie unserer Mutter am ähnlichsten.«

Während Manfred Thiele einen Kellner fragt, ob es die Chance auf einen Tisch für vier Personen gebe, betrachte ich sein Gesicht. Er hat hellblaue Augen wie ich und das gleiche Grübchen am Kinn.

»Da hinten wird etwas frei«, sagt er und deutet mit dem Kopf auf ein Ehepaar, das gerade bezahlt. »Hatten Sie eine gute Fahrt?«

»Ja, ich bin gestern schon angekommen und habe bei einer Freundin übernachtet.«

»Kennen Sie sich in Berlin aus?«

»Nein. Meine Besuche waren immer zu kurz. Und Ostberlin kenne ich fast gar nicht.«

Er nimmt mir meine Jacke ab und geht zur Garderobe. Ich beobachte ihn, wie er seinen Mantel auszieht und sorgfältig aufhängt. In seinem grauen Anzug und der blau gestreiften Krawatte sieht er aus wie ein Bankangestellter oder ein Geschäftsmann.

Wir setzen uns an den frei gewordenen Tisch.

»Stört es Sie, wenn ich rauche?«, frage ich.

»Nein, überhaupt nicht.«

Ich halte ihm meine Zigarettenschachtel hin. »Möchten Sie auch eine?«

»Ja, danke.«

Er gibt uns Feuer. Das Rauchen beruhigt mich.

»Wo leben Ihre Brüder?«

»Helmut wohnt mit seiner Familie in der Nähe von Köpenick. Und Eckart, der Jüngste von uns vieren, ist vor ein paar Jahren nach Dresden gezogen. Hoffentlich kommt er nicht zu spät. Pünktlichkeit war noch nie seine Stärke.«

Ich würde Manfred Thiele gerne auch nach seiner Schwester fragen, aber ich will ihn nicht in Verlegenheit bringen. Wenn sie unser Treffen ablehnt, ist sie vermutlich auch dagegen, dass über sie geredet wird.

»Da sind sie.«

Er zeigt auf zwei große, untersetzte Männer, die an der Tür stehen und uns noch nicht entdeckt haben. Der eine hat längere, dunkle Haare, trägt eine Nickelbrille und eine alte, braune Lederjacke. Der andere hat eine Halbglatze, sein grüner Anorak ist ihm zu eng. Sie sehen Manfred Thiele ganz und gar nicht ähnlich.

Jetzt kommen sie grinsend auf uns zu.

»Hallo, ich bin Eckart«, sagt der Mann mit der Brille und gibt mir die Hand.

»Und ich heiße Helmut«, murmelt der andere.

Sein Händedruck ist so fest, dass ich fast aufschreie.

»Ja, vielleicht ist es einfacher, wenn wir uns duzen, oder?«, sagt Manfred Thiele und sieht mich fragend an.

Eckart runzelt die Stirn. »Habt ihr euch bisher gesiezt?«

»Wir kennen uns ja nicht.«

»Aber wir haben dieselbe Mutter.«

Der Kellner tritt an unseren Tisch und nimmt die Bestellungen auf. Einen Tee für mich, einen Kaffee für Manfred, seine Brüder entscheiden sich für ein Bier.

Eckart zieht ein Päckchen Tabak und Blättchen aus seiner Lederjacke und fängt an, sich eine Zigarette zu drehen. »Von Manfred haben wir erfahren, dass die Tante, bei der du aufgewachsen bist, nie mit dir über die Adoption gesprochen hat.«

»Nein, es war ein ziemlicher Schock für mich.«

»Das kann ich mir vorstellen.« Er zündet sich seine Zigarette an. »Hat Manfred dir schon gesagt, wie ähnlich du unserer Mutter siehst?«

Ich nicke.

Helmut rutscht auf seinem Stuhl hin und her. Er hat seinen Anorak noch an und sieht aus, als ob er am liebsten gleich wieder gehen würde.

»Drehst du mir auch eine?«, fragt er leise.

»Na, klar«, antwortet Eckart und blickt in die Runde. »Sonst noch jemand?«

»Ja, ich«, höre ich mich sagen.

»Der Tabak ist ziemlich stark.«

»Das macht nichts.«

»Wie ist es mit dir, Manfred?«

»Nein, danke. Dieses selbstgedrehte Zeug ist nichts für mich.«

»Dafür ist sich unser Universitätsprofessor zu fein«, brummt Helmut.

In Manfreds Gesicht zuckt es. »Unsinn.«

»Was lehrst du?«, frage ich.

»Physik.«

»Oh, darin war ich immer ganz schlecht.«

»Ich auch.« Eckart reicht die Zigaretten herum und gibt uns Feuer.

Seit Jahren habe ich keine selbstgedrehten mehr geraucht. Ich nehme einen tiefen Zug. »Und was machst du beruflich?«

»Er ist Schauspieler«, antwortet Helmut. »Und damit die Fragerei ein Ende hat: Ich bin Tischler.«

Manfred seufzt. »Ich weiß nicht, warum du so gereizt bist.«

»Weil ich keine Lust zu diesem blöden Treffen habe. Ich hätte es so machen sollen wie Bärbel und mich aus allem raushalten.«

Der Kellner bringt unsere Getränke. Helmut leert sein Glas fast in einem Zug.

»Bevor Helmut sich verabschiedet, musst du uns aber auch verraten, was du für einen Beruf hast«, sagt Eckart und lächelt.

»Ich bin Fotografin, spezialisiert auf Krisen- und Kriegsgebiete.«

»Aha.« Helmut schaut mich erstaunt an. »Wo warst du schon?«

»In Nordirland, Vietnam, Israel, Äthiopien, Afghanistan, Südafrika, im Libanon, Iran, Irak, Westjordanland, Gazastreifen …«

»Das ist doch gefährlich«, sagt Eckart. »Hast du keine Angst?«

»Bei meiner Arbeit denke ich nicht darüber nach. Da bin ich besessen von dem Drang zu zeigen, welche Folgen der Krieg mit sich bringt, für die Zivilbevölkerung und für die Soldaten.«

»Aber du setzt jedes Mal dein Leben aufs Spiel.«

»Ja.«

»Hast du Kinder?«, fragt Manfred.

»Einen Sohn.« Ich schlucke. »Ich ahne, was ihr jetzt denkt. Menschen, die einen so risikoreichen Beruf haben wie ich, sollten auf eine Familie und Kinder verzichten.«

»Du brauchst dich nicht zu rechtfertigen«, wirft Eckart ein.

»Thorsten wird demnächst zwanzig. Er hat bestimmt darunter gelitten, dass ich oft so lange weg war, auch wenn Maria ihn gut versorgt hat«, platzt es aus mir heraus. »Wir haben nie darüber geredet, aber wahrscheinlich hat er immer Angst um mich gehabt.« Warum sage ich das? Gebe ich so viel von mir preis, weil ich hoffe, dass ich auf diese Weise das Vertrauen der drei Brüder gewinnen kann und sie dazu bringe, über ihre, unsere Mutter zu sprechen?

»Lebt dein Sohn auch in Hamburg?«

»Nein, er hat ein Studium hier in Berlin begonnen.«

»Aha. Was studiert er denn?«

»Geschichte und Politik.« Ich trinke meinen Tee aus, will jetzt nicht mehr über Thorsten reden.

»Und wie hat er darauf reagiert, dass du adoptiert wurdest?«, fragt Manfred.

»Er weiß bisher nichts davon.«

Helmut schüttelt ungläubig den Kopf. Seine Abneigung mir gegenüber ist offensichtlich.

Manfred blickt in die Runde. »Ich trinke noch einen Kaffee. Wie ist es mit euch?«

»Ich nehme gerne noch einen Tee.« Soll ich es wagen, das Gespräch auf Ingrid und Oskar zu bringen?

»Und für uns jeweils noch ein Bier«, antwortet Eckart.

»Och, ich weiß nicht …«, murmelt Helmut.

»Zu einem Bier sagst du doch sonst nie Nein.«

»Na, gut.«

»Und zieh mal deinen Anorak aus. Hier sind mindestens fünfundzwanzig Grad.«

»Du hast deine Lederjacke ja auch noch an.«

»Die ist nicht so warm wie dein Anorak.«

»Nun hört mal auf«, sagt Manfred und bestellt unsere Getränke.

Eckart dreht den nächsten Schwung Zigaretten, und diesmal nimmt sich auch Manfred eine.

Schweigend rauchen wir. Ob Ernst so ausgesehen hat wie Helmut und Eckart? Ich muss an meinen Traum denken, wie ich von dem dicken, alten Mann mit Bürstenhaarschnitt aus der Wohnung geworfen werde. Wie konnte Ingrid sich in einen so viel älteren Mann verlieben? Oder war sie gar nicht in ihn verliebt, sondern er nur in sie? Was stand in Marias Brief? *Letztlich ist es doch ein großes Glück, daß Du dem so viel älteren Ernst begegnet bist, der Dich liebt und beschützt und für Dich sorgen will.*

»Wann bist du geboren?«, höre ich Eckart da fragen.

»Im Juli '45. Und ihr?«

»Ich im März '54, Helmut im Dezember '51 und Manfred im Mai '49.«

»Und Bärbel im Februar 1947«, fügt Manfred hinzu. »Mutter war einen Monat vorher zwanzig geworden.«

»Ich wusste nicht, dass sie im Januar Geburtstag hatte.«

»Am zehnten.«

In dem Moment werden unsere Getränke gebracht. Ich darf den Faden nicht abreißen lassen.

»Habt ihr bei eurer Mutter jemals das Gefühl gehabt, dass sie etwas vor euch verbirgt?«, frage ich, sobald der Kellner wieder verschwunden ist.

»Nein«, antworten Eckart und Helmut wie aus einem Munde.

Und auch Manfred schüttelt den Kopf.

»Oder gibt es sonst irgendjemanden, der mal angedeutet hätte, dass eure Mutter vor ihrer Heirat schon ein Kind geboren hat?«

»Nicht dass ich wüsste«, erklärt Eckart. »Übrigens ist sie auch deine Mutter.«

»Ja, natürlich, aber vielleicht kannst du verstehen, dass es mir schwerfällt, von ›unserer‹ Mutter zu sprechen. Ich habe nicht die geringste Erinnerung an sie.« Plötzlich versagt mir die Stimme.

»Woher auch?«, murmelt Manfred. »So klein, wie du warst.«

Ich trinke einen Schluck Tee. Da ist so viel, was ich gerne noch fragen würde. Wahrscheinlich werde ich nie wieder Gelegenheit dazu haben. Aber mein Kopf ist auf einmal ganz leer.

Helmut schaut auf seine Uhr. »In spätestens zehn Minuten muss ich los.«

»Vielleicht gibt es noch irgendetwas, was du wissen möchtest«, sagt Manfred und rührt in seiner Kaffeetasse.

»Ja ...« Das geht mir jetzt alles viel zu schnell. »Hat eure Mutter Tagebuch geführt?«

»Nein. Das Schreiben lag ihr nicht. Jede Urlaubskarte war ein Angang für sie.«

»Kommt mir bekannt vor«, brummt Helmut.

»Ich will versuchen herauszufinden, wer mein leiblicher Vater ist. Im Geburtenregister steht leider nur *Vater unbekannt.*«

»Dafür wird Mutter ihre Gründe gehabt haben«, meint Manfred. »Vielleicht ... hat dieser Mann ihr Gewalt angetan.«

»Das glaube ich nicht. In einem der Briefe, die Maria an eure Mutter geschrieben hat, heißt es: *Oskar war so ein feiner Mensch.*«

»Na, wunderbar.« Helmut rollt mit den Augen.

»Immerhin kennst du seinen Vornamen«, sagt Eckart und drückt seine Zigarette aus.

»Ja, aber das bringt mich kein Stück weiter.«

Eckart sieht aus, als ob er auch demnächst aufbrechen wolle. Oskar scheint kein gutes Thema zu sein. Spüren die Brüder, dass Ingrid ihn womöglich mehr geliebt hat als Ernst?

»Lebt euer Vater noch?«

Helmut beugt sich vor und stiert mich an. »Wieso willst du das wissen? Das spielt doch in diesem Zusammenhang überhaupt keine Rolle.«

»Ich dachte nur, dass er vielleicht Oskars Nachnamen kennt.«

»Wir haben unserer Schwester Bärbel versprechen müssen, dass wir nicht mit dir über unseren Vater reden«, erklärt Manfred.

»Wobei ich nicht weiß, was diese Geheimniskrämerei eigentlich soll«, protestiert Eckart. »Papa ist ein alter Mann …«

»Hör auf!«, weist Helmut ihn zurecht. »Versprochen ist versprochen.«

»Es tut mir leid«, sage ich. »Ich wollte euch nicht in Schwierigkeiten bringen.«

Eckart steht auf. »Ich muss jetzt los. Manfred lädt uns ein, oder?«

»Das würde ich gerne übernehmen«, sage ich schnell.

»Nein, nein.« Manfred winkt den Kellner herbei.

»Ich danke euch sehr, dass ihr gekommen seid.«

Eckart gibt mir zum Abschied die Hand, während Helmut mir nur kurz zunickt, immer noch mit grimmiger Miene.

Manfred zahlt, dann stehen wir auf und gehen zur Garderobe. Er hilft mir in meine Jacke und hält mir die Tür auf. Draußen weht ein kalter Wind, und es hat zu regnen begonnen.

»Hast du Kinder?«

»Ja, vier. Sie zanken sich genauso viel, wie wir Geschwister uns zanken. Nur unsere Mutter hatte das Talent, zwischen uns Frieden zu stiften. Sie war so ein fröhlicher Mensch, voller Energie und mit ständig neuen, verrückten Ideen … Wenn sie nur nicht so jung gestorben wäre, drei Tage nach ihrem achtundvierzigsten Geburtstag.«

»… woran ist sie denn gestorben?«

»Brustkrebs.«

»Oh …« Ich spüre einen Stich in meinem Innern. »Das tut mir leid.«

»Die erste Operation hatte sie 1961.«

»Was? Da war sie erst vierunddreißig.«

»Ja. Wir haben immer gehofft, dass sie keinen Rückfall bekommen würde. Dreizehn Jahre ging es ihr gut, bis sie starke Rückenschmerzen bekam und Metastasen in ihren Knochen entdeckt wurden. Da war es zu spät.«

»Hat sie sich lange quälen müssen?«

Manfred nickt. »Elf Monate dauerte das Sterben. Es war schlimm. Bis zuletzt hat sie versucht, tapfer zu sein und uns Mut zu machen.«

Einen Moment lang sind wir beide still.

»So, dann will ich mal …«

»Hab nochmals vielen Dank dafür, dass du mir Marias Briefe geschickt hast.«

»Vorhin im Café habe ich gedacht, dass es ein Fehler war. Dadurch ist dein Leben völlig durcheinandergeraten.«

»Trotzdem war es richtig.«

»Es erleichtert mich, wenn du es so sehen kannst.« Er drückt mir die Hand. »Alles Gute.«

»Dir auch.«

Ich sehe ihm nach, wie er durch den Regen läuft und hinter einer Hausecke verschwindet. Ich wünschte, er hätte vorgeschlagen, dass wir miteinander in Kontakt bleiben.

17

Es ist längst dunkel. Ich sitze in meinem Wagen und rauche. In Gedanken bin ich immer noch bei dem Gespräch und viel zu aufgewühlt, um sofort nach Hamburg zurückzufahren. Lilo hätte gewiss nichts dagegen, wenn ich noch einmal bei ihr übernachten würde, aber mir steht nicht der Sinn danach, heute Abend viel zu reden. Soll ich Thorsten anrufen? Vielleicht habe ich Glück und er ist zufällig zu Hause.

Ich steige aus und schaue mich um, ob ich in der Nähe eine Telefonzelle entdecken kann. Nein. Ich könnte bis zum Ende der Straße laufen, aber ich habe keinen Schirm dabei, und mittlerweile regnet es so stark, dass ich sofort klitschnass wäre.

Und wenn ich direkt zu Thorsten fahre? Ich habe seine WG-Wohnung noch nie gesehen. Bis Kreuzberg ist es nicht weit. Fidicinstraße. Die Hausnummer steht in meinem Adressbuch.

Zwanzig Minuten später finde ich einen Parkplatz fast direkt vor Thorstens Haus. Es ist ein heruntergekommener Altbau, an dem die Farbe abblättert und der Stuck dringend restauriert werden müsste.

Als ich seinen Namen auf dem Klingelschild lese, kommen mir Zweifel, ob es klug ist, wenn ich ihn unangekündigt besuche. Thorsten mag keine Überraschungen. Und er wird denken, dass ich ihn kontrollieren wolle.

Egal. Ich möchte ihn sehen.

Ich drücke auf die Klingel und warte. Nichts passiert. Funktioniert sie überhaupt? Ich versuche es noch einmal.

Da ertönt der Türsummer. Ich trete in einen düsteren, kalten Hausflur, es riecht nach Bratfisch. Wenn ich mich richtig erinnere, liegt die Wohnung im zweiten Stock. Die Treppe knarrt, die Wände sind voller Graffiti. Ich bereue es schon, hierhergekommen zu sein.

In der Wohnungstür steht ein schlaksiger junger Mann mit Rastalocken. Er trägt ein verwaschenes T-Shirt und Shorts.

»Ja?«, fragt er und fährt sich mit dem Unterarm über die Stirn, als sei ihm zu warm.

»Entschuldigen Sie bitte die Störung. Ich bin Katharina Elbracht. Mein Sohn …«

»Thorsten ist nicht da«, unterbricht er mich. »Kann sein, dass er heute auch nicht mehr kommt.«

»Sind Sie Sven Schubert?«

»Ja, wieso?«

»Wir haben schon ein paarmal miteinander telefoniert.«

»Aha, gut möglich. Hier rufen ständig Leute an, und ich bin meistens zu Hause, weil ich an meiner Examensarbeit schreibe.«

Hinter Sven Schubert taucht jetzt eine junge Frau im Bademantel auf. Ihre Haare sind blaugrün gefärbt, und sie ist sehr blass.

»Wer stört denn hier?«, fragt sie und deutet mit dem Kopf auf mich.

»Das ist Thorstens Mutter.«

Sie zieht die Augenbrauen hoch und verschwindet in der Wohnung.

»Dann werde ich mal wieder gehen«, sage ich und nicke Sven Schubert zu.

»Soll ich Thorsten was ausrichten?«

»Nein, nicht nötig.«

Ich laufe die Treppe hinunter. Vor der Kellertür huscht

eine Maus über meine Füße. Ich bin froh, als ich wieder in meinem Auto sitze.

Auf der Rückfahrt gibt es keinen Stau, keine Hasen.

Um elf liege ich im Bett und schlafe fast sofort ein.

Am nächsten Morgen rufe ich erst Lilo, dann Lars an und berichte ihnen von dem Treffen, das interessant war, mir aber in keinster Weise weitergeholfen hat. Lars betont, dass ich immerhin meine drei Halbbrüder kennengelernt hätte. Das sei doch bestimmt eine wichtige Erfahrung gewesen.

»Ich glaube nicht. Es sind drei fremde Männer, von denen einer eine gewisse Ähnlichkeit mit mir hat.«

Als wir uns nachmittags zu einem Spaziergang treffen, erzähle ich ihm vor allem von meiner Reise nach Südafrika. Meinen Besuch in der Fidicinstraße erwähne ich nicht.

Abends um zehn meldet Thorsten sich bei mir. »Sag mal, spinnst du? Was fällt dir ein, hier einfach aufzutauchen?«

»Ich hatte in Berlin zu tun, und da habe ich spontan beschlossen, mal bei dir vorbeizuschauen.«

»Niemand in meiner WG hat Eltern, die so etwas tun würden.«

»Nun reg dich mal nicht so auf.«

»Doch, ich bin stocksauer. Du willst hier nur rumschnüffeln.«

»Unsinn.« Lange werde ich mich nicht beherrschen können. »Ich wollte dich sehen. Schade, dass du nicht da warst.«

»Das ist meine Welt. Die geht dich nichts an.«

»Was?«, schreie ich plötzlich unkontrolliert. »Ich bin schließlich deine Mutter, und ich zahle jeden Monat deine Miete.«

»Willst du mich erpressen?«

Ich hole tief Luft. »Thorsten, jetzt hör mir bitte mal zu …«

»Ich komme auch ohne dein Scheißgeld zurecht.«

Aufgelegt. Noch schlechter hätte das Gespräch nicht laufen können.

Tagelang konzentriere ich mich auf die Entwicklung meiner Südafrika-Fotos. Ich bekomme einen Anruf von Anna, die es bedauert, dass sie mich am Wochenende nicht hätte treffen können.

»Wolltest du etwas Dringendes mit mir besprechen?«

»Nein.«

Am Samstagmorgen liegt ein Brief von Manfred bei mir im Kasten. Mein Herz klopft. Warum schreibt er mir? Hat er irgendetwas über Oskar herausgefunden? Ich zwinge mich, den Umschlag nicht schon im Treppenhaus aufzureißen.

Oben in der Küche setze ich mich hin und fange an zu lesen.

Berlin, 18. Februar 1990

Liebe Katharina,
hab nochmals vielen Dank dafür, daß Du nach Berlin gekommen bist. Es hat mich sehr gefreut, Dich kennenzulernen.
Heute morgen bin ich zu meiner Schwester Bärbel nach Potsdam gefahren, um ihr ausführlich von unserem Treffen zu berichten. Dabei habe ich ihr geschildert, daß Dein Hauptanliegen darin bestehe, Deinen leiblichen Vater zu finden, und Du dem Andenken an unsere gemeinsame Mutter in keinster Weise schaden wollest. Anfangs war sie noch skeptisch, aber dann erklärte sie

sich bereit, in den Unterlagen unseres Vaters nachzuschauen, ob es darin irgendwelche Hinweise auf Deinen Vater gibt.
Du mußt wissen, daß unser Vater vor drei Monaten einen Schlaganfall hatte und seitdem im Koma liegt. Bärbel hat es als Älteste übernommen, seine Dokumente, Briefe, Fotos und Tagebücher bei sich aufzuheben. Vorhin rief sie mich an und sagte, sie habe tatsächlich in einem Tagebuch etwas entdeckt, was Dir vielleicht weiterhelfen könne, und zwar eine Notiz vom Dezember 1945. Darin heißt es: »Leider hat Ingrid einen Bastard. Sein Erzeuger, ein gewisser O. Greve, ist kurz vor Kriegsende gefallen.«

Vor meinen Augen flimmert es. Mir ist, als ob etwas in mir zerreißt. Greve. Oskar Greve. Jetzt weiß ich endlich seinen Nachnamen. Aber wenn er tot ist, hat es keinen Sinn, weiter nach ihm zu suchen.

Es tut mir sehr leid, daß ich Dir diese traurige Mitteilung machen muß. Ich kann mir gut vorstellen, wie sehr Du gehofft hast, daß er noch leben möge und Ihr Euch begegnen könntet. Aber wenigstens hast Du nun Klarheit und kannst vielleicht nach und nach Deinen inneren Frieden finden.
Über eine Antwort von Dir würde ich mich sehr freuen.
Es grüßt Dich herzlich
Manfred

Ich stehe auf und koche mir einen Espresso. Könnte Ingrid sich die Geschichte vom toten Oskar ausgedacht haben, damit Ernst Thiele sie heiratet? Oder hat die alte Frau Hartmann den abgemagerten, nach Maria und Ingrid fragenden Kriegsheimkehrer erfunden? Vielleicht sind in ihrer Erinnerung auch nur verschiedene Episoden aus der Nachkriegszeit durcheinandergeraten. Immerhin erwähnte ihre Tochter die beginnende Demenz ihrer Mutter. Wie soll ich mich da auf ihre Darstellung verlassen können?

Ich zünde mir eine Zigarette an. Meine Hände zittern. Von meinem inneren Frieden bin ich weiter entfernt, als ich es jemals war.

18

Die Sonne scheint, es ist fast windstill und so warm, dass Oskar zum ersten Mal in diesem Jahr auf der Holzbank vor seinem Haus sitzen kann, in eine Wolldecke gehüllt und mit seiner Baskenmütze auf dem Kopf. Meisen und Rotkehlchen haben begonnen, ihre Nester zu bauen, die Krokusse blühen, und bald werden auch die Osterglocken aufgehen.

Er fühlt sich immer noch schlapp. Zwei Wochen lang war er krank. Nach dem Abend in der Kneipe hat er hohes Fieber und so starke Kopf- und Gliederschmerzen bekommen, dass ihm angst und bange wurde. Eine richtige Grippe. Seit Jahren hat er so etwas nicht mehr gehabt. Er konnte nicht einmal zum Einkaufen fahren. Schließlich hat er David angerufen und ihn gefragt, ob er ihm ein paar Lebensmittel vorbeibringen könne. Er kam noch am selben Abend und brachte ihm auch einen Topf Hühnersuppe mit, die seine Frau gekocht hatte. Oskar, du bist zu viel allein, sagte er beim Abschied. Komm doch mal bei uns vorbei, wenn es dir wieder besser geht. Meine Frau und meine Söhne würden sich freuen, dich kennenzulernen.

Vielleicht wird er die Familie Gibson am nächsten Wochenende mal besuchen.

In seinem Fieberwahn hatte Oskar immer wieder den betrunkenen Hitler-Anhänger vor Augen. Und auch jetzt kann er die Begegnung nicht vergessen. Wenn der Mann nur wüsste, wie es damals wirklich war.

Oskar hat weiche Knie, ihm ist übel. Gleich müssen sich die neuen Rekruten im Kasernenhof unter der Reichskriegsflagge aufstellen. Dann wird man von ihnen verlangen, den Eid auf den Führer zu schwören. Er kann diesen Schwur nicht leisten. Neben ihm steht Walter Becker aus Itzehoe, der den Moment kaum erwarten kann. Was hast du? Warum hältst du dich so krumm?, faucht Walter ihn an. Mir ist das Essen nicht bekommen, murmelt Oskar. Das kann doch nicht wahr sein. An so einem Tag. Reiß dich gefälligst zusammen. Jetzt werden auch die anderen auf ihn aufmerksam. Du Schlappschwanz! Mach uns bloß keinen Ärger. Wenn du hier umkippst, fällt das auf uns zurück. Ach, der feine Pinkel aus Hamburg. Der denkt wohl, er sei was Besseres, nur weil er Abitur hat. Oskar schüttelt den Kopf. Oder willst du etwa den Eid verweigern? Dann wirst du sofort erschossen. Es geht los!, ruft Walter. Sie laufen nach draußen auf den Hof und reihen sich nebeneinander auf. Oskar muss würgen. Strammstehen!, schreit der Unteroffizier. Oskar versucht, sich aufzurichten. Und dann hebt auch er seine Hand zum Schwur. »Ich schwöre bei Gott diesen heiligen Eid, daß ich dem Führer des Deutschen Reiches und Volkes, Adolf Hitler, dem Obersten Befehlshaber der Wehrmacht, unbedingten Gehorsam leisten und als tapferer Soldat bereit sein will, jederzeit für diesen Eid mein Leben einzusetzen.«

Oskar ist plötzlich kalt, obwohl die Sonne noch scheint. Er steht auf, faltet seine Decke zusammen und geht ins Haus. Dort kocht er sich einen Tee, zündet ein Torffeuer an und setzt sich in seinen Sessel.

Diese sogenannten Kameraden und ihre Vorgesetzten schikanierten ihn, wo sie nur konnten. Beim Innendienst, wenn sie ihre Waffen reinigen, die Stube putzen oder etwas flicken mussten, gab es immer jemanden, der eine schmutzige Brühe über seine Sachen goss oder Dinge verschwinden ließ, die er dann stundenlang suchen musste. Und nachts, wenn kein Unteroffizier in Sicht war, schlugen sie ihn zusammen. Manchmal wusste er nicht, ob er die Schläge und Tritte überleben würde. Nie zuvor hatte er solche Angst gehabt, nicht einmal in jener Nacht im Herbst '41, als er mit Vater im Luftschutzkeller saß und eine Bombe in ihrer Nachbarstraße einschlug.

Drei Monate dauerte die Grundausbildung zum Infanteristen, sie kamen Oskar vor wie drei Jahre. Er hasste die Gefechtsausbildung, das Exerzieren, die Waffen- und Schießausbildung, die Fußmärsche, die Verteidigung von Stellungen, die Wachausbildung, ja sogar den Sport, der ihm in der Schule immer Spaß gemacht hatte. Im Fach Politische Bildung schaltete er auf Durchzug, so unerträglich waren die Naziparolen, die dort ständig wiederholt wurden. Und was man ihnen in Deutsch, Geschichte und Mathematik als allgemeine Bildung beibringen wollte, das wusste er längst. Neu waren nur die kyrillischen Schriftzeichen, die sie lernen mussten. Da ahnte er schon, worauf das alles hinauslaufen würde.

Er hatte Heimweh und Sehnsucht nach Ingrid. So oft er konnte, schrieb er ihr, schilderte seinen Tagesablauf, ohne sagen zu dürfen, wie es ihm tatsächlich ging. Aber sie kannte ihn inzwischen so gut, dass sie begriff, was zwischen den Zeilen stand. Es dauerte nie lange, bis sie ihm antwortete. Sie versuchte, ihn durch die Beschreibung von komischen Szenen aus der Schule oder dem Bäckerladen aufzumuntern, doch auch er spürte zwischen den Zeilen, wie traurig sie war, wie sehr sie ihren Bruder vermisste und wie groß ihre Sorge um ihre kranke Mutter war. Jeder ihrer Briefe endete mit den Worten: *Es grüßt und küßt Dich Dei-*

ne Dich liebende Ingrid, die auf Dich warten wird. Niemand bekam so viel Post wie er. Auch dafür wurde er verspottet. Oskar und sein Liebchen aus Hamburg.

Kommst Du nach der Grundausbildung für ein paar Tage nach Hause?, schrieb sie ihm Anfang Juli. Darauf hoffte er auch, aber er wagte nicht zu fragen. Und wie sich bald herausstellte, wurde für keinen der Rekruten ein Urlaub bewilligt. Walter konnte sein Glück kaum fassen, als er erfuhr, dass für ihn ein Einsatz an der Front in Russland vorgesehen war. Andere wurden als Besatzungssoldaten nach Frankreich, Belgien oder Dänemark geschickt. Oskar erhielt den Befehl, eine dreimonatige Ausbildung am Infanteriegeschütz zu absolvieren. Das bedeutete, dass er erst einmal in der Rettberg-Kaserne bleiben würde. Man wollte ihn offenbar für sein Desinteresse an Waffen dadurch bestrafen, dass er sich jetzt jeden Tag mit der Splitterwirkung von Sprenggranaten zu beschäftigen hatte.

Wenigstens mußt Du noch nicht in den Krieg ziehen!, schrieb Ingrid. *Und das ist doch das Wichtigste.* Natürlich hatte sie recht, obwohl es gefährlich war, so etwas zu schreiben.

In jenem Sommer in Eutin bekam Oskar auch einen Brief von Erich, der aus gesundheitlichen Gründen freigestellt worden war und nun Jura in Hamburg studierte. Er berichtete ihm, dass Heinz Matrose in Stralsund sei und auf ein Bordkommando warten würde. Helene und Margot seien beide zum Arbeitsdienst eingezogen worden, mit dem Swing-Tanzen sei es vorbei.

Im Herbst schickte Erich ihm einen zweiten Brief.

Hamburg, den 30. September 1942

Lieber Oskar!
Leider habe ich die traurige Pflicht zu erfüllen, Dir mitzuteilen, daß unser Freund Heinz Matthiessen von seinem ersten U-Boot-Einsatz nicht zurückkehrte.
Wir werden ihn nicht vergessen!
Herzliche Grüße und weiter alles Gute!
Erich

Oskar erinnert sich an das Entsetzen, das ihn packte, als er diese Zeilen las. Heinz war tot. Gestorben im Alter von neunzehn Jahren. Er hatte ihn seit dem Tag seiner Einschulung gekannt.

Zwei Wochen später hielt er seinen Einsatzbefehl für die Ostfront in den Händen.

Oskar steht auf, um den Fernseher anzustellen. Vielleicht läuft ein interessanter Film oder eine Nachrichtensendung. Irgendetwas, das ihn ablenkt.

19

Im Einwohnermeldeamt ziehe ich die Wartenummer 38. Die zuletzt aufgerufene Nummer lautet 19. Ein Montagmorgen scheint keine gute Zeit zu sein, um hierherzukommen. Die Plastikstühle sind alle besetzt, viele Leute lehnen an den Wänden oder gehen im Flur auf und ab, einige sitzen auf dem Fußboden. Ich hätte mir einen Klapphocker und ein Buch mitbringen sollen. Wenn ich wenigstens rauchen dürfte.

Schon bald nachdem ich Manfreds Brief gelesen hatte, wusste ich, dass ich noch nicht aufhören würde, nach Oskar Greve zu suchen. Als Erstes schaute ich nach, ob sein Name im Hamburger Telefonbuch steht. Während ich blätterte, dachte ich einen Moment lang, dass jetzt alles ganz leicht sein würde. Ich finde seine Nummer, ich rufe ihn an, er nimmt ab. Aber im Telefonbuch ist kein Oskar Greve verzeichnet.

Es war Lars' Idee, dass ich mich im Einwohnermeldeamt erkundige, ob in Hamburg ein Oskar Greve wohnt.

»Vielleicht hast du Glück und sie geben dir Auskunft, auch wenn du nicht nachweisen kannst, dass du seine Tochter bist.«

Meinen Personalausweis, den Ausdruck aus dem Geburtenregister und die Briefe von Maria und Manfred habe ich dabei.

Nach vierzig Minuten gelingt es mir, einen Plastikstuhl zu ergattern. Auf der Anzeigetafel ist inzwischen die Nummer 22 erschienen. Wenn es so langsam weitergeht, werde ich hier noch stundenlang sitzen müssen. Ich habe für neunzig Minuten Geld in die Parkuhr geworfen. Soll ich zum Wagen zurücklaufen? Aber ich hatte vorhin schon kaum genug Kleingeld. Außerdem würde ich meinen Sitzplatz wieder verlieren.

Neben mir warten eine Mutter und ihr schweigsamer Sohn. Er sieht aus wie dreizehn oder vierzehn. Wenn sie ihn etwas fragt, zuckt er nur mit den Achseln, ohne sie anzusehen. Sie ist kurz davor, aus der Haut zu fahren. Es könnten Thorsten und ich sein, abgesehen davon, dass ein solches Verhalten zu einem Jugendlichen passt, aber nicht mehr zu einem fast zwanzigjährigen Studenten. Wieder muss ich an das Telefonat vor acht Tagen denken; seitdem habe ich nichts von Thorsten gehört. Ob er es ernst meinte mit seiner Bemerkung, dass er auch ohne mein Geld zurechtkäme? Hat er einen Job? Oder ist er womöglich in irgendwelche dunklen Geschäfte verwickelt? Neulich habe ich einen Artikel über einen achtzehnjährigen Heroin-Dealer in Berlin gelesen. Würde ich Thorsten zutrauen, mit Drogen zu handeln? Ich weiß es nicht. Ich weiß fast gar nichts über ihn, nur dass er in einem schäbigen Haus wohnt, unter anderem mit Sven Schubert zusammen, der immerhin schon an seiner Examensarbeit schreibt und in der WG als Nachrichtenzentrale fungiert. Was hat Thorsten für Freunde? Gefällt ihm sein Studium? Was macht er in seiner Freizeit? Natürlich werde ich meinen Dauerauftrag für die monatlichen Überweisungen an ihn nicht stornieren, obwohl mir in der letzten Woche manchmal danach zumute war.

Auf einmal geht es schneller voran, eben wurde die Nummer 33 aufgerufen. Jetzt sind es nicht mehr nur zwei, sondern vier Sachbearbeiter, die für die Anliegen der Wartenden zuständig sind. Vielleicht hat sich jemand an höherer Stelle beschwert, oder die Frühstückspause ist beendet.

Als ich an der Reihe bin, treffe ich auf einen abgehetzt wirkenden jungen Mann, der mich bittet, vor seinem Schreibtisch Platz zu nehmen. Ich erkläre ihm, worum es geht, fasse die Aussage der alten Frau Hartmann in wenigen Worten zusammen, und lege ihm meine Dokumente und die Briefe vor.

»Ich will nichts unversucht lassen, um meinen leiblichen Vater zu finden.«

Er reagiert nicht auf meine Bemerkung.

Während er die Unterlagen durchsieht, verliere ich jede Hoffnung, dass so jemand sich über geltende Regeln hinwegsetzen könnte.

»Die Sachlage ist folgende«, sagt er und starrt dabei auf einen Punkt an der Wand hinter mir, als ob er von dort seinen Text ablesen würde. »Um vom Einwohnermeldeamt eine Auskunft aus dem Melderegister zu erhalten, muss die gesuchte Person eindeutig identifiziert werden. Hierfür benötigen wir Angaben zu Vor- und Nachnamen sowie zur zuletzt bekannten Anschrift und / oder zum Geburtsdatum der gesuchten Person.«

»Ich kenne weder die zuletzt bekannte noch irgendeine andere Anschrift meines Vaters. Und das Geburtsdatum natürlich auch nicht.«

»Dann kann ich Ihnen leider nicht weiterhelfen.«

»Könnten Sie nicht in diesem Fall eine Ausnahme machen?«

»Nein«, antwortet er gereizt. »Wir brauchen die von mir eben genannten Identifizierungsmerkmale.«

Ich verabschiede mich.

Draußen rauche ich zwei Zigaretten hintereinander. Warum fühle ich mich so vor den Kopf gestoßen? Ich wusste doch, dass es nur eine geringe Chance gab, in dieser Behörde etwas Näheres über Oskar Greve zu erfahren.

Schon von Weitem sehe ich das Strafmandat an der Windschutzscheibe meines Wagens. Hätte ich nicht zur Abwechslung mal Glück haben können?

Zwanzig Mark wird mich dieser vergeudete Vormittag kosten.

Auf der Rückfahrt überlege ich, was ich als Nächstes unternehmen soll. Ich habe irgendwann gelesen, dass es beim Roten Kreuz einen Suchdienst gibt, der Auskünfte an Angehörige über Vermisste und Kriegsgefangene im Zweiten Weltkrieg erteilt. Aber sie werden sicherlich einen Nachweis von mir verlangen, dass ich mit Oskar Greve verwandt bin. Und ohne ausreichende Identifizierungsmerkmale wird es auch dort Probleme geben.

Zu Hause koche ich mir einen Espresso und rufe beim Deutschen Roten Kreuz, Landesverband Hamburg, an. Ich werde ein paarmal weiterverbunden, um dann von einer streng klingenden Sachbearbeiterin zu erfahren, dass Suchanfragen im Zusammenhang mit Verschollenen des Zweiten Weltkriegs vom DRK-Suchdienst-Standort München bearbeitet werden.

»Wären Sie so nett und würden mir die Telefonnummer nennen?«

Sie seufzt und murmelt etwas von Zeitdruck. Papiergeraschel ertönt in der Leitung, dann gibt sie mir die Nummer durch. Nachdem ich gewählt habe, lande ich in einer Warteschleife. Das hat alles keinen Sinn. Ich zünde mir eine Zigarette an. Sobald ich sie aufgeraucht habe, werde ich auflegen.

Einige Sekunden später meldet sich eine freundliche Frau Jäger. Wieder erzähle ich meine Geschichte.

»Auch wenn Sie nicht dokumentieren können, dass die von Ihnen genannte Person Ihr leiblicher Vater ist, dürfen Sie einen Suchantrag stellen«, höre ich Frau Jäger zu meinem Erstaunen sagen.

»Wirklich?«

»Ja, wir verlangen weder Ausweise noch Geburtsurkunden.«

»Das hatte ich nicht erwartet.«

»Sie versichern selbstverständlich mit Ihrer Unterschrift, dass alle Ihre Angaben im Zusammenhang mit Ihrem Suchanliegen nach Ihrem Kenntnisstand und nach bestem Wissen und Gewissen erfolgt sind.«

»Ja, natürlich. Ich hoffe, dass ich überhaupt genug Angaben machen kann.«

»Schreiben Sie alles, was Ihnen bekannt ist, in den Antrag, auch Dinge, die Ihnen wie belanglose Details vorkommen. Wir haben schon Fälle gehabt, in denen gerade solche Hinweise zum Erfolg geführt haben. Stellen Sie sich jedoch darauf ein, dass es eine Zeit lang dauern wird, bis Sie eine Antwort von uns bekommen werden.«

»Wie lange in etwa?«

»Das lässt sich ganz schwer sagen. Wenn wir bei den Einwohnermeldeämtern nicht weiterkommen, fragen wir bei internationalen Suchdiensten nach. Da kann schon mal bis zu einem Jahr vergehen.«

»Was???«

»Ja, das sind alles sehr bürokratische Prozesse. Manchmal lässt sich eine Suchanfrage allerdings auch viel schneller klären.«

Ich nenne ihr meine Anschrift, und sie verspricht mir, dass sie mir noch heute ein Suchformular zuschicken wird.

Abends setze ich mich an meinen Schreibtisch und entwerfe einen Brief an Manfred.

Hamburg, 26. Februar 1990

Lieber Manfred,
ich danke Dir für Deinen Brief und dafür, daß Du Deiner Schwester von unserem Treffen berichtet hast.
Das, was Du schreibst, hat mich in einen tiefen Zwiespalt gestürzt. Laß mich kurz erklären, warum.
Vor gut drei Wochen hatte ich Gelegenheit, eine ehemalige Nachbarin von Maria und Ingrid kennenzulernen, die mir erzählte, daß vier oder fünf Jahre nach Kriegsende ein abgemagerter junger Mann, der offensichtlich gerade erst aus der Kriegsgefangenschaft zurückgekehrt war, nach Maria und Ingrid gesucht habe. Die alte Dame leidet an einer beginnenden Demenz; ich weiß also nicht, inwieweit ich ihren Erinnerungen trauen kann. Aber ich klammere mich im Moment an alles, was darauf hindeuten könnte, daß mein Vater den Krieg überlebt hat.
Mir ist natürlich bewußt, daß das, was Eurer Vater geschrieben hat, wesentlich realistischer ist. Dennoch will ich zum jetzigen Zeitpunkt meine Suche noch nicht aufgeben. Die Tagebuchnotiz hat mir insofern sehr weitergeholfen, als ich nun endlich den Nachnamen meines Vaters kenne.
Heute habe ich erste Nachforschungen beim Einwohnermeldeamt angestellt, die leider erfolglos waren, weil ich nicht genug Informationen (im Behördenjargon heißt das »Identifizierungsmerkmale«) über Oskar Greve habe. Eine weitere Möglichkeit, etwas über seinen Verbleib herauszufinden, könnte das Deutsche Rote Kreuz sein. Dort werde ich einen Suchantrag stellen.
Du siehst, an einen inneren Frieden ist noch nicht zu denken, aber ich gebe die Hoffnung nicht auf, daß ich irgendwann Klarheit bekommen werde.

Dir und Deinen Brüdern danke ich noch einmal dafür, daß Ihr Euch die Zeit für ein Treffen mit mir genommen habt. Es war sehr wichtig für mich, Euch kennenzulernen und auch etwas über das Leben und Sterben unserer gemeinsamen Mutter zu erfahren.
Herzliche Grüße
Katharina

Zwei Tage später bekomme ich das Suchformular des Deutschen Roten Kreuzes mit einem kurzen Gruß von Frau Jäger.

Die Angaben in den Feldern mit einem Sternchen werden unbedingt gebraucht, lese ich in den Anweisungen. Sonst sei eine Suche nicht möglich. Da wird es bereits schwierig.

Ich beginne mit dem Ausfüllen.

GESUCHTE PERSON
Familienname:* *Greve*
Vorname / n:* *Oskar*
Geburtsort: *Hamburg ???*

Was das *Geburtsdatum/-jahr** angeht, darf auch eine grob geschätzte Angabe eingetragen werden.

Ich fange an zu rechnen. Nach dem, was Maria der alten Frau Hartmann erzählt hat, steckte Oskar mitten im Abitur, als Ingrid und er sich verliebten. Laut ihrer Schilderung war es auf jeden Fall vor dem Feuersturm im Juli 1943. Die Abiturzeugnisse gab es damals immer um Ostern herum. Wenn Oskar also im Februar oder März 1943 Abitur gemacht hat, war er etwa Jahrgang 1924. Aber durfte im Frühjahr 1943 im Alsterpavillon noch Swing getanzt werden? Ich glaube nicht. Vielleicht haben die beiden sich schon ein Jahr zuvor kennengelernt. Das hieße, dass er 1923 geboren wurde. Oder noch früher, wenn er zum Beispiel einmal sitzengeblieben wäre. Ich trage ein: 1922–1924.

Geschlecht:* *männlich*
letzter bekannter Wohnort / Adresse: *???*
Heimatanschrift am 01. 09. 1939: *???*

Die nächste Frage bezieht sich auf den *Zeitpunkt und den Ort oder die Art des letzten Kontaktes.* Dies kann ein Brief, ein persönlicher Kontakt oder der Bericht einer dritten Person sein. Es gibt nicht viel Platz in der Rubrik. Ich beschließe, meine Angaben auf einem Extrablatt zu notieren:

Nach Aussage von Frau Hartmann, einer ehemaligen Nachbarin meiner Adoptivmutter Maria Elbracht (damalige Adresse: 24 Hamburg, Dorotheenstraße 174), machte Oskar Greve 1942 oder 1943 an einem humanistischen Gymnasium in Hamburg Abitur. Sein Vater war Rechtsanwalt. Oskar tanzte Swing im Alsterpavillon, wo er Marias Schwester Ingrid Jensen kennenlernte. Im Herbst 1944 wurde Ingrid von ihm schwanger und brachte am 1. Juli 1945 in Hamburg eine Tochter namens Katharina Ingrid Maria zur Welt. Im Auszug aus dem Geburtenregister ist vermerkt: »Vater unbekannt«. Ich wurde am 31. März 1946 von meiner Tante, Maria Elbracht, und ihrem Mann, Johannes Elbracht, adoptiert. Am Ende des Krieges galt Oskar Greve zunächst als vermisst, soll dann aber vier oder fünf Jahre später abgemagert in Hamburg wieder aufgetaucht sein und nach Maria Elbracht und ihrer Schwester gefragt haben. Eine andere Darstellung besagt, dass er kurz vor Kriegsende gefallen ist.

In der Rubrik *Verwandtschaftsverhältnis zum Vermissten / Gesuchten* schreibe ich: Tochter.

Im nächsten Feld geht es um den *Grund der Suche**.

Ich möchte meinen leiblichen Vater finden. Wenn er noch lebt, weiß er aller Wahrscheinlichkeit nach nichts von meiner Existenz.

Familienstand: *???*

Name, Vorname, Geburtsdatum der Mutter: *???*

Name, Vorname, Geburtsdatum des Vaters: *???*

Anzahl der Kinder: *mindestens 1*

Weitere Angaben / Daten zu Personen, die sich bei Kontaktverlust evtl. bei der gesuchten Person befunden haben: *???*

Dienstgrad, Feldpost-Nr. oder offene Truppenbezeichnungen, ggf. Lagerort und Lager-Nr.: *???*

Hier ist Platz für weitere Angaben wie z. B. Beruf, besondere Kennzeichen etc.: *???*

Haben Sie oder Ihre Angehörigen die Person schon einmal suchen lassen? *Nein.*

Auf der letzten Seite werden die Angaben zum Antragsteller verlangt und Datum und Unterschrift unter die von Frau Jäger schon erwähnte Versicherung, dass alles so seine Richtigkeit habe.

Ich lese mir das Geschriebene noch einmal durch, dann fahre ich zum Copy-Shop und anschließend zur Post.

Vielleicht gibt es keinerlei Veranlassung, optimistisch zu sein, aber auf dem Nachhauseweg kommt es mir so vor, als ob sich ein Knoten gelöst hätte. Zum ersten Mal seit Wochen bin ich wieder in besserer Stimmung.

20

In der letzten Woche habe ich kurz entschlossen der Zeitschrift GEO eine Auswahl meiner Südafrika-Fotos angeboten. Heute Morgen kam ein Anruf des zuständigen Redakteurs, dass man sie in eine der nächsten Ausgaben mit aufnehmen wolle. Es seien hervorragende Einblicke in ein Land, in dem die Apartheid zu Ende gehe und eine bessere Zukunft für alle Menschen in Südafrika vorstellbar werde. Ich hatte mit dieser positiven Reaktion nicht gerechnet, weil GEO in der Vergangenheit schon mehrmals Angebote von mir abgelehnt hat. Umso mehr freue ich mich über die Zusage.

Nachmittags erhalte ich eine Anfrage der European Pressphoto Agency, ob ich demnächst nach Äthiopien reisen könne, um den dort eskalierenden Bürgerkrieg fotografisch zu dokumentieren. Ich sei ja bereits 1974 dort gewesen und von daher mit den Verhältnissen im Land etwas vertraut. Seitdem habe sich die Lage weiter zugespitzt, es sei also ganz und gar kein ungefährlicher Einsatz. Ohne lange zu überlegen, sage ich zu.

Das Angebot hätte zu keinem besseren Zeitpunkt kommen können. Die Reise wird mich auf andere Gedanken bringen. Zwei Tage sind vergangen, seitdem ich das Suchformular abgeschickt habe. In manchen Momenten denke ich, dass ich das Gespräch mit der alten Frau Hartmann viel ausführlicher hätte schildern müssen, aber dann beruhige ich mich wieder. Das Wenige, was ich über das Leben von Oskar Greve weiß, habe ich erwähnt. Mehr kann ich im Augenblick nicht unternehmen.

Abends telefoniere ich mit Lars. Wir haben uns die ganze Woche nicht gesehen. Sein Vater hat sich bei einem Sturz das Handgelenk gebrochen und musste mehrfach besucht werden. Bei Andrea standen die üblichen Handball- und Nachhilfetermine auf dem Programm. Und gestern hatte Lars Spätschicht in der Bibliothek.

»Wollen wir morgen Abend bei mir was essen?«, frage ich.

»Andrea und ich hatten eigentlich vor, zusammen ins Kino zu gehen. Ich könnte anschließend für ein oder zwei Stunden zu dir kommen.«

Ich atme tief durch. Warum kann Andrea nicht mit einer ihrer Freundinnen ins Kino gehen? Sie ist immerhin schon dreizehn.

»Und, was hältst du davon? Oder komm mit uns ins Kino«, schlägt Lars vor. »Wir haben so lange nichts zu dritt unternommen.«

»Ich würde gerne einen Abend mit dir allein verbringen. Kann Andrea sich nicht mit einer Freundin treffen? Und anschließend auch gleich bei ihr übernachten? Dann hätten wir endlich mal wieder etwas mehr Zeit für uns.«

»Du weißt, dass das nicht so einfach ist.«

»Als du neulich die Fortbildung in Köln hattest, war Andrea sogar für zwei Nächte bei einer Freundin.«

»Ja, da war ich aber auch aus beruflichen Gründen unterwegs.«

»Warum traust du dich einfach nicht, ihr zu sagen, dass du auch mal eine Nacht bei mir sein willst?«

»Ach Katharina, es stimmt doch nicht, dass ich mich nicht traue. Aber es ist eine schwierige Situation. Ich glaube, tief in ihrem Inneren kann Andrea es immer noch nicht richtig akzeptieren, dass es in meinem Leben eine neue Partnerin gibt.«

»Nach drei Jahren? Ich bitte dich!«

»Du darfst nicht vergessen, was Andrea mit ihrer Mutter durchgemacht hat.«

»Das habe ich nicht vergessen.«

»Sie hat so unter Gundulas ständigen Entgleisungen gelitten. Am Tag nach der Scheidung sagte sie zu mir: Von jetzt an gehören wir zusammen.«

»Das hast du mir noch nie erzählt.«

»Nein … Nach den Erlebnissen mit ihrer Mutter brauchte Andrea mit ihren zehn Jahren vor allem Sicherheit. Gundula konnte ihr diese nie geben, sie war aufgrund ihrer Sucht völlig unberechenbar.«

Ich zünde mir eine Zigarette an. Worauf will Lars hinaus? Dass ich mehr Rücksicht auf Andrea nehmen muss?

»Bist du noch da?«

»Hm … meinst du, Andrea ist eifersüchtig auf mich? Manchmal fühlt es sich für mich so an.«

»… vielleicht.«

»Dabei gebe ich mir wirklich Mühe, nett zu ihr zu sein. In ihrer Gegenwart verzichte ich sogar aufs Rauchen, weil sie das nicht ausstehen kann.« Ich ziehe an meiner Zigarette und fange beinahe an zu husten. »Ich mag Andrea … wenn sie nicht gerade schmollt.«

»Ich denke, sie mag dich auch.«

»Aber du bist dir nicht sicher.«

»Du hast ja eben selbst die Eifersucht angesprochen. Wahrscheinlich sieht Andrea in dir eine Art Konkurrentin. Sie will einfach nicht, dass es neben ihr einen anderen wichtigen Menschen in meinem Leben gibt.«

»Daran wird sie sich gewöhnen müssen.«

»Natürlich. Nur ist es eben ein längerer Prozess. Jetzt steckt sie auch noch mitten in der Pubertät …«

»Ich finde, dass du ihr gegenüber zu nachgiebig bist«,

unterbreche ich ihn. »Alkoholkranke Mutter hin oder her.«

Lars seufzt. »Ich werde die Sache mit ihr bereden.«

Fast hätte ich hinzugefügt, dass man mit seinen Kindern nicht immer alles bereden müsse, sondern es manchmal auch genüge zu sagen: So wird es gemacht. Basta!

Eine halbe Stunde später ruft Lars mich zurück. Es habe eine längere Diskussion mit Andrea gegeben und er habe ihr versprechen müssen, den gemeinsamen Kinobesuch nachzuholen, doch nun sei sie einverstanden. Wie schön, antworte ich und versuche, freundlich und entspannt zu klingen.

Am nächsten Tag kaufe ich auf dem Markt die Zutaten für Lars' Lieblingsgericht ein: Boeuf Bourguignon mit grünen Bohnen und Kartoffelgratin. Als Vorspeise essen wir Rucola mit gerösteten Pinienkernen und dünn geschnittenem Parmesankäse. Und zum Nachtisch gibt es einen Obstsalat mit Ananas und blauen Weintrauben, dazu Schlagsahne und Mandelgebäck.

Im Weinladen bei mir um die Ecke lasse ich mich beraten und entscheide mich für einen Saint-Émilion. Den trinkt Lars besonders gern.

Zu Hause mache ich mich sofort daran, das Rindfleisch in Würfel zu schneiden. Ich koche nur selten, aber wenn, dann genieße ich es. Bis vor zwei Jahren habe ich mich immer an einen gedeckten Tisch setzen können. Mutter führte uns den Haushalt, und das machte sie so gut, dass ich mich da nicht einmischen wollte. Außerdem war es praktisch für mich, weil ich wenig Zeit hatte. Kind, du arbeitest so viel, pflegte Mutter zu sagen. Lass mich wenigstens dafür sorgen, dass Thorsten und du etwas Vernünftiges zu essen bekommt. Als ich sie an ihrem siebzigsten Geburtstag fragte, ob die Belastung nicht zu groß für sie sei, andere Menschen gingen schließlich mit fünfundsechzig in den Ruhestand, antwortete sie nur: Unsinn. Es hält mich am Leben, dass ich gebraucht werde. Danach hat sie noch elf Jahre lang durchgehalten, und wenn sie den Unfall nicht gehabt hätte … Plötzlich habe ich einen Kloß im Hals. Ich vermisse sie. Daran hat auch all das, was ich in den letzten Wochen erfahren habe, nichts geändert. Im Gegenteil. Ich wünschte, Mutter würde noch leben und könnte mir von ihrer Schwester erzählen.

Lars kommt pünktlich um Viertel vor acht. Ich bin überrascht, weil ich Andreas Verzögerungstaktiken zur Genüge kenne: Haare waschen, Opa anrufen, Wellensittiche füttern. Aber es ist alles fertig, sogar den Tisch habe ich schon gedeckt.

»Das riecht ja lecker.« Lars nimmt mich in die Arme und gibt mir einen Kuss.

»Wie ist es mit Andrea gelaufen?«

»Gut.«

Sein Stirnrunzeln sagt mir etwas anderes, doch ich beschließe, nicht weiter nachzufragen, weil ich uns den Abend nicht verderben will.

Beim Essen reden wir über meinen Brief an Manfred, über den Suchantrag und den Anruf des GEO-Redakteurs. An Lars' Freude über die Zusage merke ich, wie viel ihm daran liegt, dass ich mit solchen Projekten mein Geld verdiene und nicht mit Einsätzen als Fotoreporterin in Kriegsgebieten. Also verzichte ich darauf zu erwähnen, dass ich demnächst nach Äthiopien reisen werde.

Später schlafen wir miteinander. Ich spüre nicht die gewohnte Nähe zu ihm, aber vielleicht bilde ich mir das auch nur ein.

Am nächsten Morgen beim Frühstück erkundigt sich Lars, ob ich etwas von Thorsten gehört hätte. Nach einigem Zögern berichte ich ihm von meinem unangekündigten Besuch in der Fidicinstraße und dem Streit am Telefon.

»Das ist schon zwei Wochen her. Warum hast du mir gar nichts davon erzählt?«

»Weil es höchst unerfreulich war. Das Ganze gipfelte darin, dass Thorsten behauptete, die Wohnung sei seine Welt und gehe mich nichts an. Da bin ich richtig ausgerastet.«

»Was hast du gesagt?«

»Dass ich schließlich seine Mutter sei und jeden Monat seine Miete zahle. Ob ich ihn erpressen wolle, hat er mich gefragt. Ich habe versucht einzulenken, aber du kennst ihn ja. ›Ich komme auch ohne dein Scheißgeld zurecht!‹, hat er gebrüllt und dann aufgelegt. Seitdem ist Sendepause zwischen uns.«

»Oh, je.«

»Ja, ich weiß, es war verkehrt, so zu reagieren.«

»Meinst du, er will tatsächlich kein Geld mehr von dir annehmen?«

»Das kann ich mir nicht vorstellen. Der Dauerauftrag läuft weiter wie gehabt.«

»Das ist klar.«

»Na, so klar nun auch wieder nicht. Es gab schon ein paar Momente, in denen ich überlegt habe, ob ich ihn stornieren soll.«

Lars schaut mich verständnislos an. »Das ist nicht dein Ernst.«

»Doch. Aber ich mache es natürlich nicht.«

»Und wie soll es jetzt weitergehen?«

»Keine Ahnung. Ich warte erst mal ab.«

Ist es Lars' kritischer Blick, der mich provoziert? Auf jeden Fall höre ich mich im nächsten Augenblick sagen, dass ich sowieso bald wieder auf Reisen gehen werde und mich von daher um andere Dinge zu kümmern hätte. Natürlich will er wissen, wohin ich fahre. Ich antworte ganz ruhig, dass es nach Äthiopien ginge.

»Da herrscht Bürgerkrieg.«

»Ich weiß. Das ist der Grund, warum ich dort fotografieren werde.«

»Ich begreife nicht, wieso du ausgerechnet in einer solchen Situation nicht alles daransetzt, vorher den Konflikt mit deinem Sohn zu lösen. Stell dir mal vor, dir passiert etwas. Dann wird Thorsten ewig damit leben müssen, dass ihr euch nicht ausgesöhnt habt.«

»Das Fotografieren in Krisen- und Kriegsgebieten ist mein Beruf.«

»Darum geht es nicht.«

»Du hast kein Recht, mir ein schlechtes Gewissen zu machen.«

»Aber ich merke dir doch an, wie sehr es dich belastet, dass deine Beziehung zu Thorsten so schlecht ist.«

»Ich glaube, du nutzt das Thema nur für deine eigenen Zwecke aus.«

»Wie bitte???«

»Du brauchst gar nicht so empört zu gucken. Du willst nicht, dass ich fahre, weil du Angst um mich hast.«

»Das kommt noch dazu. Aber wieso unterstellst du mir, dass ich das Thema für mich ausnützen würde? Das ist total abwegig. Mir geht es um Thorsten und dich. Vielleicht solltest du noch einmal gründlich darüber nachdenken, warum es zwischen euch so viele Schwierigkeiten gibt. Ich glaube, du hast ein Problem damit, die Mutterrolle auszufüllen, die Maria früher innehatte.«

»Meinst du etwa, du machst alles richtig? Mit deiner gluckenhaften Art? Lässt dir von deiner dreizehnjährigen

Tochter vorschreiben, wie du zu leben hast. So was Erbärmliches!«

Lars steht auf. »Es ist sinnlos. Ich gehe jetzt.«

»Ja, das ist auch besser so.«

Ich folge ihm in den Flur, rufe ihm nach, dass ich in sein spießiges Kleinbürgerleben von Anfang an nicht hineingepasst hätte. Er dreht sich um, ich sehe die Wut in seinem Gesicht. Dann schlägt er die Wohnungstür hinter sich zu.

Ich gehe in mein Arbeitszimmer, hole die Mappe mit den Pressemitteilungen zu Äthiopien heraus, die ich gestern von der European Pressphoto Agency bekommen habe, und beginne zu lesen. Aber ich bin viel zu aufgewühlt, um mich auf die Texte konzentrieren zu können.

Endlich habe ich Lars gründlich meine Meinung gesagt. Wie konnte ich mich nur drei Jahre lang damit abfinden, dass sich immer alles um seine Tochter dreht? Und was er über mich und meine Rolle als Mutter von sich gegeben hat, war schlichtweg unverschämt. Was maßt er sich an, so über mich zu urteilen?

Ich klappe den Ordner zu und schließe die Augen. Wieder ist eine Beziehung zu Ende gegangen. Mit Lars habe ich es länger ausgehalten als mit jedem anderen Mann zuvor. Ich sollte aufhören, nach einem passenden Partner zu suchen. Ich werde ihn nicht finden.

21

Oskar ist auf dem Weg nach Enniskerry, zur Familie Gibson, die ihn an diesem Sonntagmittag um halb eins zum Essen eingeladen hat. Er fühlt sich nach wie vor schlapp und hat nicht viel Appetit, obwohl er sich auch in der letzten Woche geschont hat und trotz des guten Wetters kein einziges Mal wandern war. Vielleicht hätte er mit seiner Grippe doch zum Arzt gehen sollen.

Im Klassiksender läuft eine Arie aus Mozarts *Zauberflöte: »Ein Mädchen oder Weibchen wünscht Papageno sich«*. Oskar schaltet das Radio ab. Er mag Mozart, aber diese Arie stimmt ihn immer traurig.

David hat ihm am Telefon genau beschrieben, wie er fahren soll. In der Ortsmitte, am Platz mit dem Uhrenturm, müsse er in Richtung Roundwood abbiegen und gleich darauf wieder links in eine Sackgasse, an deren Ende ein gelber Bungalow liege. Dort wohnen wir. Es lag ein gewisser Stolz in Davids Stimme, als er das sagte. Für ihn wäre es wahrscheinlich völlig undenkbar, in ein altes Cottage mit aufsteigender Feuchtigkeit zu ziehen.

Oskar biegt in die Sackgasse ein. Es ist erst Viertel nach zwölf, aber vielleicht macht das nichts. Er hat für alle etwas mitgebracht: drei Tafeln Milchschokolade für die Kinder, Osterglocken für Davids Frau und eine Flasche Bordeaux. Hoffentlich ist es das Richtige.

Der Bungalow sieht ganz neu aus. Rechts und links neben der Eingangstür stehen Blumenschalen mit bunten Primeln. Oskar überlegt kurz, ob er seinen Wagen am Straßenrand oder in der Einfahrt parken soll, und entscheidet sich dann für den Straßenrand. Er ist kaum ausgestiegen, als drei kleine Jungen mit Sommersprossen aus dem Haus gelaufen kommen.

»Bist du der Mann aus Deutschland?«

Oskar nickt.

»Kannst du Englisch?«

»Ja.«

»Spielst du mit uns Fußball?«

»Wir können es versuchen, aber ich bin bestimmt nicht so gut wie ihr.«

Jetzt folgen ihnen auch David und eine Frau mit langen, dunklen Haaren.

»Hallo, Oskar.« David klopft ihm auf die Schulter. »Schön, dass du da bist.«

»Vielen Dank für die Einladung.«

»Das ist Dervla, meine Frau.«

Sie gibt ihm lächelnd die Hand. »Herzlich willkommen.«

»Und das sind Luke, Jamie und Fionn. Sagt Oskar mal guten Tag.«

»Tag, Oskar!«, brüllen sie im Chor.

»Sie sind acht, sechs und vier und haben nichts als Unsinn im Kopf.«

»Gar nicht wahr!«, ruft Luke.

»Ich habe was für euch«, murmelt Oskar und holt die Tasche mit seinen Geschenken aus dem Auto.

Die Schokolade löst so große Begeisterung bei den Jungen aus, dass David sie nur mit Mühe daran hindern kann, die Tafeln sofort anzubrechen.

Dervla strahlt, als Oskar ihr die Blumen überreicht. »Was für ein schöner Strauß!«

»Und der Wein ist für euch beide.«

»Danke.« David betrachtet aufmerksam das Etikett.

»Wunderbar. Wein aus der Bordeaux-Gegend mögen wir besonders gern.«

»Entschuldigt, dass ich etwas zu früh bin. Ich wusste nicht, ob ich euer Haus sofort finden würde.«

»Wir freuen uns immer über pünktliche Gäste«, antwortet Dervla. »Bei uns Iren ist es ja leider so, dass wir oft zu spät kommen. Ein Albtraum für eine Köchin.«

»Wann gibt's endlich was zu essen?«, ruft Fionn.

»Da hörst du's. Noch jemand, der gerne pünktlich isst.«

»Wenn du willst, kannst du übrigens auch in unserer Einfahrt parken«, sagt David.

Oskar zögert. »Ach, ich glaube …«

»Dürfen wir dann mit einsteigen?«, ruft Luke. »Ich habe noch nie in einem Linkslenker gesessen.«

»Ich auch nicht! Ich auch nicht!«, kreischen Jamie und Fionn.

»Na, gut.«

Oskar öffnet die Wagentür und lässt die drei auf die Rückbank klettern. Sie sind ganz still, als er zurücksetzt und in die Einfahrt fährt.

»Bleibst du jetzt immer in Irland, oder gehst du wieder nach Deutschland zurück?«, fragt Luke.

»Ich bleibe hier.«

»Ist es hier schöner als in Deutschland?«, will Jamie wissen.

»Mir gefällt Irland sehr gut.«

»Hunger!«, quäkt Fionn.

Da steigen sie aus. Auf dem Weg ins Haus greift jemand nach Oskars Hand. Es ist der kleine Fionn. Oskar spürt, wie es in seiner Kehle eng wird. Fionn zieht ihn hinter sich her; dabei schaut er sich immer wieder zu ihm um und grinst ihn an.

»Fionn hat einen Freund gefunden«, stellt Dervla fest.

»Oskar ist auch unser Freund«, protestieren Luke und Jamie.

»Vielleicht können wir uns darauf einigen, dass Oskar unser gemeinsamer Freund ist«, sagt David schmunzelnd.

Der Tisch in der großen, hellen Küche ist festlich gedeckt, mit Blumen, Kerzen und Servietten. Wie früher an Weihnachten, schießt es Oskar durch den Kopf.

Fionn besteht darauf, rechts neben ihm zu sitzen. Luke schnappt sich sofort den Stuhl auf seiner linken Seite. Daraufhin fängt Jamie fast an zu weinen. Dervla schlägt vor, dass sie umschichtig neben Oskar sitzen dürfen. Nach jedem Gang werden sie die Plätze wechseln.

Zuerst gibt es Brokkolisuppe, dann Lammbraten mit Minzsauce, dazu geröstete Rosmarinkartoffeln und Möhrengemüse, und zum Nachtisch Vanilleeis mit heißen Himbeeren. Oskar ist überrascht, dass er plötzlich doch Appetit hat. Seit Jahren hat er nicht mehr so gut gegessen.

Später zeigen ihm die Jungen ihre großen Zimmer mit Hochbetten, unter denen sie sich Höhlen gebaut haben. Er bewundert ihre Spielautosammlung, die vielen Stofftiere und eine Burg aus Legosteinen. Beim Fußballspielen kann Oskar die Schmerzen in seinen Knien eine Weile ignorieren, bis er schließlich doch aufgeben muss.

»Wie wär's mit einem Kaffee?«, schlägt Dervla vor.

»Gern.«

Sie setzen sich in den Wintergarten und schauen Luke zu, der jetzt hinten im Garten aufs Klettergerüst steigt, während Jamie schaukelt und Fionn die Rutsche hinunterrutscht.

»Ihr habt drei wunderbare Kinder«, sagt Oskar leise.

David nickt. »Manchmal denken wir, dass wir zu wenig Zeit mit ihnen verbringen, weil wir so viel arbeiten. Ich stehe den ganzen Tag im Laden, und Dervla hat in ihrer Praxis als Physiotherapeutin auch reichlich zu tun.«

»Und wer kümmert sich nach der Schule um die Jungen?«

»Meine Mutter«, antwortet Dervla. »Sie genießt es, wieder eine Aufgabe zu haben, seitdem mein Vater vor drei Jahren gestorben ist.«

»Fionn war erst ein Jahr alt«, fügt David hinzu. »Er hat natürlich keine Erinnerung an seinen Großvater, aber neulich wollte er von seiner Oma wissen, wo der Opa sei. Während sie noch überlegte, was sie ihm antworten sollte, meinte Luke: Im Himmel, wo denn sonst?«

»War er mit dieser Antwort zufrieden?«

»Ja, aber das Großvater-Thema beschäftigt ihn sehr. Bei den beiden Größeren ist das nicht so.«

Dervla seufzt. »Es ist schade, dass wir Davids Eltern nicht häufiger sehen können. Sie wohnen in einem kleinen Dorf an der nordirischen Küste. Das ist eine lange Fahrt bis dorthin. Mehr als zwei- oder dreimal im Jahr schaffen wir das nicht.«

»Was aber nicht nur an der Entfernung liegt«, murmelt David.

Oskar muss plötzlich an die Situation im Januar denken, als er bei David eingekauft hatte und der ihn auf den Mauerfall ansprach.

Glauben Sie, dass in diesem Land auch so etwas möglich wäre? – In Irland gibt es keine Mauer. – Trotzdem ist es ein geteiltes Land.

Hat Davids Familie es ihm übel genommen, dass er sich in eine Frau aus der Republik Irland verliebt hat?

»Noch einen Kaffee?«, fragt Dervla.

»Ja, danke.«

»David hat mir erzählt, dass du keine Kinder hast.«

»Nein, ich … ich habe die Frau, die ich sehr geliebt habe, durch den Krieg verloren …«

»Oh, das tut mir leid.«

»Und danach gab es nie wieder eine, mit der ich eine Familie hätte gründen wollen.«

»Wie hieß sie?«

»… Ingrid. Wir waren noch sehr jung, als wir uns 1942 in Hamburg kennenlernten, sie war fünfzehn und ich neunzehn. Kurz darauf wurde ich von der Wehrmacht eingezogen und sechs Monate später an die Ostfront abkommandiert. Ich kann die Male zählen, die ich Ingrid in meinem Leben gesehen habe, und trotzdem habe ich sie nie vergessen …« Was ist auf einmal in ihn gefahren, dass er diesen fast fremden Menschen von Ingrid erzählt?

»Ist sie bei einer der Bombardierungen umgekommen?«, hört er David fragen.

»Nein, das nicht, aber …« Oskar bricht ab, seine Lippen zittern.

»Es tut mir leid, ich wollte dir nicht zu nahe treten.«

»Schon gut. Es ist ein schwieriges Thema, ich kann nicht darüber reden.«

Dervla legt ihm die Hand auf den Arm. »Das brauchst du auch nicht.«

Kurz darauf verabschiedet Oskar sich. Er muss allen versprechen, dass er bald wiederkommt.

Vielleicht hätte er die Vergangenheit besser nicht erwähnen sollen, denkt er auf der Fahrt nach Hause. Jetzt werden ihn die Erinnerungen wieder einholen.

Die Geschützstaffel musste Feuerstellung beziehen. Noch hören sie nichts, doch es heißt, dass die sowjetischen Panzereinheiten immer näher rücken. Gegen ihren T-34 haben wir kaum eine Chance, flüstert Roland. Sie sind in derselben Geschützmannschaft, ohne Roland hätte Oskar noch größere Angst. Feuerkommando, lautet der Alarmruf. Mit zitternden Händen schrauben sie die befohlenen Zünder auf, das Geschoss mit Kartusche und Treibladung wird geladen, Feuerbereitschaft signalisiert. Denen werden wir's geben, brüllt der Geschützführer. Dann wird aus ihrem Geschütz gefeuert. In Oskars Ohren rauscht es, er erträgt den Lärm und den Geruch nicht mehr. Im nächsten Moment erfolgt der Gegenangriff. Granaten schlagen ein, er wird zu Boden geschleudert, ein Gesteinsbrocken rollt dicht an seinem Kopf vorbei. Ein paar Sekunden lang ist es ganz still, dann hört er die ersten Schreie. Er schließt die Augen und denkt an Ingrid. *Wir könnten morgen ganz früh aufstehen und versuchen, nach Dänemark zu kommen. Und dann weiter nach Schweden. Ohne Gepäck. Einfach so.*

Oskar muss anhalten und aussteigen. Ihm ist schwindelig und übel. Nie wird er den Anblick von Roland vergessen, wie er ein paar Meter von ihm entfernt mit zerfetzten Beinen dalag und schrie. Als er sah, dass Oskar aufstehen konnte, gab er ihm ein Zeichen näherzukommen. Erschieß mich! Erschieß mich!, stieß er hervor. Bitte! Oskar rang mit sich, er starrte auf die Fleischfetzen und das Blut, das aus Roland herausquoll. Solche Verletzungen konnte niemand überleben, er musste ihn erlösen, aber er konnte es nicht. Ja, er war nicht einmal bei ihm geblieben, bis er gestorben war, sondern davongetaumelt, ohne sich umzuschauen. Noch tagelang glaubte er, Rolands Wimmern zu hören. Warum hatte er es nicht geschafft, seinem Freund diesen letzten Wunsch zu erfüllen? Roland war der Einzige in seiner Kompanie gewesen, der zu ihm gehalten hatte. Das erste Mal waren sie sich im Oktober 1942 begegnet, auf der tagelangen Fahrt im Zug gen Osten. Roland hatte ihm von seinem Wasservorrat etwas abgegeben und ihm gesagt, dass er sich an ihn halten solle, er sei seit September '39 an der Front und habe schon so einiges überstanden. Oskar spürte schnell, dass Roland diesen Krieg genauso irrsinnig fand wie er selbst. Sie sollten eine von den Deutschen im August 1941 eingenommene Stadt namens Staraja Russa gegen sowjetische Rückeroberungsversuche verteidigen. Ständig war vom Feind die Rede, aber die Bevölkerung von Staraja Russa hatte ihnen nichts getan. Warum nahmen sie es in Kauf, dass die Menschen bei den Kämpfen umkamen und ihre Stadt völlig zerstört wurde? Sobald das Frühjahr kommt und der Schnee schmilzt, werde ich versuchen zu fliehen, flüsterte Roland ihm irgendwann zu, als sie in ihrem Unterstand saßen und niemand in der Nähe war. Vielleicht nehmen mich die Partisanen auf. Das ist die einzige Chance. Kommst du mit? Oskar hatte genickt. Jetzt war er allein. Und allein würde er niemals den Mut aufbringen zu fliehen.

Wenn er einen Brief von Ingrid erhielt, kam es ihm so vor, als ob sie aus einer Welt zu ihm spreche, die für ihn für immer verloren war. Er würde diese Hölle nicht überleben, da war er sich sicher. Und falls es doch so sein sollte, würde er nie wieder der Mensch sein können, der er vorher gewesen war. So fiel es ihm schwer, Ingrid zu antworten. Das, was er täglich erlebte, durfte und wollte er ihr nicht schreiben. Deshalb beschränkte er sich darauf, ihr das Warten in den Stellungen und das Wetter zu schildern, aber auch die Kälte und die frostigen Schneestürme hatten etwas Unwirkliches. Wie sollte sich Ingrid in ihrem Hamburger Winter so etwas wie minus vierzig oder fünfzig Grad vorstellen können? Und natürlich schrieb er ihr nicht, dass aufgrund des gefrorenen Bodens die Leichen der gefallenen Soldaten oder derer, die in den Schützengräben an ihren Erfrierungen oder an Entkräftung gestorben waren, nicht bestattet werden konnten. Auch Roland war nicht beerdigt worden.

Ende Februar 1943 erhielt er zum ersten Mal einen Brief von Vater. Er wusste sofort, dass das nur Schlimmes bedeuten konnte.

Hamburg, den 16. Januar 1943

Lieber Oskar!
Ich habe Dir folgende Mitteilung zu machen: Am 2. Januar 1943 ist Dein Bruder Eduard im Kampf um Stalingrad gefallen. Er gab sein Leben für unser Vaterland und für unseren Führer. Sein Mut, seine Tapferkeit und seine Disziplin mögen Dir ein Vorbild sein. Ich war immer stolz auf ihn. Wir werden Eduard ein ehrendes Andenken bewahren.
Es grüßt Dich Dein Vater

Oskar vergräbt sein Gesicht in den Händen. Wie konnte Vater so über seinen toten Sohn schreiben?! Er sieht sich noch in seinem Unterstand sitzen und fassungslos auf den Brief starren. In die Trauer um seinen geliebten Bruder mischte sich die Wut über den herzlosen Vater. An jenem Abend war er kurz davor, sich das Leben zu nehmen. Ein Schuss, und das Elend hätte eine Ende gehabt. Nur der Gedanke an Ingrid hielt ihn davon ab.

Zwei Monate später bekam er seinen ersten Heimaturlaub. Auf der langen Zugreise gen Westen schwor er sich, nie wieder an die Front zurückzukehren. Er würde versuchen zu desertieren, sich in einem Keller verstecken oder irgendwo auf dem Land. Oder er würde sich eine Verletzung zufügen, damit er in ein Lazarett käme. Natürlich bestand die Gefahr, dass sie ihn durchschauten. Aber das war ihm egal. Sollten sie ihn doch wegen Selbstverstümmelung anklagen. Dann würde er eben im Gefängnis landen oder sogar im berüchtigten KZ Fuhlsbüttel. Vielleicht würden sie ihn auch zum Tode verurteilen. Alles war besser, als wieder an die Front geschickt zu werden.

Vater begrüßt ihn nur mit einem kurzen Nicken. Er ist bleich und wirkt um Jahre gealtert. An seinem Gesicht kann Oskar ablesen, dass bei ihm nicht mehr der Stolz auf Eduard vorherrscht, sondern die Trauer um den verlorenen Sohn. Aber seine preußische Art verbietet es ihm, diese Trauer zu zeigen.

Oskar hat Ingrid geschrieben, dass er nach Hamburg kommen wird, doch er weiß nicht, ob sie den Brief rechtzeitig erhalten hat.

Abends wartet er an der Straßenecke auf sie. Sein Mund ist ganz trocken vor Aufregung. Sie haben sich seit über einem Jahr nicht gesehen. Ob Ingrid noch so ist, wie er sie in Erinnerung hat?

In dem Moment legt ihm jemand die Hand auf die Schulter. »Da bist du ja.«

Er dreht sich um. Ingrid lächelt.

Sie fallen sich in die Arme und halten sich fest, so fest, als ob sie sich nie wieder loslassen würden.

Oskar steigt in den Wagen und schließt die Augen. Ihm ist kalt. Er sollte nach Hause fahren und ein Torffeuer anzünden. Sonst bekommt er noch einen Rückfall. Die letzten Wochen waren schwierig genug.

Wie in Trance lässt er den Motor an und fährt los.

Beinahe zu spät sieht er das Reh, das vor ihm über die Straße läuft.

Er bremst und gerät ins Schleudern. Kurz vor dem Graben bringt er den Wagen zum Stehen.

Er muss sich konzentrieren, sonst passiert ihm noch was.

Als ob das so schlimm wäre.

22

Ich habe schlecht geschlafen. Die Auseinandersetzung mit Lars geht mir nicht aus dem Kopf. Ich hätte auf die Bemerkung über sein spießiges Kleinbürgerleben verzichten sollen. Da habe ich die Kontrolle über mich verloren. Das, was ich über seine Beziehung zu Andrea gesagt habe, würde ich dagegen niemals zurücknehmen. Und was Thorsten betrifft, hat Lars diesmal auch sämtliche Grenzen überschritten. Ich weiß nicht, warum ich über diese Dinge überhaupt noch nachdenke. Es ist vorbei.

Ich stehe auf, koche mir einen Espresso und rauche meine erste Zigarette. Wenn ich mich zusammenreiße, schaffe ich es vielleicht heute, einen Plan für meine Äthiopien-Reise zu entwickeln und meine Flüge nach Addis Abeba zu buchen.

Nach dem Frühstück lese ich die Pressemitteilungen der European Pressphoto Agency und vertiefe mich auch in meine Äthiopien-Unterlagen aus dem Jahr 1974. Dabei wird mir bewusst, wie gefährlich es zum jetzigen Zeitpunkt wäre, als Fotoreporterin quer durch das Land zu reisen. Mehrere Rebellenbewegungen kämpfen gegen die kommunistische Regierung von Mengistu Haile Mariam. Und seitdem es vor zehn Monaten einen Putschversuch gegen ihn gab, hat sich die Situation weiter zugespitzt. Ich beschließe, dass ich mich darauf beschränken werde, in Addis Abeba zu fotografieren. Dort gibt es zumindest eine deutsche Botschaft.

Ich rufe mein Reisebüro an, um mich nach den Visabestimmungen für Äthiopien zu erkundigen. Die Bearbeitungszeit für Geschäftsvisa für Journalisten betrage mindestens einen Monat, lautet die Antwort der Mitarbeiterin.

»So lange kann ich nicht warten.«

»Anträge für Touristenvisa, die persönlich bei der Botschaft in Bonn eingereicht werden, können innerhalb einer Stunde bearbeitet werden. Auf dem Postweg dauert es circa eine Woche.«

»Der Postweg klingt akzeptabel. Ich beantrage ein Touristenvisum.«

»Ist das nicht zu riskant? Sie sind doch als Fotografin sehr bekannt.«

»Das habe ich früher auch schon oft gemacht und nie Probleme damit gehabt. Wenn ich eine kleine Kamera mitnehme, falle ich nicht weiter auf. Ich kann mir nicht vorstellen, dass man mich am Flughafen in Addis Abeba erkennt und mir die Einreise verweigert.«

»Na gut, wenn Sie meinen.«

Ich buche ein Hotel und Flüge mit Ethiopian Airlines über Frankfurt und Kairo. In knapp zwei Wochen wird es losgehen. Sechs Tage werde ich dort sein. Das müsste genügen, um ein Bild von der Lage des Landes zu bekommen.

Am nächsten Morgen bekomme ich einen Brief aus Potsdam. Absender: *Barbara Henschel.* Ich brauche einen Moment, bis ich begreife, dass es sich hierbei um Manfreds Schwester Bärbel handelt. Er hatte erwähnt, dass er zu ihr nach Potsdam gefahren sei. Warum schreibt sie mir? Will sie mir rechtliche Schritte androhen, weil ich zu viel über unsere gemeinsame Mutter wissen wollte und auch noch nach ihrem Vater gefragt habe?

Oben in der Wohnung zünde ich mir eine Zigarette an, reiße den Umschlag auf und fange an zu lesen.

Berlin, 26. Februar 1990

Sehr geehrte Frau Elbracht,
mein Name ist Barbara Henschel, ich bin die Schwester von Manfred, Helmut und Eckart Thiele.
Es tut mir leid, daß ich neulich an dem Treffen in Berlin nicht teilnehmen konnte. Ich war innerlich noch nicht so weit, Ihnen zu begegnen. Doch inzwischen geht es mir anders.
Manfred hat mir Ihren Brief gezeigt, und ich würde Ihnen gerne etwas erzählen. In der Zeit vom 7. bis zum 9. März habe ich beruflich in Hamburg zu tun und würde mich freuen, wenn wir uns auf einen Kaffee oder ein Glas Wein treffen könnten. Ihre Telephonnummer habe ich. Ich werde Sie gleich am 7. März anrufen.
Bitte entschuldigen Sie, wenn mein Vorschlag einen etwas überfallartigen Charakter hat. Das, was ich Ihnen zu sagen habe, wird Sie sicherlich interessieren.
Mit freundlichen Grüßen
Barbara Henschel

Heißt das, dass sie etwas über Oskar weiß? Heute ist der 6. März. Ich werde morgen die Wohnung nicht verlassen, bis sie angerufen hat.

Seltsam. Der Name Barbara Henschel kommt mir bekannt vor, aber ich weiß nicht, woher. Ist sie Politikerin oder Wissenschaftlerin? Hat sie deshalb beruflich in Hamburg zu tun?

Was für einen Treffpunkt soll ich ihr vorschlagen? Und welche Uhrzeit? Nachmittags in einem Café? Oder abends in einer Kneipe? Wir könnten auch essen gehen, aber da würden wir mindestens anderthalb oder zwei Stunden zusammensitzen, und ihr scheint ein kürzeres Treffen vorzuschweben. Ich denke darüber nach, wo es ruhig genug ist zum Reden. Vielleicht im *Café Lindtner* in der Eppendorfer Landstraße. Oder in der *Weinstube Im Dorf* in der Langen Reihe. Wir könnten auch im Literaturhaus einen Kaffee trinken und anschließend bei gutem Wetter an der Alster spazieren gehen. Oder soll ich sie zu mir nach Hause einladen? Das wäre eine nette Geste, aber ich habe mich noch nie leicht damit getan, Fremden meine private Welt zu zeigen. Und Barbara Henschel ist eine Fremde.

Sie meldet sich am nächsten Tag um kurz nach elf. Ihre Stimme klingt ruhig und sachlich. Ob es mir recht sei, wenn wir uns heute Abend um 21 Uhr im *Hotel Prem* an der Außenalster treffen würden.

Ich zögere einen Moment. Warum muss es so ein exklusiver Ort sein?

»Oder ist Ihnen das zu spät?«

»Nein, ganz und gar nicht.«

»Ich wohne im *Prem* und habe so viele Termine, dass es für mich dort am günstigsten wäre.«

»Gut, dann machen wir das.«

»Ich werde in der Bar auf Sie warten.«

Ich will ihr noch sagen, dass ich mich darauf freue, sie kennenzulernen, doch sie hat schon aufgelegt.

Bisher habe ich immer geglaubt, dass ich souveräner sei als die meisten Menschen, mit denen ich es zu tun habe. Aber Barbara Henschel hat mir in dieser Hinsicht noch einiges voraus.

Um kurz vor neun finde ich einen Parkplatz in einer Seitenstraße vom Hotel. Es hat angefangen zu schneien. Ich bin froh, dass ich meine Fellstiefel und die Daunenjacke anhabe. Vorhin habe ich kurz überlegt, ob ich zu diesem Anlass einen Rock anziehen soll, und mich dann doch für meine üblichen Jeans und einen schwarzen Rollkragenpulli entschieden.

Ich betrete die Bar und erkenne Barbara Henschel sofort. Sie sitzt an einem kleinen Tisch in der Ecke und sieht in ihrem dunkelblauen Hosenanzug, der weißen Bluse und dem hellblau gemusterten Seidenschal aus wie eine elegantere Ausgabe von mir selbst. Wir haben die gleichen lockigen Haare, ihre sind vielleicht eine Spur heller. Ob sie sie färbt?

Ich gehe auf sie zu und reiche ihr die Hand. »Guten Abend.«

»Guten Abend, Frau Elbracht.« Sie deutet auf den Stuhl neben sich. »Nehmen Sie doch Platz.«

Mit ihr werde ich mich nicht so schnell duzen, denke ich, während ich meine Daunenjacke ausziehe. Warm ist es hier. Kein Ort für einen Rollkragenpulli.

»Was möchten Sie trinken?«

»Einen Rotwein, bitte.«

Sie winkt den Kellner herbei und erkundigt sich nach den Rotweinsorten. Merlot, Syrah, Cabernet Sauvignon stehen zur Auswahl. Ich entscheide mich für einen Syrah, sie für einen Merlot.

»Stört es Sie, wenn ich rauche?«, frage ich.

Sie runzelt die Stirn. »Ehrlich gesagt, ja. Ich hatte gerade eine Bronchitis.«

»Okay. Dann verzichte ich.«

Wir schweigen, bis unser Wein gebracht wird.

Barbara Henschel nickt mir zu. »Zum Wohl.«

Sie ist so kühl, ganz anders als Manfred, oder auch Helmut und Eckart.

»Von meinen Brüdern habe ich erfahren, dass Sie als Fotografin auf Krisen- und Kriegsgebiete spezialisiert sind.«

»Ja, demnächst werde ich nach Äthiopien reisen.«

»Ah, dort war ich auch mehrere Male. Ein faszinierendes Land.«

Ist sie tatsächlich Politikerin? Das äthiopische Militär wird seit Jahren von der DDR unterstützt.

»Ich habe, was Sie betrifft, einen gewissen Informationsvorsprung, weil Manfred mir ausführlich von dem Treffen mit Ihnen berichtet hat.«

Mir bricht der Schweiß aus. Worauf will sie hinaus?

Barbara Henschel räuspert sich. »Vielleicht sollte ich kurz etwas über mich sagen: Ich bin verheiratet, habe eine neunzehnjährige Tochter und einen fünfzehnjährigen Sohn und arbeite als Filmregisseurin bei der DEFA.«

»Ach!«, entfährt es mir. »Dann haben Sie auch einen visuellen Beruf.«

Zum ersten Mal lächelt sie. »Ja. Ich war genauso überrascht wie Sie.«

»Was für Filme drehen Sie?«

»Kinofilme für Kinder. Einige wurden auch in der BRD gezeigt.«

Daher kenne ich ihren Namen.

»Mein Mann ist Diplomat und war ein paar Jahre in der Botschaft in Addis Abeba tätig. Die Kinder und ich haben ihn dort häufiger besucht.«

Sie lehnt sich zurück. »Und nun zum eigentlichen Grund unseres Treffens: Wie ich Ihnen schrieb, habe ich Ihren Brief an Manfred gelesen und so erfahren, dass Sie auf der Suche nach Informationen über den Verbleib Ihres leiblichen Vaters sind.«

Mein Herz schlägt schneller.

Barbara Henschel trinkt einen Schluck Wein, stellt das Glas ab und schaut an mir vorbei auf irgendeinen Punkt an der Wand. »Bei dem, was ich Ihnen jetzt sagen werde, handelt es sich um etwas, worüber ich noch nie gesprochen habe. Auch meine Brüder wissen nichts davon. Und mir ist sehr daran gelegen, dass das auch so bleibt.«

Sie beginnt zu husten. Ihr Gesicht läuft rot an, und plötzlich wirkt sie nicht mehr so distanziert.

»Soll ich Ihnen ein Glas Wasser holen?«

Sie nickt.

Ich stehe auf, gehe zum Tresen und bitte den Kellner um ein Glas Wasser. Als ich zu unserem Tisch zurückkomme, hustet Barbara Henschel nicht mehr.

»Danke«, sagt sie und leert das Glas in einem Zug.

Sie schlägt ihre Beine übereinander. Erst jetzt sehe ich ihre hochhackigen, dunkelblauen Pumps. Niemals könnte ich in solchen Schuhen laufen.

»Im Jahr 1954 gab es bei uns eine Situation, die ich nie vergessen habe. Ich war sieben und erinnere das Jahr deshalb so genau, weil mein jüngster Bruder Eckart im März '54 geboren wurde und zu dem Zeitpunkt höchstens zwei oder drei Monate alt war. Es klingelte. Meine Mutter stillte Eckart in der Küche und bat mich, an die Tür zu gehen. Ich weiß, dass meine Brüder Manfred und Helmut nicht zu Hause waren, sondern vermutlich im Kindergarten. Als ich die Tür aufmachte, stand vor mir ein großer, dünner Mann, der nur noch wenig Haare hatte …«

Mir stockt der Atem.

»Er fragte mich, ob meine Mutter zu Hause sei. Seine Stimme war so leise, dass ich ihn kaum verstehen konnte. In dem Moment eilte meine Mutter mit dem brüllenden Eckart auf dem Arm herbei. Als sie den Mann sah, wurde sie ganz blass. Was machst du hier?, schrie sie. Verschwinde, und komm nie wieder! Dann schlug sie ihm die Tür vor der Nase zu und fing an zu weinen. Wer war das?, wollte ich wissen. Ein Bettler, antwortete sie. Aber er sah nicht aus wie ein Bettler, entgegnete ich. Und du hast Du zu ihm gesagt. Weil ich ihn … von früher, aus Hamburg, kenne, stammelte sie. Er … wohnte in der Nachbarschaft. Mutter lief ins Kinderzimmer, legte Eckart in die Wiege und verschwand im Badezimmer. Als sie perfekt geschminkt wieder herauskam, nahm sie mir das Versprechen ab, niemals mit irgendjemandem über diesen Bettler zu sprechen. Sonst würde etwas ganz Schlimmes passieren. Wieso?, fragte ich. Weil er … gefährlich ist. Es muss unser Geheimnis bleiben. Wochenlang hatte ich Angst, dass der Mann wieder auftauchen könnte. Meine Mutter hat in jener Zeit viel geweint.«

Sie greift nach ihrer Handtasche. »Entschuldigen Sie mich einen Moment.«

Ich sehe ihr nach, wie sie die Bar verlässt.

Das war Oskar. Jetzt weiß ich, dass Frau Hartmann die Geschichte von dem Kriegsheimkehrer nicht erfunden hat. Und Oskar hat Ingrid gesucht.

Es dauert beinahe zehn Minuten, bis Barbara Henschel zurückkommt. Ihre Augen sind rot, sie hat sich die Lippen nachgezogen.

»Ich danke Ihnen«, sage ich leise.

Sie seufzt. »Die Geschichte wirft kein gutes Licht auf meine … unsere Mutter, aber wahrscheinlich wusste sie sich keinen anderen Rat.«

»War die Ehe Ihrer Eltern glücklich?«

»Nein. Mein Vater war sehr autoritär. Als hoher SED-Funktionär erwartete er, dass man ihm gehorchte. Meine Mutter wollte sich ihm jedoch nicht unterordnen, so gab es oft Streit zwischen ihnen. Aber als sie vor fünfzehn Jahren starb, war mein Vater am Boden zerstört.«

Sie trinkt ihren Wein aus. Ist das das Zeichen zum Aufbruch? Ich könnte sie fragen, ob ich uns noch etwas bestellen soll.

»Die Rechnung lasse ich auf mein Zimmer schreiben«, sagt sie und steht auf.

»Wollen wir nicht noch etwas trinken? Ein Wasser oder einen Kaffee?«

»Tut mir leid. Ich bin sehr müde und habe morgen einen langen Tag. Ich wünsche Ihnen alles Gute.« Sie gibt mir die Hand, ihr Gesicht ist regungslos.

»Auf Wiedersehen.«

Will ich meine Halbschwester überhaupt wiedersehen?, frage ich mich auf der Fahrt nach Hause. Warum hat sie dieses Treffen vorgeschlagen? Sie ist nicht wirklich an einem Kontakt mit mir interessiert. Und es ging ihr auch nicht primär darum, mir bei der Suche nach meinem Vater zu helfen. Vielleicht hat es sie erleichtert, dass sie diese Geschichte jemandem erzählen konnte. Wenn nicht einmal ihre Brüder davon erfahren dürfen. Seltsam.

Es klingelt an unserer Haustür. Das ist bestimmt der Postbote, ruft Mama aus dem Badezimmer. Mach mal auf. Ich öffne die Tür. Da steht ein großer, dünner Mann. Er hat kaum Haare. Bringst du die Post?, frage ich. Nein, antwortet er und schaut mich erstaunt an. Wer bist du denn? Ich heiße Katharina. Und du? Mein Name ist Oskar Greve. Ist deine Mutter da? Ja, ich hole sie. In dem Moment höre ich hinter mir einen Aufschrei. Mama schiebt mich beiseite und schlägt die Haustür zu. Den Mann kennen wir nicht, der kommt hier nicht rein!

Ich blicke auf den Wecker. Kurz nach vier. Erst konnte ich stundenlang nicht einschlafen, und jetzt bin ich schon wieder wach. Ob Oskar auch nach Maria, Johannes und mir gesucht hat? Wahrscheinlich nicht. Aber wenn er plötzlich bei uns vor der Tür gestanden hätte, wäre Maria nicht so unhöflich gewesen. Sie war immer auf Harmonie bedacht und hätte Oskar hereingebeten, um alles in Ruhe zu besprechen. Kind, ich will mich nicht mit dir streiten, pflegte sie zu sagen, wenn wir verschiedener Meinung waren. Meistens setzte ich mich irgendwann durch. Nur einmal, da blieb sie hart.

Wir sitzen am Küchentisch. Ich bin zehn und habe die Aufnahmeprüfung für das Gymnasium bestanden. Mama liest den Brief meiner Klassenlehrerin und schüttelt den Kopf. Ich weiß nicht, was diese Empfehlung soll, dich aufs humanistische Gymnasium zu schicken. Ich habe Lust, Griechisch und Latein zu lernen, sage ich. Mama schnalzt mit der Zunge. Was willst du denn mit diesen alten Sprachen? Lern doch lieber Englisch und Französisch, das ist viel nützlicher. Unser neusprachliches Gymnasium hat einen sehr guten Ruf. Meine Lehrerin sagt, dass ich andere Sprachen auch später noch lernen könnte, entgegne ich. Davon halte ich nichts, verkündet Mama und steckt den Brief wieder in den Umschlag. Bitte, Mama, bettele ich. Nein, und dabei bleibt es.

Wollte Maria vermeiden, dass ich Interesse an etwas entwickele, was auch Oskar gelernt hat?

Ich fahre hoch. Natürlich. Die humanistischen Gymnasien in Hamburg. Wieso bin ich nicht eher darauf gekommen? Es gibt drei, wenn ich mich richtig erinnere. Das Wilhelm-Gymnasium, das Johanneum und das Christianeum. Ich könnte dort anrufen und mich erkundigen, ob Oskar eine dieser Schulen besucht hat, welchem Abiturjahrgang er angehörte, wann er geboren wurde, wo er gewohnt hat.

Ich stehe auf und suche die drei Telefonnummern heraus. Morgen früh werde ich mehr wissen.

Um kurz nach acht wähle ich die Nummer des Wilhelm-Gymnasiums. Es meldet sich niemand. Und auch beim Christianeum und Johanneum erreiche ich weder ein Sekretariat noch einen Hausmeister. Und dann fällt es mir ein: Seit Anfang der Woche sind Frühjahrsferien in Hamburg. Die Schule wird erst in elf Tagen wieder beginnen, aber da bin ich bereits in Addis Abeba. Ich werde mich noch zweieinhalb Wochen gedulden müssen.

Mittags um eins klingelt das Telefon. Lars, denke ich. Er hat mich früher oft um diese Zeit angerufen. Aber es ist Thorsten. Ich bin so überrascht, dass es mir einen Moment lang die Sprache verschlägt.

»Ist irgendwas mit der Leitung?«

»… hallo, Thorsten.«

»Ich wollte nur kurz Bescheid sagen, dass ich am Dienstag für ein paar Tage nach Hamburg komme.«

»Das ist ja schön. Dann wirst du deinen Geburtstag hier feiern.«

»Ich will mich mit ein paar Leuten treffen. Keine große Sache. Und erwarte bloß nicht, dass ich bei dir zu Hause rumhocke.«

»Nein, bestimmt nicht, aber ich freue mich darauf, dich zu sehen.«

»Bis dann.«

Er legt auf, bevor ich ihn fragen kann, ob ich für Dienstagabend etwas kochen soll.

Noch sechs Tage bis zu seinem Geburtstag. Ich würde ihm gerne etwas schenken, aber so, wie es zwischen uns aussieht, kann ich alles nur falsch machen. Vermutlich würde er sogar ein Geldgeschenk ablehnen.

Immerhin klang er eben nicht mehr so feindselig. Und er wird hier wohnen. Er hätte auch bei einem seiner alten

Schulfreunde übernachten können. Dann wäre ich ihm womöglich zufällig auf der Straße begegnet.

Auf einmal weiß ich, was ich ihm schenken werde. Einen Brief, in dem ich ihm schildere, warum sich mein Leben seit dem 16. Januar verändert hat. Vielleicht interessiert ihn das Thema nicht, und er wirft meine Aufzeichnungen sofort weg. Dann kann ich es nicht ändern. Aber vielleicht reagiert er auch anders.

Soll ich per Hand oder mit der Maschine schreiben? Ich beschließe, den Brief zu tippen, mit einem Durchschlag für mich.

Hamburg, 8. März 1990

Lieber Thorsten,
in der nächsten Woche wirst Du zwanzig Jahre alt. Ich gratuliere Dir sehr herzlich und wünsche Dir viel Glück und Erfolg für Dein neues Lebensjahrzehnt.
Unsere Beziehung ist schwierig; ich wünschte, wir würden uns besser verstehen. So habe ich länger überlegt, womit ich Dir eine Freude machen könnte. Und nun habe ich beschlossen, Dir einen Brief zu schreiben, in dem ich Dir ein Stück unserer Familiengeschichte erzähle, von dem ich selbst erst Anfang des Jahres erfahren habe.

Ich beginne mit Manfreds Zeilen, zitiere verschiedene Passagen aus Marias Briefen an Ingrid, schreibe den Auszug aus dem Geburtenregister für Thorsten ab und fasse zusammen, was ich von der alten Frau Hartmann erfahren habe. Beim Schreiben wird mir bewusst, wie viel in den letzten Wochen passiert ist. Ich schildere ihm das Treffen mit meinen Halbbrüdern, meinen Zwiespalt aufgrund der widersprüchlichen Angaben zu Oskar Greve und das klärende Gespräch mit Barbara Henschel. Ich lege auch eine Kopie des Suchantrags dazu.

Als ich neulich bei Dir vorbeigekommen bin, hatte ich vorher in einem Ostberliner Café meine drei Halbbrüder kennengelernt und hätte Dir gerne davon erzählt.
Ich werde weiter nach meinem leiblichen Vater suchen.
Wer weiß, vielleicht habe ich Glück, und er lebt noch.
Herzliche Grüße
von Deiner Mutter

Es sind fast zehn Seiten geworden. Ich lese sie noch einmal durch, stecke sie in einen Umschlag und schreibe darauf: *Für Thorsten zum Geburtstag.* Dann lege ich den Brief in sein Zimmer.

Je länger ich darüber nachdenke, desto weniger kann ich mir vorstellen, dass er ihn ignorieren wird. Es ist auch seine Geschichte.

23

In den Tagen vor Thorstens Ankunft wächst meine Nervosität. Ich will nicht, dass wir uns sofort wieder streiten. *Das ist meine Welt. Die geht dich nichts an.* Er weiß genau, wie er mich provozieren kann. Ich muss diese Angriffe an mir abperlen lassen, muss gelassen und ruhig reagieren. Aber gleichzeitig darf ich die Achtung vor mir selbst nicht verlieren. Ich habe ein Recht, mich zu wehren, wenn Thorsten mich verletzt. Und er hat mich in dem Telefonat vor drei Wochen verletzt.

Eine Entschuldigung von ihm zu verlangen hat keinen Sinn. Er hat sich noch nie bei mir für etwas entschuldigt.

Vielleicht soll seine Rückkehr nach Hamburg ein Versuch sein, die Dinge zwischen uns wieder zu normalisieren. Seine übliche Einsilbigkeit mir gegenüber wäre bereits ein Fortschritt.

Ich bin auf alles gefasst.

Am Dienstagnachmittag höre ich, wie die Wohnungstür aufgeschlossen wird. Ich gehe in den Flur. Dort steht Thorsten mit seinem Rucksack in der Hand. Seine Haare sind so lang, dass sie ihm bis zur Schulter reichen. So habe ich ihn noch nie gesehen.

»Hallo, Thorsten.«

»Tag.«

»Willst du einen Kaffee?«

»Nee, danke.«

»Was zu essen?«

»Auch nicht.«

Er verschwindet in sein Zimmer. Gleich wird er den Brief auf seinem Schreibtisch entdecken.

Ich setze mich in die Küche und zünde mir eine Zigarette an. Die wievielte ist das heute? Ich habe den Überblick verloren. Seitdem ich von meiner Adoption erfahren habe, rauche ich mehr als jemals zuvor, an manchen Tagen bis zu drei Schachteln. Und morgens huste ich mir die Lunge aus dem Leib.

Thorsten rumort im Badezimmer. Ich habe ihm Handtücher hingelegt und natürlich auch sein Bett frisch bezogen. Hoffentlich war das nicht bereits zu viel Engagement meinerseits. Er hasst es, wenn ich ihn umsorge.

Ich sollte versuchen, mit zwanzig Zigaretten pro Tag auszukommen. Und ich muss mich mehr bewegen, meine Kondition verbessern. Vielleicht fange ich an, wieder Tennis zu spielen. Seit Jahren zahle ich den Clubbeitrag, ohne auch nur einmal auf dem Platz gewesen zu sein. Sobald ich aus Äthiopien zurück bin, könnte ich mich für ein paar Trainerstunden anmelden. Nur nicht gerade sonntagmorgens, wenn Lars mit seinem Schulfreund spielt.

Wie oft hat er mich gefragt, ob wir uns nicht mal zu einem Match treffen wollen, zumal wir uns doch im Club kennengelernt hätten. Damals, im Spätsommer 1986, spielte Thorsten im Finale der Juniorenmeisterschaften, und Maria und ich schauten zu. Es war ein strahlender Tag. Lars saß mit der zappeligen Andrea neben uns, und wir kamen ins Gespräch, über das Wetter, den Sport, die Kinder. Mir gefielen seine ruhige Art und seine leise Stimme. Geduldig beantwortete er Andreas endlose Fragen zu den Spielregeln, und als sie verkündete, dass sie zum Tennis keine Lust hätte, sondern lieber Handball spielen wolle, nahm er dies gelassen zur Kenntnis.

Ein halbes Jahr später begegneten wir uns zufällig in einer Schlange vor dem Abaton-Kino, wo an dem Abend im Rahmen einer Retrospektive der Film *Stromboli* von Roberto Rossellini lief. Anschließend lud Lars mich zu einem Glas Wein ein.

Was sollen diese Erinnerungen? Unsere Beziehung hat gut begonnen und schlecht geendet. So, wie es mit allen meinen Beziehungen war. Daran lässt sich nichts mehr ändern. Mein Leben geht weiter, ich muss nach vorn blicken. Vor allem darf ich nicht in Selbstmitleid versinken.

Ich drücke meine Zigarette aus und zwinge mich, nicht gleich nach der nächsten zu greifen. Wieso sitze ich überhaupt tatenlos hier herum, als sei ich bei mir selbst zu Besuch? Ich muss für meine Äthiopien-Reise noch eine Menge vorbereiten. Warte ich insgeheim darauf, dass Thorsten sich zu mir setzt und doch einen Kaffee möchte?

Die Wohnungstür fällt ins Schloss. Ich stehe auf und leere den Aschenbecher aus. Will ich jetzt ständig auf jedes seiner Geräusche achten? Soll er kommen und gehen, wie es ihm passt. Ich werde es genauso machen.

Im Flur sehe ich, dass die Tür zu seinem Zimmer nur angelehnt ist. Ich zögere, dann schiebe ich sie auf. Wie immer hat Thorsten seine Kleidungsstücke und Bücher überall auf dem Boden verteilt. Unter der Heizung stehen seine lehmverkrusteten Stiefel.

Der Umschlag liegt an derselben Stelle wie vorher. Er ist ungeöffnet.

Ich kann mich nicht konzentrieren. Am späten Nachmittag gebe ich es auf und beschließe, einkaufen zu fahren.

Prinzipien hin oder her. Mein Sohn wird morgen zwanzig Jahre alt. Ich kann nicht so tun, als sei das ein Tag wie jeder andere. Heute Abend koche ich Spaghetti Bolognese,

Thorstens Lieblingsgericht. Und ich werde ihm einen Nuss-Gugelhupf backen, so wie es bei Maria früher üblich war. Vielleicht wird er nichts davon essen und sich auch nicht dazu äußern, aber er soll wissen, dass mir sein Geburtstag nicht gleichgültig ist.

Es war eine leichte, schnelle Geburt, zum Erstaunen aller Ärzte und Schwestern. Sie hatten mich darauf vorbereitet, dass ich als Erstgebärende mit zwanzig Stunden und länger rechnen müsse. Und dann dauerte es keine sechs Stunden, bis Thorsten in meinen Armen lag. Er war ein so zufriedenes Baby. Ich hatte keine Probleme, ihn zu stillen, und er schlief beinahe sofort durch. Schwierig wurde es mit ihm erst später.

Kurz nach Mitternacht. In der Wohnung ist es still. Wo feiert er in seinen Geburtstag hinein? Auf St. Pauli, im Schanzenviertel oder bei einem Freund zu Hause?

Der Gugelhupf steht auf dem Küchentisch, mit einer Kerze in der Mitte. Ich habe einen Zettel dazugelegt.

HAPPY BIRTHDAY

Du kannst Dir gerne eine Portion Spaghetti Bolognese in der Mikrowelle aufwärmen. Frisch geriebener Parmesankäse ist im Kühlschrank.
Guten Appetit!

Um Viertel nach fünf werde ich wach. Im Flur brennt Licht, es riecht nach Sauce Bolognese, er verschmäht mein Essen nicht.

Erleichtert drehe ich mich um und schlafe beinahe sofort wieder ein.

Am nächsten Morgen sehe ich, dass er auch den Gugelhupf probiert hat. Auf dem Zettel steht in seiner engen, krakeligen Schrift: *Bitte laß mich so lange wie möglich schlafen.*

Thorsten kann so schnell nichts wecken, dennoch schließe ich die Küchentür, bevor ich anfange zu frühstücken. Den Kuchen rühre ich nicht an; vielleicht möchte er ihn mit zu seinen Freunden nehmen.

Nach meinem zweiten Espresso rauche ich bereits die dritte Zigarette. Meine guten Vorsätze werde ich frühestens einhalten können, wenn Thorsten wieder abgereist ist.

Ich ziehe mich in mein Arbeitszimmer zurück und blicke etwas ratlos auf meinen Schreibtisch, auf dem mehrere Bücher zur äthiopischen Geschichte, Politik und Kultur liegen, die ich bis zu meiner Abreise in vier Tagen durcharbeiten will. Von meinen vielen Auslandseinsätzen weiß ich, dass ich bessere Chancen habe, in einem Land zurechtzukommen, wenn ich mich vorher so detailliert wie möglich informiert habe. Aber ich schaffe es nicht, mit dem Lesen zu beginnen.

Stattdessen schaue ich aus dem Fenster. Genauso ein nasskalter, grauer Märztag wie vor zwanzig Jahren. Als morgens um zehn die Wehen einsetzten, fuhr Lothar mit mir zum Krankenhaus. Dort druckste er eine Weile herum und fragte mich schließlich, wie lange es wohl dauern würde, bis es so weit sei. Woher soll ich das wissen?, antwortete ich, ich habe noch nie ein Kind bekommen. Ob er noch mal los könne, um mit dem Gitarristen aus seiner Band etwas zu besprechen, es sei sehr wichtig. Fahr nur, sagte ich. Ich wusste, er fürchtete sich davor, bei der Geburt dabei zu sein. Als er acht Stunden später wiederkam, war unser Sohn längst auf der Welt. Schon an dem Tag war mir klar, dass es nur eine Frage der Zeit war, bis Lothar und ich uns trennen würden.

Hat es geklopft? Das wäre etwas ganz Neues. Vielleicht ist es in Thorstens WG so üblich.

»Komm rein«, rufe ich.

Er öffnet die Tür. Im T-Shirt und in Boxershorts steht er vor mir, in der Hand hält er meinen Brief.

»Ich habe gerade gelesen, was du mir geschrieben hast.« Er fährt sich durch seine zerzausten Haare. »Das ist eine Wahnsinnsgeschichte!«

»Ja.«

»Was willst du als Nächstes unternehmen?«

»In den humanistischen Gymnasien in Hamburg nachfragen, ob Oskar Greve eines davon besucht hat. Aber im Moment sind hier leider Schulferien. Und am Sonntag fliege ich für sechs Tage nach Addis Abeba. Es wird also noch etwas dauern, bis ich mehr über ihn herausfinden kann.«

»Swing-Tänzer waren gegen die Nazis.«

»Ja. Ich wusste nicht, dass du ...«

»Viele wurden denunziert und von der Gestapo verhaftet«, unterbricht Thorsten mich. »Sie haben sie ins Gefängnis gesteckt und misshandelt. Manche kamen auch in Konzentrationslager. Es hat Todesfälle gegeben, einige haben Selbstmord begangen.«

»Dein Großvater hat zum Glück überlebt.«

»Und Oma hat von all dem wirklich nie was gesagt?«

»Nein. Aber früher kam es häufig vor, dass Adoptionen verschwiegen wurden. Man ging davon aus, dass kleine Kinder nichts davon merken würden.«

»Und hast du was gemerkt?«

»Es gab manchmal seltsame Situationen, die ich mir nicht erklären konnte. Wenn Mutter plötzlich wegguckte oder Vater abrupt das Thema wechselte.«

»Vielleicht hatten sie Angst, dass du Oskar suchen könntest und sie dich verlieren würden.«

»Ja.«

Thorsten faltet die Blätter zusammen. »Ich … geh jetzt mal duschen … danke … für den Brief und den Kuchen. Die Spaghetti heute Morgen um fünf waren meine Rettung.«

Er schließt leise die Tür hinter sich.

Ich wünschte, ich könnte Lars von diesem Gespräch erzählen.

24

Oskar weiß nicht, was mit ihm los ist. Er hat keine Energie, und er ist ständig müde. David meint, dass dies noch die Auswirkungen der Grippe seien. Er solle mal zu seinem Hausarzt, Dr. O'Brien, gehen; der sei sehr gut. Aber Oskar will gar nicht erst anfangen, Ärzte aufzusuchen.

Wenn es nach ihm ginge, könnte es den ganzen Tag regnen. Doch in diesem März scheint fast immer die Sonne, und alles blüht – viel früher als in Deutschland.

Jeden Morgen zwingt er sich zu einem kurzen Spaziergang, ab und zu kauft er in Enniskerry ein, aufs Kochen verzichtet er und isst stattdessen Brote.

Die meiste Zeit sitzt er in seinem Sessel, vor sich den *Ulysses*. Er bemüht sich, von Tag zu Tag langsamer zu lesen, weil er es so lange wie möglich hinauszögern möchte, das Ende des Romans zu erreichen. Von den achtzehn Kapiteln bleiben ihm noch drei sowie ein Rest vom fünfzehnten, den er sich für heute vorgenommen hat.

Gegen Mitternacht begegnet Leopold Bloom seinem Wahlsohn, dem jungen Stephen Dedalus. Es ist ein schwieriger Text voller Halluzinationen, geschrieben wie ein Theaterstück. Oskar muss viele Dialoge mehrmals lesen und versteht trotzdem nicht alles. Aber er gibt nicht auf, weil er wissen will, wie sich die Beziehung zwischen Bloom und Stephen entwickelt. Von seiner Lektüre im Studium erinnert er nur, dass die beiden in diesem Kapitel zum ersten Mal miteinander sprechen.

Er hat nicht mehr gewusst, dass der schwer betrunkene Stephen in eine Auseinandersetzung mit einem englischen

Soldaten gerät. Bloom will Stephen beschützen und versucht, ihn zum Gehen zu überreden. Als Stephen von dem Soldaten niedergeschlagen wird und bewusstlos am Boden liegt, kümmert sich Bloom wie ein fürsorglicher Vater um ihn, rettet ihm vielleicht sogar das Leben. Während er neben ihm wacht, sieht er vor sich das Bild des elfjährigen Rudy auftauchen. Unhörbar ruft er seinen Namen. *RUDY (sieht blicklos in Blooms Augen).*

Wieder und wieder liest Oskar diese Stelle, die einen tiefen Schmerz in ihm auslöst. Da sehnt sich ein Vater nach seinem toten Sohn, und nicht einmal in der Halluzination ist es ihm vergönnt, dass dieser ihn erkennt.

Warum ist ihm dieses Gefühl so vertraut? Weil es die Vergeblichkeit von Sehnsucht beschreibt?

In seinen schlaflosen Nächten hat Oskar oft versucht, sich auszumalen, wie es gewesen wäre, wenn Eduard den Krieg überlebt hätte.

Auch bei ihnen auf der Anrichte steht jetzt ein Bilderrahmen mit einem Trauerband. Das Foto zeigt Eduard in seiner Uniform, er hasste dieses Bild. Sein Blick ist ernst, und Oskar kann darin auch schon die Verzweiflung seines Bruders erkennen. Er denkt an eines ihrer letzten Gespräche, als Eduard ihm erzählte, dass er an der Ostfront massenhafte Erschießungen von Juden mit angesehen habe. *Für den Fall, dass sie mich zwingen wollen, so etwas zu tun, bringe ich mich um.* Ist er wirklich im Kampf um Stalingrad gefallen, oder hat er Selbstmord begangen? Dafür müsste er sich nicht selbst erschossen haben, er könnte dem Feind entgegengelaufen sein.

Abends trifft Oskar sich mit Ingrid an der Straßenecke. Das Haus, in dem sie wohnt, und der Laden ihres Vaters sind bisher von den Bomben verschont geblieben.

»Wo wollen wir hin? Ins Kino?«

Er schüttelt den Kopf. »Lass uns spazieren gehen. Es ist so schön warm.«

Schweigend laufen sie in Richtung Außenalster. Gestern hat er Ingrid von Eduards Tod erzählt. Sie hat mit ihm geweint. Heute will er nicht mehr über ihn sprechen.

»Meine Mutter ist so dünn geworden, dass sie vielleicht nur noch ein paar Wochen leben wird«, sagt Ingrid nach einer Weile. »Maria meint, dass sie dringend in ein Krankenhaus müsse, aber sie will nicht.«

»Kann dein Vater sie nicht dazu überreden?«

»Er hat es mehrere Male versucht. Es hilft nichts, wenn jemand sterben will.«

Wieder schweigen sie. Oskar hofft, dass Ingrid ihn nicht fragen wird, was er im Krieg erlebt hat. Dann müsste er ihr von Roland erzählen. Und er müsste ihr auch sagen, dass er ständig überlege, wo er untertauchen könnte. Eine Woche hat er noch Zeit.

»Musst du nach dem Urlaub an die Ostfront zurück?«

»… ja.«

»Und wenn du nicht gehst?«

»Nicht so laut«, murmelt er und bleibt stehen.

»Aber du hast schon darüber nachgedacht, oder?«

Er nickt.

»Vielleicht kann dich jemand auf dem Land verstecken, irgendwo in Schleswig-Holstein.«

»Ich kenne dort niemanden.«

»Ich auch nicht.« Ingrid schlingt die Arme um seinen Hals. »Oder ich verstecke dich. Hinter unserem Kohlenkeller ist ein Verschlag …«

»Wer Deserteuren hilft, gerät selbst in Gefahr«, sagt Oskar leise.

»Das ist mir egal. Ich würde dir jeden Tag was zu essen

bringen. Du müsstest nur ganz ruhig sein, damit die blöde Frau Schuster aus dem Erdgeschoss dich nicht hört. Sie ist begeisterte Hitler-Anhängerin.«

»So ein Risiko dürfen wir nicht eingehen. Ich will dich da völlig raushalten.«

»Allein schaffst du es nicht.«

»Ich … könnte mich verletzen …«

»Nein!«

»Wenn ich verwundet bin, kann ich nicht an die Front zurück.«

»Auf Selbstverstümmelung steht die Todesstrafe.«

»Das gilt für alle Deserteure.«

»Aber wenn du untertauchst, hast du wenigstens die Chance, den Krieg gesund zu überleben.«

»Eine sehr geringe Chance.«

»Ich finde die Vorstellung unerträglich, dass du … dir ins Bein schießt oder … dir eine Auge ausstichst … oder dir irgendwas anderes Grässliches antust.«

»Es müsste eine Verletzung sein, die nicht nach Selbstverstümmelung aussieht.«

»Zum Beispiel?«

»… vielleicht irgendeine Art von Vergiftung.«

Ingrid schaut ihn erschrocken an. »Und wenn du dadurch stirbst?«

»Ich müsste mich vorher natürlich genau informieren, wie viel man von dem Zeug nehmen darf.«

»Von welchem Zeug?«

»Ich weiß es nicht! Ich weiß nur, dass ich nicht zurückwill!«

»Pssst!« Ingrid deutet mit dem Kopf auf ein Paar, das nicht weit von ihnen entfernt steht und sich küsst.

»Komm.« Oskar legt ihr den Arm um die Schulter, und sie gehen schnell an den beiden vorbei.

An der Außenalster suchen sie sich einen ruhigen Platz auf der Wiese.

»Neulich haben sie im Untersuchungsgefängnis am Holstenglacis wieder einen Mann wegen Wehrkraftzersetzung hingerichtet«, sagt Ingrid und streicht über Oskars Hand. »Es stand groß in der Zeitung: *Tod durch das Fallbeil.*«

Oskar wird schwindelig.

»Der Mann war erst vierundzwanzig, er hatte eine Frau und einen kleinen Sohn. Während seines Fronturlaubs hatte er zu einem Freund gesagt, dass Deutschland den Krieg niemals hätte beginnen dürfen. Irgendein Nachbar hat das Gespräch mit angehört und ihn der Gestapo gemeldet.«

»Diese Verbrecher!«

»Meinst du, dein Vater könnte dir helfen, dich zu verstecken?«

»Mein Vater? Wie kommst du denn darauf?«

»Er hat doch schon einen Sohn verloren.«

»In seinen Augen gab Eduard sein Leben für unser Vaterland und für unseren Führer.«

»Oh … meine Eltern haben früher auch so geredet, aber seit Gustavs Tod ist es damit vorbei.«

»Wenn mein Vater wüsste, dass ich darüber nachdenke, wie ich desertieren kann, würde er selbst hingehen und mich denunzieren.«

»Was???«

»Für ihn wäre ich ein Vaterlandsverräter. Weißt du, was er sagen würde? ›Ich werde dafür sorgen, dass du deiner gerechten Strafe nicht entkommst.‹«

»Liebt er dich nicht?«

»Er hat Eduard immer mehr geliebt als mich. Und er wollte nicht wahrhaben, dass mein Bruder …« Oskar bricht ab.

»War er auch gegen den Krieg?«

»Ja.«

Ingrid legt sich auf den Rücken und blickt in den Himmel. »Soll ich Maria fragen, ob sie jemanden auf dem Land kennt?«

Oskar zögert. »Ich glaube, es ist besser, sie nicht einzuweihen. Du besprichst zwar alles mit ihr, aber in diesem Fall …«

»Vielleicht hast du recht. Ihr Mann ist schwer verwundet worden und liegt in einem Lazarett in Nordfrankreich. Sie will bestimmt nichts riskieren.« Ingrid seufzt. »Hätten wir bloß damals versucht, über die dänische Grenze zu kommen. Dann hätten wir es auch weiter nach Schweden geschafft.«

»Was meinst du, wie oft ich daran gedacht habe.«

»Jetzt ist es noch viel schwieriger geworden … außerdem muss ich meinem Vater beistehen.«

Er nickt. Hat er gehofft, sie würde sagen, lass uns heute Nacht gen Norden aufbrechen?

Oskar steht ächzend auf. In jener Woche hätte er zusammen mit Ingrid die Flucht gewagt. Aber allein war er dazu nicht in der Lage. Und auch aus seinen Verletzungs- und Vergiftungsplänen wurde nichts.

Er knipst das Licht an, zündet ein Torffeuer an und schenkt sich einen Whiskey ein.

Zu groß war seine Angst, mit dem Tode bestraft zu werden. So kehrte er im Mai 1943 an die Ostfront zurück, ertrug die Brutalität, die Verrohung, die Schreie der Verwundeten, den Anblick der Leichen. Und wenn er glaubte, schlimmer könne es nicht mehr werden, gab es noch härtere Befehle, noch mehr Gewalt. Wie halten wir es aus, so erbarmungslos zu sein, dachte er, wenn er nachts wach lag.

Er konnte sich nicht mit dem Gedanken trösten, dass er bisher mit seinem Maschinengewehr niemanden getötet hatte. Durch die Kanonen der von ihm bedienten Geschütze waren sowjetische Soldaten gestorben.

Im August drang die Meldung zu ihnen vor, dass die Alliierten Ende Juli massive Luftangriffe auf Hamburg geflogen hätten. Durch Spreng- und Brandbomben sei ein Flächenbrand ausgelöst worden, der ganze Stadtteile zerstört hätte, vor allem im Osten, mit Zehntausenden von Toten. Barmbek lag im Osten Hamburgs. War Ingrid noch am Leben? Oskar schrieb mehrere Briefe an sie, doch sie antwortete nicht. Wenn Ingrid den Bombardierungen zum Opfer gefallen war, hatte es für ihn keinen Sinn weiter durchzuhalten. In seiner Verzweiflung schickte er schließlich einen Brief an Marias Anschrift, mit der dringenden Bitte um Nachricht.

Und Anfang Oktober kam eine Antwort von Ingrid.

Urbach, den 15. September 1943

Lieber Oskar!
Wo und wie soll ich beginnen, Dir zu beschreiben, was mit uns geschehen ist? Meine Eltern sind tot, wahrscheinlich bei lebendigem Leibe verbrannt oder vorher erstickt, ich weiß es nicht. Ich war an dem Abend bei Maria in Winterhude. Als die Sirenen heulten, sind wir sofort in ihren Luftschutzkeller gelaufen. Maria sagte noch, hoffentlich läßt Mutter sich diesmal von Vater in den Keller tragen. Beim letzten Alarm hatte sie sich geweigert. Wir werden nie wissen, wie es genau war. Auch im Keller hätten sie nicht überlebt. Unsere Straße, unseren Stadtteil gibt es nicht mehr. Tagelang hat alles lichterloh gebrannt, nicht nur die Häuser, auch die Straßen. Durch die große Hitze ist der Asphalt geschmolzen.

Überall lagen schwarze Bündel, die wie Gepäckstücke aussahen. Ich habe erst nach einer Weile begriffen, daß es verkohlte Leichen waren. Maria und ich haben vergeblich nach den sterblichen Überresten unserer Eltern gesucht. Ihre Knochen und ihre Asche sind in irgendeinem Massengrab gelandet.
Ich wurde nach den Angriffen evakuiert und bin jetzt auf einem Bauernhof in Thüringen. Maria mußte in Hamburg bleiben; sie wurde dienstverpflichtet, weil man sie als Krankenschwester dringend braucht. Ich hoffe, daß ich bald nach Hamburg zurückkehren darf. Dann werde ich bei Maria wohnen.
Ich denke jeden Tag an Dich.
Paß gut auf Dich auf!
Es grüßt und küßt Dich Deine Dich liebende Ingrid, die auf Dich warten wird.
P. S. Schreib mir weiterhin an Marias Anschrift, weil ich nicht weiß, wie lange ich noch in Thüringen sein werde.
P. P. S. Meine Freundin Elisabeth ist auch tot …

Immer wieder las Oskar Ingrids Brief. Wenn er nur bei ihr hätte sein können. Noch am selben Abend antwortete er ihr, wie leid es ihm tue, dass sie etwas so Grausames erleben musste. Der Verlust ihrer Eltern und ihrer Freundin müsse unendlich schwer für sie sein. *Ich denke ständig an Dich und hoffe sehr, daß wir uns bald wiedersehen werden. Es umarmt und liebt Dich Dein Oskar*

Von seinem Vater erhielt Oskar im Oktober ebenfalls einen Brief.

Hamburg, den 29. September 1943

Lieber Oskar!

Hiermit teile ich Dir mit, daß ich die verheerenden Bombenangriffe der Alliierten auf unsere Stadt überlebt habe und unser Haus zum Glück noch steht.

Es war ein einziges Inferno, in dem Zehntausende von Menschen unter unvorstellbaren Qualen gestorben sind. Daß eine Kriegsmacht einem unschuldigen Volk so etwas antun kann! Die Engländer wollen uns vernichten, aber wir werden es ihnen doppelt heimzahlen.

Es grüßt Dich Dein Vater

Wie war es möglich, dass Vater so dachte? Natürlich war es entsetzlich, dass so viele Menschen in Hamburg ums Leben gekommen waren. Aber die Deutschen hatten den Krieg begonnen, nicht die Alliierten. Die Deutschen hatten durch ihre Luftangriffe Warschau, Coventry, Rotterdam und viele andere Städte zerstört und brachten seit Jahren nichts als Unheil über die Welt. Hunderttausende von Menschen waren allein in Stalingrad gestorben.

Oskar schenkt sich einen zweiten Whiskey ein. Er muss an Burkhard denken, jenen Soldaten aus seiner Kompanie, der sich im Herbst '43 kritisch zur Schlacht um Stalingrad geäußert hatte. Am nächsten Tag wurde er vor ihren Augen erschossen.

In dem Moment wünschte Oskar, er hätte den Mut, etwas Ähnliches zu tun und dafür zu sterben. Ja, er verachtete sich ein Stück weit dafür, dass er weitermachte und den Mund hielt, nur weil er an diesem letzten Rest Leben hing.

Selbst das Wetter war wie ein Fluch, der auf ihnen lag. Im Sommer litten sie unter der Hitze, dem Staub, dem Wassermangel, den Mücken. Im Herbst gab es so starke Regenfälle, dass die Straßen sich in Schlammwüsten verwandelten und sogar die Panzer im Morast einsanken. Im Winter wurden sie von frostigen Schneestürmen heimgesucht.

Als Oskar im Frühjahr 1944 an Scharlach erkrankte, wollte er aufgeben, aber das ließ sein Kompaniechef nicht zu. Man brachte ihn in ein Lazarett, wo er in einem Saal mit vielen Männern lag, die an schweren Erfrierungen litten. Der Gestank des abfaulenden Fleisches war so unerträglich, dass Oskar sich immer wieder übergeben musste.

Nach vier Wochen ging es zurück an die Front.

25

In der Maschine von Kairo nach Addis Abeba sitzen fast ausschließlich Männer. Normalerweise achte ich nicht auf die Zusammensetzung der Passagiere. Heute fällt es mir auf, weil ich nervös bin. Vielleicht hätte ich keinen Abendflug wählen sollen.

Während die Getränke serviert werden, gehen mir die letzten Tage durch den Kopf. Ich habe Thorsten bis zu seiner Abreise am Freitag kaum gesehen, er war ständig mit seinen Freunden unterwegs. Aber seitdem er meinen Brief gelesen hat, ist der Ton zwischen uns anders geworden. Bis bald, sagte er, als er ging. Und dabei lächelte er. Ich weiß nicht, wann mein Sohn mich zuletzt angelächelt hat. Wahrscheinlich als Kind.

Meine Vorbereitungen für die Äthiopien-Reise habe ich in zwei Nachtsitzungen doch noch geschafft. Dafür bin ich jetzt so müde, dass mir ständig die Augen zufallen.

»Huhn oder Rindfleisch?«

Ich zucke zusammen. Vor mir steht die Stewardess. Ich entscheide mich für Huhn.

Mein Nachbar, ein junger Äthiopier, hat ein vegetarisches Gericht vorbestellt. Angeekelt blickt er auf mein Fleisch.

Ich esse nur die Hälfte auf, verzichte auf den Pudding und schlafe beinahe sofort ein.

Eine Lautsprecherdurchsage weckt mich. Wir werden in Kürze landen. Ich halte nach ersten Lichtern Ausschau, aber außer der Silhouette der hohen Berge kann ich nichts erkennen.

Ein paar Minuten später entdecke ich dicht unter mir die Lichter der Landebahn. Doch plötzlich startet die Maschine durch und steigt steil wieder an. Was ist passiert? Liegt etwas auf der Piste? Mein Sitznachbar beginnt zu beten. Wohin ich auch blicke, sehe ich betende Männer. Ich versuche, ruhig zu bleiben, aber es gelingt mir nicht. Irgendwann habe ich gelesen, dass der Anflug auf Addis Abeba aufgrund der umliegenden Berge besonders schwierig sein soll. Warum gibt es keine Erklärung aus dem Cockpit? Ich bin in Schweiß gebadet. Wir fliegen eine Kurve, verlieren wieder an Höhe. Ich spüre den Druck auf meinen Ohren. Unter mir sehe ich jetzt einzelne Lichter. Ich schlucke und gähne, presse die Hände auf die Ohren. Ich könnte schreien vor Schmerzen.

Mit einem harten Ruck setzt die Maschine auf. Das Beten endet, ein Passagier klatscht. Willkommen in Addis Abeba, ertönt es aus dem Lautsprecher.

Es dauert über zwanzig Minuten, bis wir aussteigen können. Wieder wird nichts erklärt. Bin ich ungeduldiger als sonst?

Bei der Passkontrolle habe ich mit meinem Touristenvisum zum Glück keine Probleme. Dafür warte ich eine Stunde lang auf meinen Koffer. Als ich den Zoll passiere, ist es schon nach Mitternacht.

In der Ankunftshalle stehen zahlreiche Männer, die Namensschilder hochhalten; mein Name ist nicht dabei. Dabei habe ich bei meiner Buchung ausdrücklich darum gebeten, dass das Hotel mir einen Fahrer schickt. Vor sechzehn Jahren gab es keinen Taxistand am Flughafen; das wird heute vermutlich nicht anders sein. Es ist warm und stickig, ich brauche dringend frische Luft. Ob mein Fahrer draußen wartet? Ich mache ein paar Schritte auf die Tür zu, und sehe auf einmal durch die Fensterscheiben unzählige

Gesichter, die mich anstarren. Alte und junge, manche durch Verwachsungen oder Wunden entstellt. Ein zahnloser Greis winkt mir zu, ein Junge mit nur einem Auge klopft aufgeregt gegen die Scheibe. Neben seinen Füßen kauert ein Mann ohne Beine auf einem Brett.

»Sie können da nicht allein rausgehen«, sagt hinter mir ein Mann.

Ich drehe mich um.

Einer der Zöllner schüttelt entschieden den Kopf. »Das sind alles Bettler. Da hat eine Frau allein keine Chance, schon gar nicht um diese Uhrzeit.«

»Ich muss meinen Fahrer finden.«

»Warten Sie hier drinnen auf ihn. Und falls er nicht kommen sollte, dürfen Sie gerne auf einer der Bänke übernachten.«

Gerade will ich ihm antworten, dass ich nicht vorhabe, die ganze Nacht auf dem Flughafen zu verbringen, als jemand meinen Namen ruft.

Ein dünner, hochgewachsener Äthiopier tritt auf mich zu, entschuldigt sich in perfektem Deutsch für seine Verspätung und greift nach meinem Koffer.

»Was war denn los?«

»Mein Wagen ist nicht angesprungen. Ein Kollege hat mir seinen geliehen.«

Er hakt mich unter, bevor er die Tür öffnet. Sofort stürzen die Bettler auf uns zu. Mit entschiedener Stimme weist er sie zurück, nur der einäugige Junge folgt uns bis zum Wagen. Bittend streckt er mir seine Hände entgegen. Der Fahrer geht drohend auf ihn zu, aber der Junge lässt sich nicht einschüchtern. Erst im letzten Moment weicht er der Faust aus, die ihn schlagen will, und rennt davon.

»Es wird immer schlimmer mit den Bettlern«, murmelt der Fahrer und verstaut mein Gepäck.

»Äthiopien ist eines der ärmsten Länder der Welt.«

»Das brauchen Sie mir nicht zu erzählen.«

Wir steigen ein. »Im Tank ist nicht mehr viel Benzin. Von daher schlage ich vor, dass ich die Abkürzung durch das Slumviertel nehme.«

Was soll ich dazu sagen? Ich habe keine Wahl.

Schon bald biegt er von der Straße in einen holprigen Lehmweg ab. Es ist stockfinster. Mich packt die Angst. Wo bringt er mich hin? Wir fahren durch tiefe Schlaglöcher, die Luft ist voller Rauch. Ich sehe die ersten Feuerstellen, die flackernde Schatten auf notdürftig geflickte Wellblechhütten werfen. Hier und da huscht eine Gestalt vorbei, ein Mann stellt sich uns in den Weg, der Fahrer hupt, der Mann springt beiseite. Ich höre schreiende Babys und das heisere Bellen eines Hundes. Oder ist es eine Hyäne? Dies kann niemals der Weg zum Hotel sein.

»Wo kommen Sie her?«, fragt der Fahrer und dreht sich zu mir herum.

»Aus Hamburg.«

»Ah, das kenne ich nicht. Ich habe lange in Rostock gelebt.«

»Bitte schauen Sie nach vorn, sonst gibt es noch einen Unfall.«

Er lacht. »Keine Sorge, ich kenne mich hier aus.«

Ich wische mir über die Stirn. »Was … haben Sie in Rostock gemacht?«

»Ich hatte einen Job auf einer Werft.«

Äthiopische Gastarbeiter in der DDR. Ich denke an Barbara Henschel und ihren Mann.

»Sind Sie fürs Goethe-Institut tätig?«

»Nein, ich … bin privat unterwegs.«

»Das erleben wir nicht oft, eine Frau, die allein hierherkommt.«

Erst jetzt merke ich, dass wir das Ende des Slumviertels erreicht haben.

»Dort drüben ist Ihr Hotel«, sagt der Fahrer und zeigt auf die andere Straßenseite.

Ich sehe zwei Soldaten in langen Filzmänteln und mit umgehängten Kalaschnikows vor der Eingangstür stehen. Diese Reise war ein Fehler.

»Morgen früh habe ich meinen eigenen Wagen wieder. Falls Sie jemanden brauchen, der Sie fährt.«

»Nein, danke. Ich ...« Aber warum eigentlich nicht? Immerhin hat er mich zu meinem Ziel gebracht. »Wie ist Ihr Name?«

»Tesfaye.«

»Ich ... heiße Katharina.«

Er lächelt. »Freut mich.«

Ich bezahle ihm die Fahrt. Am nächsten Morgen um zehn wird er mich wieder abholen.

Das Hotel ist sehr schlicht. In meinem Bett finde ich ein paar tote Käfer, vielleicht sind es auch Wanzen. Es ist mir egal. Nach wenigen Minuten bin ich eingeschlafen.

In den folgenden Tagen frage ich mich immer wieder, wie ich ohne Tesfaye zurechtgekommen wäre. Er weiß, durch welche Straßen wir einigermaßen gefahrlos fahren dürfen, welche Gebäude, welche Plätze, welche Gassen ich fotografieren darf und wo wir zwischendurch etwas essen können.

Bei meinem Aufbruch aus Hamburg dachte ich, ich wäre vorbereitet auf das, was mich hier erwarten würde. Ein Land, das sich seit sechzehn Jahren im Bürgerkrieg befindet und von seinem stalinistischen Diktator Mengistu Haile Mariam mit drakonischer Strenge regiert wird. Ein Land, das vor sechs Jahren die schlimmste Hungersnot seiner Geschichte erlebt hat und dem die nächste Hungerkatastrophe droht. Ein Land, dem nach dem Ende des Kalten Krieges die Bündnispartner verloren gegangen sind und das nun keine Unterstützung mehr aus den ehemaligen Ostblockstaaten erhält.

Als ich 1974, nach dem Sturz des Kaisers Haile Selassie und dem Ausbruch des Bürgerkrieges, nach Äthiopien kam, gehörte das Land bereits zu den ärmsten der Welt. Aber was ich jetzt an Armut und Elend sehe, übertrifft alles, was ich jemals erlebt habe. An einem Nachmittag hält Tesfaye plötzlich an und deutet auf zwei kleine Bündel vor uns am Straßenrand. Da hat jemand seine alte Kleidung weggeworfen, denke ich. Doch dann sehe ich, dass es sich um die Leichen winziger Babys handelt. Ich bin wie gelähmt. Erst als kurz darauf ein Transporter hält, aus dem ein Mann steigt und mit einer Schaufel die Leichen aufhebt, um sie auf die Ladefläche zu werfen, fange ich an zu fotografieren. Die Welt soll sehen, was hier geschieht.

An meinem letzten Tag, zwei Stunden bevor Tesfaye mich wieder zum Flughafen fahren wird, hält es mich nicht länger im Hotel. Ich gebe mein Gepäck an der Rezeption ab und beschließe, einen Spaziergang zu machen. Es ist warm, die Sonne scheint, mir wird nichts passieren, wenn ich ein Stück die Straße entlanglaufe, die ich inzwischen gut kenne. Das Slumviertel werde ich nicht betreten.

Nach etwa zweihundert Metern sehe ich neben einem Haus ein weißes Tuch liegen, auf dem frische rote Peperoni getrocknet werden. Sie leuchten im Sonnenlicht. Ich mache ein Foto und will gerade weitergehen, als eine Gruppe Jugendlicher mich umringt. Zwei halten mich fest, ein dritter greift nach meiner Kamera. Ich schreie, dass sie mich sofort loslassen sollen. Da taucht ein älterer Mann vor uns auf, der mir in gebrochenem Englisch verkündet, dass ich eine militärische Einrichtung fotografiert hätte und so etwas in Äthiopien mit Gefängnis bestraft würde. Es waren nur Peperoni!, rufe ich und deute mit dem Kopf auf die roten Früchte. Spionage ist ein Verbrechen, sagt der Mann. Spionage? So was Absurdes! Ich fange an zu zittern. Der Griff der Jugendlichen wird fester. Was soll ich jetzt machen? Ich müsste die Botschaft … Heute Abend geht mein Flug … Es kann doch nicht wahr sein, dass mich diese Leute hier … Und wenn sie mich umbringen? Niemand würde etwas merken.

In dem Moment höre ich eine vertraute Stimme. Tesfaye. Er zückt sein Portemonnaie, drückt dem Mann und den Jugendlichen ein paar Scheine in die Hände und zieht mich mit sich fort.

»Danke«, murmele ich.

»Das war knapp.«

»Ja …« Ich zittere noch immer.

»Wieso sind Sie einfach losgelaufen und haben fotografiert? Ich habe Ihnen doch gesagt, dass Sie aufpassen müssen. Es braucht nur jemand einer Ausländerin wie Ihnen irgendetwas anzuhängen, und schon verschwinden Sie für Monate im Knast.«

»Aber man kann mir doch wegen eines Foto von ein paar Peperoni keine Vorwürfe machen.«

»In diesem Land ist alles möglich.«

»Wie kommt es überhaupt, dass Sie mich gefunden haben?«

»Auf dem Weg zum Flughafen gibt es eine Straßenblockade. Deshalb wollte ich Sie früher vom Hotel abholen. Dort habe ich erfahren, dass Sie spazieren gegangen sind.«

Wir laden mein Gepäck ein und fahren schweigend auf Umwegen zum Flughafen.

»Wie viel schulde ich Ihnen?«, frage ich, bevor wir aus seinem Wagen aussteigen. »Was haben Sie den Leuten vorhin gezahlt?«

Tesfaye nennt eine lächerlich geringe Summe. Ich gebe ihm alles, was ich an Äthiopischen Birr noch habe und außerdem hundertfünfzig Mark. Er starrt ungläubig auf die Scheine.

»Bitte nehmen Sie das Geld. Sie haben mich aus einer sehr unangenehmen Situation befreit. Außerdem wäre ich ohne Sie in dieser Woche verloren gewesen. Dafür möchte ich Ihnen danken.«

»Na gut.«

Er trägt mir den Koffer in die Abflughalle, wir verabschieden uns, ich schaue ihm nach, wie er das Gebäude wieder verlässt.

Tesfaye hat mich kein einziges Mal nach dem Sinn und Zweck meiner Reise gefragt. Vielleicht war es auch für ihn sicherer so.

Ich friere, habe Hunger, kann mich kaum auf den Beinen halten. Wir sind Hunderte, Tausende von Kriegsgefangenen. Im Lager ist Typhus ausgebrochen, ständig holen wir Leichen aus den Baracken. Ich habe jedes Mal Angst, Oskar könnte einer der Toten sein. Ich darf nicht aufgeben. Ich muss ihn finden, bevor es zu spät ist.

Als ich aufwache, weiß ich nicht, wo ich bin. Um mich herum ist es dunkel. Ich sitze eingezwängt in einem Sessel und höre das gleichförmige Brummen einer Maschine. Irgendetwas liegt auf meinen Augen. Warum habe ich die Hände nicht frei? Hinter mir schnarcht jemand. Da fällt es mir ein: Ich bin auf dem Rückflug nach Hamburg. Vorhin war mir kalt, und ich habe mich in eine Decke gehüllt. Die Augenbinde half mir beim Einschlafen.

Ich versuche, nicht an den Traum und nicht an die letzten Tage zu denken. Aber immer wieder sehe ich die Bilder der Toten vor mir, tote Kriegsgefangene und tote Babys.

26

Ich fahre mit dem Taxi vom Flughafen nach Hause, kaufe ein, packe aus, starte eine Waschmaschine. Ich wundere mich über mich selbst, wie gut ich funktioniere. Erst als ich mit der Entwicklung meiner Fotos anfangen will, breche ich in Tränen aus. Ich habe in dieser Woche zu viel Schreckliches gesehen. Dazu kommt die Situation gestern Nachmittag. An meinen Handgelenken habe ich blaue Flecken vom festen Griff der Jugendlichen. Und ich bin müde.

Ich lege mich aufs Sofa und schließe die Augen. Aber ich kann nicht schlafen und ich kann nicht aufhören zu weinen. Ich muss mit jemandem sprechen. Thorsten will ich mit diesen Geschichten nicht belasten. Ich könnte Lilo anrufen. Oder Lars.

Ich richte mich auf. Knapp drei Wochen sind seit unserer Auseinandersetzung vergangen. Ob er mich anhören würde?

Ich wähle seine Nummer. Wenn nur sein Band läuft, werde ich auflegen. Und mit Andrea will ich auch nicht telefonieren.

»Lars Petersen.«

Seine Stimme klingt ruhig wie immer. Ich schlucke.

»Wer ist da?«

»… Katharina.«

»Ach … Moment mal.« Er ruft Andrea zu, dass er am Telefon sei. Dann wird eine Tür geschlossen.

»Lars, es tut mir so leid.«

»Ich glaube, du weißt gar nicht, wie sehr du mich verletzt hast.«

»Doch, ich … bitte verzeih mir. Ich weiß nicht, was an dem Tag in mich gefahren ist.«

»Mir kam es so vor, als ob du mir in deiner Wut genau das an den Kopf geworfen hast, was du wirklich denkst: Dass ich ein spießiges Kleinbürgerleben führe, in das du nicht hineinpasst.«

»Es war gemein von mir.«

»Aber ich glaube, du hast recht: Wir sind zu verschieden. Ich brauche klare Strukturen in meinem Alltag, meine Arbeit steckt nicht voller Gefahren wie deine, und wir gehen mit unseren Kindern völlig anders um.«

»Was hat dich dann so verletzt, wenn es nicht die Bezeichnung ›spießiges Kleinbürgerleben‹ war?«

»Die Tatsache, dass du keine gemeinsame Basis mehr für uns siehst.«

»Aber das stimmt nicht. Mir ist in den letzten Wochen klar geworden, wie sehr ich dich vermisse.«

Lars schweigt. Vielleicht hat er mich nicht vermisst. Vielleicht war er erleichtert, nicht mehr diese schwierigen Diskussionen mit mir führen zu müssen, sondern endlich wieder seine Ruhe zu haben.

Er räuspert sich. Wird er gleich sagen, dass er auflegen müsse, weil Andrea auf ihn warte? Dann ist es vorbei.

»Ich habe dich auch vermisst.«

Mein Herz klopft. »Meinst du, wir haben eine Chance, wenn wir es noch mal versuchen?«

»Ja …«

»Wollen wir uns irgendwo treffen, oder willst du zu mir kommen?«

»Ich komme zu dir.«

»Wann?«

»In einer halben Stunde?«

»Gut.«

»Bis dann.«

Ich lege auf, gehe ins Badezimmer, wasche mir das Gesicht. Meine Augen sind immer noch gerötet. Lars wird sofort sehen, was mit mir los ist.

Es klingelt. Hat er keine Schlüssel mehr? Ich erinnere mich nicht, dass er sie mir zurückgegeben hätte. Vielleicht ist es gar nicht Lars.

»Hallo?«

»Ich bin's.«

Ich drücke auf den Türöffner. Höre, wie er die Treppe hochsteigt.

Er ist blass und hat Schatten unter den Augen.

»Ich wollte nicht einfach aufschließen«, sagt er zur Begrüßung.

Wir nehmen uns in die Arme.

»Du hast geweint.«

»Ja … komm, ich habe uns einen Tee gekocht.«

Wir setzen uns in die Küche. Ich erzähle ihm von meiner Reise, meiner Angst, meinem Traum heute Nacht im Flugzeug.

»Früher habe ich mich am lebendigsten gefühlt, wenn ich in Lebensgefahr schwebte.«

Lars schaut mich erschrocken an.

»Aber so ist es nicht mehr. Irgendetwas in mir hat sich verändert.«

»Und was ist das?«

»Ich weiß nicht, wie ich es beschreiben soll. Es ist bisher nur ein diffuses Gefühl.«

Lars schenkt uns Tee nach. Ich will mir eine Zigarette anzünden, aber schiebe die Schachtel wieder weg. In Äthiopien habe ich weniger geraucht. Vielleicht gelingt es mir hier auch.

»Mit kam es immer so vor, als ob ich kein Recht auf ein Leben in Sicherheit hätte und mir meine Existenzberechtigung dadurch erkaufen müsste, dass ich mich in Gefahr begebe und tapfer aushalte, was mir widerfährt. Aber jetzt auf der Reise war es anders. Als die Jugendlichen mich festhielten und der Mann anfing, von Spionage zu reden, habe ich plötzlich Panik bekommen, dass ich tatsächlich im Gefängnis landen und dort elendig verrecken könnte.«

Lars greift nach meiner Hand.

»Dieser seltsame Traum vom Kriegsgefangenenlager passt irgendwie auch dazu. Ich musste all das Grauen im Lager ertragen, weil es nur so die Hoffnung gab, meinen Vater zu retten.«

»Vielleicht hast du Angst, dass du sterben könntest, bevor du ihn gefunden hast.«

»Ja.«

Wir trinken unseren Tee aus und fahren an die Elbe. Es weht ein starker Wind, und es ist kalt, aber die Bewegung tut mir gut.

Lars erzählt mir, was bei ihm in den letzten drei Wochen passiert ist. Er hat einen neuen Chef bekommen, den er noch nicht genau einschätzen kann. Andrea hat schlechte Laune, weil ihre beste Freundin verliebt ist und jetzt keine Zeit mehr für sie hat. Und sein Vater hat immer noch Schmerzen im Handgelenk. Irgendetwas scheint mit dem Gips nicht in Ordnung zu sein.

»Machst du dir Sorgen um ihn?«

»Ja.«

Ich streiche ihm über die Stirn und küsse ihn. Er drückt mich an sich.

Es gibt noch so vieles, worüber ich mit ihm sprechen will. Meine Begegnung mit Barbara Henschel, die Veränderung in der Beziehung zu Thorsten, mein Plan, am

Montag die drei humanistischen Gymnasien anzurufen. Aber es muss nicht heute sein.

In der Nacht liege ich wach und denke daran, wie gefährlich ich all die Jahre gelebt habe.

»Wir sind froh, dass der Krieg vorbei ist«, pflegte Maria zu sagen. »Du dagegen suchst den Krieg. Wie kommt das bloß?«

»Ich weiß es nicht. Ich weiß nur, dass ich damit weitermachen muss.«

»Aber warum?«

»Weil es mein Beruf ist.«

»Dein Beruf ist dir wichtiger als dein Kind«, stellte Maria fest.

Und ich widersprach ihr nicht.

Ja, ich wollte der Welt die Wahrheit zeigen. Aber vielleicht hatten der Anblick und das Fotografieren des Elends und der Gewalt auch noch eine andere Bedeutung. Vielleicht war es unbewusst eine innere Verbindung zu meinem Vater.

27

Oskar beschließt, dass es mit ihm so nicht weitergehen kann. Wenn er nur zu Hause herumsitzt, wird er immer schwermütiger.

Die Sonne scheint, und es ist beinahe windstill. Heute wird er zum ersten Mal seit Langem wieder eine Wanderung machen. Er packt ein Schinkenbrot, eine Banane und eine Flasche Wasser in seinen Rucksack, schließt die Haustür ab und läuft los.

Die Steigungen machen ihm zu schaffen. Er bekommt nicht genug Luft und hat dumpfe Schmerzen im Hinterkopf, aber noch gibt er nicht auf.

Er läuft langsamer, findet allmählich einen guten Rhythmus und erreicht nach knapp zwei Stunden ein Felsplateau, von dem aus er das ganze Tal überblicken kann. Heute ist die Sicht sehr klar. In der Ferne erkennt er sogar das Meer.

Ingrid konnte sich so für das Meer begeistern.

»Weißt du, dass der Hof nur knapp einen Kilometer vom Meer entfernt ist? Im Sommer bin ich manchmal mit dem Rad zum Strand gefahren und schwimmen gegangen.«

Oskar hält Ingrid in den Armen. Anderthalb Jahre haben sie sich nicht gesehen. Sobald sie wusste, dass er Anfang Oktober Fronturlaub bekommen würde, hat sie versucht, für ein Wochenende von ihrem Arbeitsdienst auf dem Bauernhof in Schleswig-Holstein freigestellt zu werden. *Weil ich keine Eltern mehr habe, hat Maria meinen Urlaubsantrag unterschrieben. Komm am Samstagabend um neun Uhr in die Dorotheenstraße 174,* schrieb sie ihm, als sei dies das Selbstverständlichste auf der Welt. *Meine Schwester hat Nachtschicht. Sie ist sonntags morgens vor halb sieben nicht zu Hause.* Jetzt ist es kurz nach vier.

Ingrid streicht ihm über die Stirn. »Hast du vorher schon mal mit einer Frau geschlafen?«

»Nein.«

»Meine Eltern wären entsetzt, wenn sie wüssten, dass ich …«

»Meinst du, wir hätten es nicht tun dürfen?«

»Natürlich durften wir. Jeden Tag geschieht überall so viel Schreckliches. Da muss es doch auch mal was Schönes geben.«

»Ich habe mich so nach dir gesehnt.«

»Ich mich auch nach dir.«

Oskar küsst sie. Es erscheint ihm wie ein Traum, dass sie hier zusammen liegen und sich so nahe sind.

»Manchmal habe ich aufs Meer geschaut und mir ausgemalt, wir würden mit einem Boot hinausfahren«, sagt Ingrid und lächelt.

»Wohin?«

»Immer dem Horizont entgegen, bis wir in einem anderen, besseren Land ankommen.«

Oskar schließt die Augen und versucht, sich dieses andere, bessere Land vorzustellen. Es gelingt ihm nicht.

Wolken haben sich vor die Sonne geschoben, ohne dass er es bemerkt hat. Oskar trinkt einen Schluck Wasser, dann macht er sich auf den Rückweg. Er hätte auch etwas essen sollen, aber er ist nicht hungrig.

Kurz darauf beginnt es zu regnen, große, schwere Tropfen. Wieso hat er seine Regenjacke nicht mitgenommen? Innerhalb weniger Minuten ist er nass bis auf die Haut.

Als er zu Hause ankommt, zündet er ein Torffeuer an,

nimmt ein heißes Bad und braut sich einen Grog. Er darf nicht wieder krank werden.

Ingrid steht an der Straßenecke. Sie trägt einen langen, dunklen Mantel, in dem er sie noch nie gesehen hat. Warum kehrt sie ihm den Rücken zu? Er ruft ihren Namen, doch sie dreht sich nicht um. Darf sie nicht mit ihm sprechen, weil ihre Eltern in der Nähe sind? Er kann niemanden entdecken.

Sie blickt auf die Uhr. Jetzt geht sie los. Gleich wird sie ihn erkennen. Aber sie läuft an ihm vorbei. Erst im letzten Moment sieht er ihren gewölbten Bauch.

Oskar wacht auf. Ihm ist heiß. Und gleichzeitig friert er. Hat er Fieber? Er schafft es nicht, aufzustehen und nach dem Thermometer zu suchen.

Mit einem Taschentuch wischt er sich den Schweiß von der Stirn. Zum ersten Mal seit Jahren hat er wieder geträumt, dass Ingrid schwanger ist.

28

Am Montagmorgen um acht rufe ich im Wilhelm-Gymnasium an, erkläre, dass ich auf der Suche nach meinem Vater, Oskar Greve, sei, und frage, ob er möglicherweise Anfang der Vierzigerjahre bei ihnen an der Schule Abitur gemacht habe. Die Sekretärin notiert sich meine Angaben und verspricht, mich zurückzurufen, aber es werde sicherlich einige Tage dauern.

»Es ist sehr dringend. Könnten Sie nicht versuchen, heute …«

»Tut mir leid«, unterbricht sie mich. »Wir sind im Büro unterbesetzt, und das Alltagsgeschäft geht vor. Ich melde mich bei Ihnen, sobald ich Gelegenheit gehabt habe, im Archiv nachzuschauen.«

Als Nächstes wähle ich die Nummer des Johanneums.

»Kommen Sie im Laufe des Vormittags vorbei«, lautet die Antwort der Sekretärin. »Ich werde sehen, was ich für Sie tun kann.«

Sofort breitet sich in mir eine Zuversicht aus, die durch nichts gerechtfertigt ist. Ich muss mich zur Skepsis zwingen, sonst werde ich zu enttäuscht sein, wenn sich herausstellen sollte, dass Oskar die Schule nicht besucht hat oder keine Unterlagen mehr existieren, weil sie vielleicht im Krieg zerstört wurden.

Bereits um halb neun sitze ich in meinem Wagen und fahre nach Winterhude. Das Johanneum liegt in der Maria-Louisen-Straße, nicht weit von der Dorotheenstraße entfernt. Vor genau zehn Jahren war ich an einem Tag der offenen Tür mit Thorsten hier, als es darum ging, auf welches

Gymnasium er gehen wollte. Ihm gefiel die Schule, aber Maria setzte alles daran, ihn von der Idee abzubringen, alte Sprachen zu erlernen, genau wie sie es damals in Herford bei mir gemacht hatte. Oder war sie bei Thorsten sogar noch entschiedener in ihrer Ablehnung, weil sie wusste, dass Oskar Schüler des Johanneums gewesen war? Befürchtete sie, Thorsten könnte dort im Laufe der Jahre von der Existenz seines Großvaters erfahren?

Ich verliere mich wieder in Spekulationen.

Beim Betreten des Schulgebäudes bin ich so aufgeregt, als ob ich eine Prüfung ablegen müsste. Vor der Tür des Sekretariats atme ich ein paarmal tief durch, dann klopfe ich an. Ich werde hereingerufen, nenne meinen Namen, die Sekretärin weiß Bescheid.

»Es geht um Ihren Vater, Oskar Greve.«

»Ja.«

Sie zeigt auf den Stuhl vor ihrem Schreibtisch. »Bitte nehmen Sie Platz.«

Ich sehe, wie sie nach einem alten Ordner greift. Meine Hände werden feucht. Ist darin Oskars Akte?

Sie öffnet den Ordner und beginnt zu blättern. »Oskar Greve legte Ostern 1942 hier sein Abitur ab.«

Endlich. Endlich habe ich eine Spur.

»Wie die meisten seiner Mitschüler wurde er vermutlich direkt nach Ostern eingezogen und schnell an die Front geschickt. Wir wissen nicht, was danach mit ihm geschehen ist. Er hat zu keinem Zeitpunkt unserem Verein ehemaliger Schüler angehört.«

Ich will etwas sagen, aber bekomme keinen Ton heraus.

»Möchten Sie ein Glas Wasser?«

Ich nicke.

Sie schenkt mir ein, und nachdem ich einen Schluck getrunken habe, frage ich sie, ob in ihren Unterlagen noch andere Angaben zu meinem Vater stünden, zum Beispiel sein Geburtsdatum und seine damalige Anschrift.

»Ja. Oskar Greve wurde am 2. Januar 1923 geboren. Sein Vater hieß Dr. Hartmut Greve und seine Mutter Hildegard Greve. Sie verstarb bereits 1930. Und die Adresse habe ich auch: Die Familie Greve wohnte in Uhlenhorst, in der Averhoffstraße 8.«

»Warten Sie, das muss ich mitschreiben.«

»Ich mache Ihnen eine Fotokopie.«

Ein paar Minuten später halte ich das Blatt in den Händen. »Danke. Sie haben mir sehr weitergeholfen.«

Die Sekretärin lächelt. »Es war mir eine Freude. Wenn ich jetzt noch kurz Ihren Namen und Ihre Anschrift notieren könnte …«

Ich überreiche ihr meine Visitenkarte.

Beim Abschied wünscht sie mir viel Glück für meine Suche.

Als ich wieder in meinem Wagen sitze, zünde ich mir eine Zigarette an und überlege, wie ich jetzt vorgehen will. Das Einwohnermeldeamt hat bis dreizehn Uhr geöffnet. Ich habe die notwendigen Identifizierungsmerkmale für meinen Vater. Sie können mir die Auskunft aus dem Melderegister nicht länger verweigern.

Beim Einwohnermeldeamt gibt es die übliche Warteschlange. Ich ziehe eine Nummer und versuche, mich innerlich darauf vorzubereiten, dass ich gleich möglicherweise eine schlechte Nachricht bekommen werde. Vielleicht ist Oskar Greve vor zehn, zwanzig, dreißig Jahren gestorben. Oder vor ein paar Monaten. Je länger ich darüber nachdenke, desto sicherer bin ich mir, dass es so sein wird.

Nach siebzig Minuten bin ich endlich an der Reihe. Die Sachbearbeiterin hört mich an, gibt die Daten in ihren

Computer ein und teilt mir mit, dass Oskar Greve bis zum 20. Juli 1988 in Hamburg gemeldet gewesen sei, und zwar in Eimsbüttel, in der Bismarckstraße 10.

»Und wo wohnt er jetzt?«

»Es wurde keine neue Anschrift eingetragen.«

»Wenn er gestorben wäre, gäbe es einen Vermerk, oder?«

»Ja.«

»Aber er kann doch nicht einfach verschwinden.«

»Er könnte ins Ausland gezogen sein.« Die Sachbearbeiterin schaut sich die Daten noch einmal an. »1988 war Ihr Vater fünfundsechzig Jahre alt. Manche Menschen beschließen nach der Pensionierung, woanders ein neues Leben zu beginnen.«

»Dann muss ich ihn im Ausland suchen. In anderen Ländern wird es auch Melderegister geben.«

»Nicht jedes Land auf der Welt hat eine Meldepflicht. Selbst in einigen europäischen Staaten wie beispielsweise Großbritannien, Irland und Frankreich existiert eine solche Verpflichtung nicht.«

Wie betäubt verlasse ich das Gebäude. Bis vor zwanzig Monaten lebte mein Vater in einer Wohnung, die zu Fuß eine knappe Viertelstunde von mir entfernt liegt. Es kann nicht sein, dass sich die Spur, die ich gerade erst gefunden habe, so schnell wieder verliert.

Ich fahre zur Bismarckstraße und stelle verblüfft fest, dass sich in dem renovierten Altbau mit der Nummer 10 das Restaurant *Sweet Virginia* befindet. Dort war ich vor Jahren einmal mit Lilo. Wer weiß, vielleicht saß Oskar am Nebentisch.

Ich schaue an der mit Stuck und Säulen verzierten Fassade empor. Auf einem der Balkone im dritten Stock steht eine junge Frau und pflanzt Stiefmütterchen in ihre Kästen.

Soll ich, wie in der Dorotheenstraße, die Hausbewohner befragen, ob sie mir weiterhelfen können?

Ich beginne unten im Restaurant. Dort erzählt mir die Besitzerin, dass ihr Lokal seit 1976 existiere, aber sie könne sich an keinen Oskar Greve erinnern.

»Es wird nicht leicht sein, eine Auskunft zu bekommen«, sagt sie, als ich gerade gehen will. »In den letzten Jahren wurden die Wohnungen in Eigentumswohnungen umgewandelt. Da hat es viel Fluktuation gegeben.«

Dennoch drücke ich nacheinander auf fünf oder sechs Klingeln und werde schließlich von der jungen Frau aus dem dritten Stock hereingelassen. Sie ist neu im Haus und rät mir, es bei Herrn Wolff zu versuchen, der unter ihr wohne. Das sei ein alter Herr, der schon lange hier lebe.

Ich muss mehrmals klingeln, bis Herr Wolff mir öffnet. Ein kleiner, gebeugter Mann, der am Stock läuft. Sein Blick ist alles andere als freundlich.

»Was wollen Sie?«

Ich entschuldige mich für die Störung, erkläre mein Anliegen und bekomme zu hören, dass Oskar Greve in der Tat hier gewohnt habe, aber er wisse nichts über ihn, weder seinen Beruf noch sonst irgendetwas. Er habe völlig zurückgezogen gelebt. Und wo er hingezogen sei, könne er mir auch nicht sagen.

Enttäuscht gehe ich zu meinem Wagen zurück. Ich habe keine großen Hoffnungen, dass ich in der Averhoffstraße 8 mehr erfahren werde, doch ich will nichts unversucht lassen.

Zwanzig Minuten später stehe ich vor dem schönen weißen Gebäude mit vier Stockwerken und Stuckverzierungen in Form von Muscheln, Fischen und Tierköpfen. In einer dieser Wohnungen ist mein Vater aufgewachsen. Meine Kehle schnürt sich zu. Warum geht mir dieser Gedanke so nahe? Das Haus in der Bismarckstraße habe ich mit viel mehr Distanz betrachten können. Liegt es daran, dass Oskar hier gelebt hat, als er Ingrid kennenlernte?

Wie erwartet, kann mir niemand in der Averhoffstraße 8 etwas über die Familie Greve sagen.

Abends schreibe ich dem Suchdienst des Deutschen Roten Kreuzes, dass ich inzwischen neue Erkenntnisse über meinen Vater gewonnen hätte.

Oskar Greve war bis Juli 1988 mit einer Wohnung in der Bismarckstraße 10 in Hamburg gemeldet. Über seinen jetzigen Wohnsitz liegen keine Informationen vor. Gibt es die Möglichkeit, internationale Suchdienste einzuschalten?
Mit freundlichen Grüßen
Katharina Elbracht

29

Oskar wundert sich über sich selbst: Er hat keinen Rückfall bekommen. Vielleicht lag es an dem heißen Bad oder am Grog oder an beidem.

Voller Energie bricht er zu einer weiteren Wanderung auf, abends trifft er sich mit David in der Kneipe in Enniskerry, und am Montagmorgen fährt er nach Dublin, wo er durch die Innenstadt läuft, die Auslagen in den Schaufenstern betrachtet und beschließt, sich einen Pullover zu kaufen. Es ist das erste neue Kleidungsstück seit vielen Jahren.

Abends legt er die Cellosuiten von Bach auf und holt die Mappe hervor, in der er verschiedene Unterlagen aufbewahrt. Vor seinem Umzug nach Irland hat er vieles vernichtet, aber einige Dokumente, Fotos und Briefe wollte er doch aufheben. Seine Geburtsurkunde, das Abiturzeugnis, die Examens- und Einstellungsurkunden, den Impfpass, das Hochzeitsfoto seiner Eltern, ein Foto von Eduard und ihm als Kinder beim Bergsteigen, und ein Foto, auf dem Ingrid und er sich umarmen und in die Kamera lächeln. Sie waren so glücklich. Und so jung. Siebzehn und einundzwanzig. Eine Frau auf dem Bauernhof in Schleswig-Holstein, wo Ingrid ihren Arbeitsdienst leistete, hatte eine kleine Kamera und bot an, sie zu fotografieren. Er hatte Ingrid an jenem Sonntag auf ihrer Rückfahrt zum Hof begleitet, damit sie so lange wie möglich zusammenbleiben konnten. Im Dezember '44 lag das Foto in einem Brief, den Ingrid ihm an die Ostfront schickte, der letzte Brief, den er von ihr erhalten hat. Darin schrieb sie, dass es ein wunderbares Wochenende gewesen sei und sie immer an ihn denke. *Es grüßt und küßt Dich Deine Dich liebende Ingrid, die auf Dich warten wird.* Einen Monat später geriet er in Kriegsgefangenschaft. Dort ging der Brief irgendwann verloren. Nur das Foto konnte er retten.

Seit einer Woche fahren sie mit dem Zug gen Osten. Durch das offene Gitterfenster weht ein eisiger Wind herein. Oskar ist fast besinnungslos vor Hunger und Durst. Einmal am Tag wird ein Topf mit Suppe in ihren Waggon geschoben, dann bricht ein Kampf unter den Gefangenen aus. Viele sind an Durchfall erkrankt, zwei sterben, sie werden beim nächsten Halt in den Schnee geworfen. Irgendwann entdeckt Oskar in der Ferne ein Gebirge. Der Ural. Die Grenze zwischen Europa und Asien. Dahinter beginnt Sibirien. Ihre Endstation heißt Nischni Tagil, ein Strafgefangenengebiet so groß wie eine Stadt. Oskar sieht den Stacheldraht, die Wachttürme, die Hunde. Ein Gulag, hört er jemanden flüstern. Hier kommen wir niemals mehr raus.

Ihm ist kalt. Und er muss die Musik abstellen, weil er den Klang des Cellos auf einmal nicht mehr erträgt. Er zündet ein Torffeuer an und greift nach der *Irish Times,* doch es gelingt ihm nicht, sich abzulenken.

Zu Tausenden waren sie in Nischni Tagil eingesperrt. Jeden Morgen wurden sie von bewaffneten Wachtposten zur Arbeit geführt. Im Winter mussten sie die Eisenbahnstrecke vom Schnee frei schaufeln, damit die Lebensmittelzüge aus Moskau ihre Ladung abliefern konnten. Dabei bekamen sie immer wieder Erfrierungen am Kinn, an den Wangen und der Nase. Nur wenn die Temperatur unter minus 55 Grad fiel, mussten sie nicht mehr im Freien arbeiten. Ihre Baracken waren bis zu halber Höhe in die Erde eingegraben, um ihnen etwas Schutz gegen den Frost zu bieten. Es waren dunkle, stickige Höhlen voller Wanzen. Im Sommer wurden sie in Steinbrüche und Sägewerke geschickt, sie bauten Straßen, bedienten Hochöfen und stellten Panzerketten her. Schwärme von Stechmücken aus der sumpfigen Taiga fielen über sie her und zerfraßen ihre Haut.

Und sie hatten ständig Hunger. Zweimal am Tag gab es Wassersuppe und Brot. Oskar begann sich vorzustellen, dass es eine Linsensuppe mit Rauchendchen war, wie Mutter sie so gut kochen konnte. Oder eine Erbsensuppe mit Wiener Würstchen, eine Bohnensuppe mit durchwachsenem Speck, eine Nudelsuppe mit Fleischklößchen, eine Hühnersuppe mit Reis und Gemüse. Manchmal glaubte er, dass er kurz davor war, verrückt zu werden.

Die Nachricht vom Ende des Krieges stimmte ihn für eine Weile zuversichtlicher. Endlich war es mit diesem mörderischen Regime vorbei. Nun brauchte er wenigstens um Ingrid keine Angst mehr zu haben. Aber für ihn änderte sich nichts.

Er hörte auf zu zählen, wie viele Gefangene er hatte sterben sehen. An Unterernährung, Typhus, Ruhr. Auch er wurde krank, bekam eine Lungenentzündung und lag wochenlang im Lazarett. In seinem Fieberwahn sah er Ingrid vor sich, die ihn anlächelte.

Überall wurden sie bespitzelt. Wenn jemand ein paar Kartoffeln gestohlen hatte, konnte es sein, dass sein Nachbar aus der Erdbaracke ihn verriet, er vor ein Gericht kam und zu fünfundzwanzig Jahren Arbeitslager verurteilt wurde.

Ausgemergelt, verlaust und mit leerem Blick schleppten sie sich durchs Lager. Viele nahmen sich das Leben.

Noch schlimmer als der Hunger, die Schwerstarbeit und das Misstrauen war für Oskar das Gefühl, völlig allein zu sein. Im Dezember '46 durfte er seine erste Rote-Kreuz-Karte schreiben. Er schickte sie an Ingrid. Monatelang wartete er auf eine Antwort. War die Karte nicht angekommen? Hatte Ingrid die letzten Kriegsmonate nicht überlebt? Oder hatte sie beschlossen, nicht mehr auf ihn … nein, das konnte nicht sein.

Ende Mai '48 hieß es plötzlich, das Lager würde geschlossen und sie würden in die Heimat entlassen. Oskar wagte nicht, sich zu freuen. Und er hatte recht mit seiner Skepsis. Vielleicht wurden tatsächlich einige Gefangene nach Hause geschickt, aber ihn verlegten sie in ein anderes Lager im Ural, nach Swerdlowsk. Dort waren die Lebensbedingungen genauso schlecht, wenn nicht noch schlechter. Oskar fiel in eine tiefe Apathie.

Doch dann begegnete er Lukas Albrecht. Dieser kleine, quirlige Mann aus Marburg, kaum älter als er, wollte es nicht zulassen, dass Oskar seinen Lebensmut verlor. Lukas war auch seit dreieinhalb Jahren in Kriegsgefangenschaft, und dennoch hatte er die Hoffnung nie aufgegeben.

»Ich werde Arzt, wenn ich hier rauskomme«, sagte er eines Abends auf dem Rückweg vom Steinbruch. »Und du, was willst du mal werden?«

»Keine Ahnung«, antwortete Oskar. »Warum soll ich mir darüber den Kopf zerbrechen? Die Chancen sind gleich null, dass ich diese Hölle jemals lebend verlassen werde. Und selbst wenn. Dann bin ich ein körperliches und seelisches Wrack.«

»So darfst du nicht denken. Das wäre der Anfang vom Ende.«

»Wir sind am Ende. Merkst du das nicht?«

Lukas packte ihn am Arm. »Hör auf! Das Leben ist kostbar. Und wir haben noch viel vor.«

»Du vielleicht.«

»Gibt es niemanden, um den es dir leidtäte, wenn du nicht nach Hause kämst?«

»… doch.«

»Na, also.«

Von da an hielten sie zusammen. Halfen sich gegenseitig, so gut sie es vermochten. Als Lukas aufgrund der Mangelernährung schwer erkrankte, brachte Oskar ihn ins Lazarett und besuchte ihn dort jeden Tag, bis es ihm wieder besser ging.

Oskar greift nach dem braunen Umschlag, in dem er die Briefe und Karten seines Freundes aufgehoben hat. Ohne Lukas hätte er nicht bis zum Schluss durchgehalten.

Er ist tatsächlich Arzt geworden, ein berühmter Kardiologe. Sie haben sich noch jahrelang geschrieben und auch ein paarmal in Marburg getroffen. Aber irgendwann in den Siebzigerjahren brach der Kontakt ab. Es lag nicht an Lukas, sondern an ihm. Wieso hat er es so weit kommen lassen?

Oskar faltet Lukas' letzten Brief auseinander und lässt seine Finger über das Papier gleiten.

Marburg, den 23. Februar 1979

Lieber Oskar!

Ich habe lange nichts mehr von Dir gehört. Hoffentlich geht es Dir gesundheitlich gut. Ich erinnere mich, daß Du einmal Deinen erhöhten Blutdruck erwähntest. Muß ich mir Sorgen machen?

Heute vor dreißig Jahren wurden wir aus der Kriegsgefangenschaft entlassen. Ist es nicht ein Wunder, daß wir die Kälte, die Seuchen und all die Entbehrungen überlebt haben? Nie werde ich vergessen, wie Du mir beigestanden hast, als ich mit Dystrophie daniederlag. Ich

war nur noch ein aufgeschwemmtes, gleichgültiges Wesen, dem Du das Leben gerettet hast. Dafür werde ich Dir immer dankbar sein.
Übrigens habe ich vor einiger Zeit begonnen, meine Erinnerungen an die Gefangenschaft aufzuschreiben. Meine Söhne und Enkel sollen wissen, was wir erlitten haben.
Melde Dich doch mal wieder. Ich habe unsere Gespräche immer so genossen.
Falls Du nicht mehr reisen kannst, besuche ich Dich auch gerne in Hamburg.
Es grüßt Dich herzlich
Dein Freund Lukas

Oskar legt die Briefe in die Mappe zurück.

Nach über elf Jahren wird Lukas nicht mehr mit einer Antwort rechnen. Vielleicht ist er auch längst tot.

30

Seitdem ich erfahren habe, dass Oskar bis vor zwanzig Monaten in der Bismarckstraße 10 gewohnt hat, fahre ich fast jeden Tag dort vorbei. Heute Abend hat Lars mich begleitet. Wir haben drei weitere Hausbewohner nach Oskar Greve befragt, und ich war auch noch einmal im *Sweet Virginia,* weil ich die Hoffnung hatte, dass eine der Kellnerinnen sich an ihn erinnern könnte. Es war alles vergeblich. Oskar hat in Hamburg ein völlig unauffälliges Leben geführt.

Später sitzen wir in der Kneipe bei mir um die Ecke und trinken Wein. Ich bin kurz davor, aufzugeben.

»Irgendwann wirst du mit deiner Suche Erfolg haben. Da bin ich mir sicher«, versucht Lars mich aufzumuntern.

»Woher nimmst du deinen Optimismus?«

»Du hast schon so viel über deinen Vater herausgefunden. Jetzt brauchst du nur noch ein bisschen Glück.«

»Es ist gut möglich, dass Oskar sich ans andere Ende der Welt verzogen hat und ich ihn nie finden werde.«

»Natürlich ist das möglich, aber …«

»Es kann auch sein, dass er irgendwo im Ausland nach kurzer Krankheit gestorben ist. Oder sich das Leben genommen hat.«

Lars schaut mich erschrocken an.

»Ich kenne ihn nicht. Ich habe keine Ahnung, was für ein Mensch er ist … oder war. Auf jeden Fall finde ich es seltsam, dass er keine einzige Spur hinterlassen hat.«

»Weiß Thorsten schon, dass du Oskars Geburtsdatum und seine früheren Anschriften erfahren hast?«

»Nein, bisher noch nicht. Er wird damit kaum etwas anfangen können.«

»Aber du hast mir doch erzählt, wie sehr er sich für Oskars Geschichte interessiert.«

»Ja. Ich will die Antwort vom Suchdienst des Deutschen Roten Kreuzes abwarten. Dann werde ich ihm schreiben.«

»Ich bin so erleichtert, dass sich zwischen euch was verändert hat.«

»Ich auch.«

Über Andrea sprechen wir an diesem Abend nicht. Es genügt mir, dass Lars mehr Zeit für mich hat. Wie er das mit seiner Tochter aushandelt, ist seine Sache.

Anfang April teilt die European Pressphoto Agency mir mit, dass meine Äthiopien-Fotos eine große Verbreitung gefunden hätten. Sie vermittelten ein differenziertes und sehr persönliches Bild dieses vom Bürgerkrieg gebeutelten Landes. Es hätte viele Rückmeldungen gegeben von erschütterten Leserinnen und Lesern.

Niemand in der Agentur ahnt, dass ich mich vielleicht zum letzten Mal in eine solche Gefahrenzone begeben habe.

Kurz darauf ruft Anna mich an, um sich zu entschuldigen, dass sie sich erst jetzt bei mir melde.

»Macht nichts. Ich war sowieso viel unterwegs.«

In der letzten Zeit habe ich kaum noch an die Ausstellung gedacht, doch das braucht sie nicht zu wissen.

»Passt es dir, wenn ich heute in drei Wochen nach Hamburg komme und dir mein Konzept präsentiere?«

»Ja, wunderbar. Ich bin gespannt.«

»Ich auch. Hoffentlich gefällt es dir.«

Die leichte Verunsicherung in ihrer Stimme ist nicht zu überhören.

»Warten wir's ab«, antworte ich und will mich verabschieden, als Anna mich fragt, was für Projekte mich in diesem Jahr beschäftigt hätten.

»Im Februar war ich in Südafrika und im März in Addis Abeba.«

»Ah, ich habe gerade gestern deine Äthiopien-Fotos von 1974 gesichtet. Und die Südafrika-Fotos, die du mir gegeben hast, sind von 1985, oder?«

»Ja.«

»Es wäre natürlich toll, wenn ich von den beiden letzten Reisen auch noch einige Aufnahmen bekommen könnte.«

»Ist das nicht zu knapp?«

»Das kriege ich schon hin. Ich kann mir vorstellen, dass sie sich hervorragend ergänzen würden.«

»Na gut.«

»Bis wann schaffst du's?«

»Ich fange gleich damit an.«

»Danke.«

Diesmal brüte ich nicht lange darüber nach, welche Fotos für die Ausstellung geeignet sein könnten. Ich wähle jeweils fünf aus und schicke sie am nächsten Morgen ab.

Einen Tag später erhalte ich einen Brief vom Suchdienst. Darin dankt man mir für die neuen Informationen über Oskar Greve und versichert mir, dass die Suche nach ihm fortgesetzt werde. Man weist mich allerdings auch auf das hin, was man mir bereits im Einwohnermeldeamt gesagt hat. Dass die Situation schwierig sei, weil es nicht in jedem Land auf der Welt eine Meldepflicht gebe.

Nun, da Sie wissen, daß Ihr Vater nach dem Zweiten Weltkrieg in Hamburg gelebt hat, ist es für Sie vermutlich nicht mehr so wichtig zu erfahren, wo er in Kriegsge-

fangenschaft war. Dennoch möchten wir Ihnen die Ergebnisse unserer bisherigen Recherche nicht vorenthalten. Oskar Greve war von Januar 1945 bis Mai 1948 im sowjetischen Kriegsgefangenenlager 153 in Nischni Tagil (Föderationskreis Ural) und von Mai 1948 bis Februar 1949 im sowjetischen Kriegsgefangenenlager 377 in Swerdlowsk (Föderationskreis Ural), dem heutigen Jekaterinburg, inhaftiert.

Ich schlage meinen Weltatlas auf. Die beiden Städte liegen an der Ostseite des Ural, dort, wo die westsibirische Tiefebene beginnt. In meinem Lexikon lese ich, dass die Temperaturen im Winter bei minus fünfundvierzig Grad und tiefer liegen können. Im Sommer, wenn es sehr heiß wird (bis über vierzig Grad), stellen Mückenschwärme aus der Taiga eine Plage dar. Auf einem Foto sehe ich eine unendlich weite Sumpflandschaft. Das Bild daneben zeigt ein im Schnee versunkenes Dorf.

Was soll ich jetzt unternehmen? Abwarten, ob der Suchdienst irgendwann Erfolg hat?

Ich koche mir einen Espresso und greife nach meinen Zigaretten. Tagelang habe ich nicht geraucht, aber heute schaffe ich es nicht, darauf zu verzichten.

Ich beschließe, Thorsten zu schreiben und ihm zu schildern, was ich in den letzten Wochen über Oskar herausgefunden habe. Die Angaben des Deutschen Roten Kreuzes zu den Kriegsgefangenenlagern kopiere ich für ihn und bringe den Brief noch am selben Tag zur Post.

Am Montagmorgen um zehn vor neun klingelt das Telefon. Es ist mein Sohn.

»Ich habe gerade deinen Brief bekommen. Du hast ja schon viel rausgekriegt.«

»Ja, nur jetzt stecke ich in einer Sackgasse.«

»Wieso? Ist doch super, dass der Suchdienst dir sogar die genauen Lagerbezeichnungen nennen konnte.«

»Die helfen mir auch nicht weiter. Ich weiß ja, dass Oskar den Krieg überlebt hat.«

»Jedenfalls werde ich in den Archiven mal nachforschen, was es für Informationen über diese Lager gibt.«

»Das kannst du gerne machen. Und es interessiert mich auch, unter was für Bedingungen Oskar dort leben musste. Aber noch lieber wär's mir, wenn ich wüsste, wo er jetzt ist.«

»Frag doch noch mal im Johanneum nach.«

»Die haben mir alle Angaben genannt, die sie vorliegen hatten.«

»Vielleicht weiß irgendein alter Schulfreund von Oskar, was nach dem Krieg aus ihm geworden ist. So eine Schule hat sicher einen Ehemaligenverein.«

»Ja, den hat die Sekretärin erwähnt.«

»Na, siehst du.«

»Aber Oskar hat nie dazugehört.«

»Ist doch egal. Es kann trotzdem sein, dass sich jemand an ihn erinnert.«

»Stimmt. Ich werde da mal anrufen und fragen, ob sie mir ein paar Kontaktadressen nennen können.«

»Dass du nicht selbst auf diese Idee gekommen bist.«

Er hat recht.

31

Es ist nicht so einfach, wie ich es mir vorgestellt habe. Die Sekretärin im Johanneum teilt mir mit, dass sie leider nicht befugt sei, die Kontaktdaten derjenigen herauszugeben, die mit meinem Vater Abitur gemacht hätten und heute noch lebten. Sie könne mir jedoch anbieten, dass sie sich mit dem Verein ehemaliger Schüler in Verbindung setze. Es werde sich dann gegebenenfalls bei mir jemand melden.

Am darauffolgenden Wochenende ist Ostern. Lars und ich machen mit Andrea eine Radtour an der Schlei entlang. Die Sonne scheint, wir picknicken, und selbst Andrea hat gute Laune. Für einige Stunden kann ich alles vergessen, was mit meinem Vater zu tun hat.

Ein paar Tage später bekomme ich einen Anruf des Notariats Dr. Beckmann. Ein Mitarbeiter erklärt mir, dass sein Chef, Dr. Heinrich Beckmann, ihn beauftragt habe, einen Termin mit mir zu vereinbaren.

»In welcher Angelegenheit? Ich erinnere mich nicht, dass ich …«

»Herr Dr. Beckmann war in derselben Abiturklasse wie Ihr Vater.«

»Ah …«

»Die Sekretärin des Johanneums sagte, dass Sie auf der Suche nach Ihrem Vater seien. Herr Dr. Beckmann ist gerne bereit, sich mit Ihnen zu unterhalten.«

»Das ist sehr freundlich von ihm. Wann würde es ihm passen? Ich bin zeitlich flexibel.«

»Morgen früh um zehn hat ein Klient abgesagt. Wenn Sie es so kurzfristig einrichten könnten, wäre das sehr schön.«

»Kein Problem.«

In den folgenden Stunden kreisen meine Gedanken um Dr. Heinrich Beckmann. Vielleicht ist er mit Oskar gut befreundet. Vielleicht telefoniert er bereits mit ihm, um ihm zu sagen, dass er sich morgen mit seiner Tochter treffen werde. Nein! Panik steigt in mir auf. Oskar weiß nichts von mir. Und er soll nicht durch einen ehemaligen Mitschüler von meiner Existenz erfahren. Ich bin kurz davor, im Notariat anzurufen und dem Mitarbeiter zu sagen, dass ich in großer Sorge sei. Herr Dr. Beckmann möge vor unserem Termin bitte nicht mit meinem Vater sprechen. Ich habe den Hörer schon in der Hand, dann lege ich auf.

In der Nacht kann ich vor Aufregung kaum schlafen und morgens auch nichts frühstücken.

Das Notariat liegt nicht weit von der Außenalster entfernt, in einer weißen Villa mit Kiesauffahrt.

Ich drücke auf die Messingklingel.

»Ja, bitte?«, ertönt es aus der Sprechanlage.

Ich nenne meinen Namen, und die schwere Eichentür öffnet sich.

Grüne Ledersessel, Perserbrücken, Ölgemälde mit Segelmotiven.

Dr. Beckmann bittet mich, Platz zu nehmen. In seinem dreiteiligen, dunkelblauen Anzug, der Fliege mit Paisleymuster und einer randlosen Brille sieht er genauso aus, wie ich mir einen Notar vorstelle. Er hat einen freundlichen Blick.

Sein Mitarbeiter bringt uns Kaffee und Gebäck.

»Rauchen Sie?«, fragt Dr. Beckmann und bietet mir eine Zigarette aus einem silbernen Etui an.

»Danke, ja.«

Er gibt mir Feuer, dann lehnt er sich zurück. »Sie sind also die Tochter von Oskar Greve.«

»Ja, aber mein Vater weiß nichts von mir. Ich bin kurz nach Kriegsende geboren; damals galt er als vermisst.«

»Um es gleich vorwegzusagen: Ich habe auch keine Ahnung, wo Oskar sein könnte.«

Der Satz trifft mich wie ein Schlag. Warum habe ich so große Hoffnung in dieses Gespräch gesetzt?

»Ich sehe Ihnen an, wie enttäuscht Sie sind. Das tut mir leid. Erzählen Sie mir, was Sie bisher herausgefunden haben.«

Ich fasse meine Ergebnisse für ihn zusammen. Er ist ein guter Zuhörer.

»Wenn ich geahnt hätte, dass Oskar all die Jahre in Hamburg gelebt hat ...« Dr. Beckmann schüttelt den Kopf und zündet sich auch eine Zigarette an. »Wir sind neun Jahre lang in dieselbe Klasse gegangen. Er war ein sehr stiller Mensch und gleichzeitig ein begeisterter Swing-Tänzer, was in jenen Zeiten nicht ungefährlich war.«

»Ich weiß.«

»Aber Oskar hatte Mut, er ließ sich nicht so schnell einschüchtern. Überhaupt war er der kritischste Kopf von uns allen. Er hat sich von der Ideologie der Nazis nicht blenden lassen, ganz im Gegenteil. Sein Vater hat ihm deshalb das Leben schwer gemacht. Dr. Greve war bekannt dafür, dass er das Hitler-Regime unterstützte.«

Vor meinen Augen entsteht langsam ein Bild meiner Familie. Ich hatte also einen Großvater, der Anhänger der Nazis war.

»Oskar hat übrigens ein hervorragendes Abitur gemacht, das beste der ganzen Klasse.«

»Was war sein Lieblingsfach?«

Dr. Beckmann nimmt seine Brille ab. »Schwer zu sagen. Das Lernen fiel ihm so leicht. In Griechisch brillierte er regelmäßig mit seinen Übersetzungen. Aber vielleicht mochte er Deutsch am liebsten. Seine Aufsätze waren sehr komplex und regten zum Nachdenken an. Außerdem hatte er einen fantastischen Stil.«

Ich drücke meine Zigarette aus. Was ist das für ein dumpfer Schmerz direkt über den Augen? Ich finde es plötzlich anstrengend, mich zu konzentrieren.

»Sie müssen jetzt nicht denken, dass Oskar ein Streber war. Nein, er hatte enge Freunde, die auch zu den Swing-Tänzern gehörten: Erich Wohlrath und Heinz Matthiessen.« Dr. Beckmann seufzt. »Heinz ist im Herbst '42 gefallen, er war der Erste aus unserer Klasse, der starb. Erich hat zwar den Krieg überlebt, aber er ist nun auch schon seit zehn Jahren tot. Herzinfarkt.«

»Wissen Sie, wann Oskar eingezogen wurde?«

»Direkt nach dem Abitur, Ostern '42. Er hat seine Grundausbildung in der Rettberg-Kaserne in Eutin gemacht. Dann kam er an die Ostfront und geriet Anfang 1945 für vier Jahre in sowjetische Kriegsgefangenschaft, so wie der DRK-Suchdienst es Ihnen mitgeteilt hat.«

»Sie hatten also nach dem Krieg noch Kontakt mit ihm.«

»Nein. Erich hat mir davon berichtet. Er ist Oskar Anfang der Fünfzigerjahre zufällig an der Universität hier in Hamburg begegnet.«

»Hat er Ihnen auch gesagt, was Oskar studiert hat?«

»Das hat er leider nicht erwähnt. Ich habe mich in den letzten Tagen bei den Ehemaligen aus unserer Klasse umgehört. Niemand konnte mir sagen, was für einen Beruf Oskar ergriffen hat. Er war immer schon ein zurückgezogener Mensch. Die Kriegserfahrung und die Gefangenschaft haben ihn offenbar noch menschenscheuer gemacht.«

»Wenn ich nur wüsste, ob es irgendein Land gibt, für das

er sich besonders interessiert hat und in das er ausgewandert sein könnte.«

Dr. Beckmann überlegt. »Soweit ich mich erinnere, fuhr Oskar in den Ferien meistens zum Wandern in die Berge.«

»Aha …«

»In der Sexta oder Quinta hat er mal ein Referat über Greifvögel gehalten, die er in den Alpen zusammen mit seinem Vater und seinem älteren Bruder beobachtet hatte. Niemand kannte sich mit Habichten, Sperbern und Adlern so gut aus wie Oskar.«

»Könnte es sein, dass der Bruder noch lebt?«

»Nein, ich habe mich gestern extra noch mal im Johanneum erkundigt. Eduard Greve war auch Schüler unserer Schule, er gehörte zum Abiturjahrgang 1936. Im Januar '43 ist er vor Stalingrad gefallen.«

Er wäre mein Onkel gewesen.

»Ich glaube, Eduard war Oskars großes Vorbild, auch in politischer Hinsicht. Die Nachricht von seinem Tod muss ihn schwer erschüttert haben.«

Ich trinke meinen Kaffee aus. Meine Kopfschmerzen sind so schlimm, dass ich mich jetzt verabschieden werde. »Ich danke Ihnen dafür, dass Sie sich so viel Zeit für mich genommen haben.«

»Versuchen Sie, sich eine gewisse Zuversicht zu bewahren. Ein Mensch kann nicht einfach verschwinden.«

»Ein Mensch wie Oskar vielleicht doch.« Ich stehe auf.

Dr. Beckmann begleitet mich zur Tür. »Viel Glück.«

»Danke. Und falls Sie noch etwas hören sollten …«

»Melde ich mich bei Ihnen.«

Der Kies knirscht unter meinen Schuhen, als ich zu meinem Wagen zurückgehe. Ob Dr. Beckmann auch im Krieg war? Es wäre indiskret gewesen, ihn danach zu fragen.

Zu Hause nehme ich eine Schmerztablette und lege mich für eine halbe Stunde aufs Sofa.

Allmählich geht es mir besser. Ich setze mich an meinen Schreibtisch und mache mir ein paar Notizen.

Dann telefoniere ich mit Thorsten und erzähle ihm von dem Gespräch mit Dr. Beckmann.

»Kannst du das noch mal wiederholen: Wo hat Oskar ab Ostern '42 seine Grundausbildung gemacht?«

»In der Rettberg-Kaserne in Eutin.«

»Das könnte ein wichtiger Hinweis sein.«

»Wieso?«

»Ich weiß nicht, aber ich werde in den Archiven nachschauen. Vielleicht gibt es irgendwelche Listen, auf denen sein Name steht, zusammen mit anderen, die ich anschreiben könnte.«

»Hoffentlich hast du bei all der Arbeit, die du dir machst, noch Zeit zu studieren.«

»Mama, genau so was gehört zu meinem Studium.«

Als ich auflege, wird mir bewusst, dass Thorsten mich eben zum ersten Mal seit Jahren wieder Mama genannt hat.

32

Oskar sitzt im Garten in der Sonne. Es ist so warm wie im Sommer. Die Forsythien und die Japanische Kirsche stehen in voller Blüte; die ersten Fliederknospen hat er auch schon entdeckt.

Vor ihm auf dem Tisch liegt ein Stapel alter Ausgaben der *Irish Times*. Er hat sie aufgehoben, weil er darin vieles noch nicht gelesen hat. Manche Artikel und Fotos sind so beunruhigend, dass er sich nur damit beschäftigen kann, wenn er in einer halbwegs stabilen Verfassung ist. Die Erinnerungen an die Kriegsgefangenschaft haben ihm neulich wieder schlaflose Nächte bereitet.

Ist das das Telefon? Er lauscht. Ja. Da hat sich jemand verwählt, denkt er sich und liest weiter.

Doch als es kurz darauf erneut klingelt, steht er auf und geht ins Haus.

Es ist Dervla, die sich erkundigen will, ob ihm das Essen am Ostersonntag gut bekommen sei.

»Danke, ja. Bitte entschuldige, dass ich mich nicht noch mal bei euch gemeldet habe. Es war ein wunderschöner Tag.«

»Das fanden wir auch. Luke und Jamie haben mich heute Morgen gefragt, wann du wieder zum Fußballspielen kommst.«

»Ich weiß nicht … Es hat mir natürlich viel Spaß gemacht, aber ich kann euch ja nicht ständig zur Last fallen.«

»Du fällst uns überhaupt nicht zur Last. Weißt du, was Fionn gestern Abend vor dem Einschlafen gesagt hat? ›Ich hätte so gerne einen Opa wie Oskar.‹«

Oskar schießen Tränen in die Augen. »Ich hätte auch gerne einen Enkel wie Fionn.«

»Na, also. Dann lass nicht wieder sechs Wochen verstreichen, bis du uns das nächste Mal besuchst.«

»Waren es wirklich sechs Wochen?«

»Ja.«

»Mir ging es nicht gut. Ich habe lange gebraucht, um mich von dieser Grippe zu erholen.«

»Ja, aber das Alleinsein ist auch nicht gut für dich.«

»… da hast du recht.«

Einen Moment lang schweigen sie beide.

»David und ich haben einen Vorschlag, wie die Kinder dich öfter sehen könnten.«

»Aha …«

»Hättest du Lust, einen Nachmittag in der Woche zu uns zu kommen?«

»Wie bitte?« Oskar zieht einen Stuhl zu sich heran und lässt sich langsam darauf nieder.

»Vielleicht für zwei oder drei Stunden? Es wäre eine Entlastung für meine Mutter und ein großes Vergnügen für unsere drei Jungs.«

»… das ist eine schöne Idee. Aber ich glaube, ich bin dafür zu alt.«

»Ach, Oskar!«

»Wenn ich mir vorstelle, ich wäre für die drei verantwortlich …«

»Nein, das wärst du nicht. Meine Mutter hat das im Prinzip prima im Griff, nur Fionn kommt manchmal etwas zu kurz.«

»Tja …«

»Denk mal in Ruhe darüber nach.«

»Das mache ich … danke.«

»Bis bald.«

Oskar hält den Hörer noch eine Weile in der Hand. Er sieht den kleinen Fionn vor sich, wie er ihn bei seinem ersten Besuch hinter sich her ins Haus zog und darauf bestand, am Tisch neben ihm zu sitzen. Und Ostern sagte er zur Begrüßung: Du warst aber lange weg. Als würde er eigentlich bei ihnen wohnen.

Er kocht sich einen Tee und geht wieder in den Garten, um weiterzulesen. Ein Zeitungsartikel über die katastrophalen Auswirkungen des jahrelangen Bürgerkriegs in Äthiopien bewegt ihn zutiefst. Die Fotos daneben zeigen zwei winzige, tote Babys, die von einem Mann mit einer Schaufel aufgehoben und auf die Ladefläche eines Transporters geworfen werden.

Oskar schließt die Augen.

Später wandert er hinauf zum Felsplateau und blickt ins Tal. Er wird Dervlas Angebot annehmen.

33

Ich sitze auf dem Balkon und schaue in den wolkenlosen Himmel. Es ist warm, ich sollte mich bewegen. Schwimmen gehen, Fahrrad fahren oder mich endlich für ein paar Tennis-Trainerstunden anmelden. Stattdessen greife ich nach der Zigarettenschachtel. In den letzten Wochen habe ich wieder mehr geraucht denn je. Die Suche nach Oskar stagniert, meine innere Unruhe wächst.

Von Thorsten habe ich seit drei Wochen nichts mehr gehört. Er wird mit seinen Recherchen auch nicht weitergekommen sein.

Was meine Arbeit betrifft, verspüre ich eine immer größer werdende Verunsicherung. Bei jeder Nachricht aus einem Krisen- oder Kriegsgebiet denke ich, dass ich inzwischen zu viel Angst habe, um mich wieder diesen Gefahren auszusetzen. Lars meint, dass ich im Augenblick sehr dünnhäutig sei und besser nichts entscheiden solle. Warte gelassen ab, wie die Dinge sich entwickeln, lautet seine Devise. Aber ich bin alles andere als gelassen.

Vor zwei Wochen war Anna hier, um mir ihr Ausstellungskonzept vorzulegen. Wie von ihr im Januar angekündigt, ist sie nicht chronologisch vorgegangen, sondern hat thematische Schwerpunkte gesetzt.

»Das sieht sehr gut aus«, sagte ich.

»Wirklich?« Sie schaute mich verblüfft an. »Ich hatte fest mit deinem Widerstand gerechnet.«

»Nein, dein Ansatz gefällt mir. Und du hattest recht, die neuen Fotos aus Südafrika und Addis Abeba bilden eine sinnvolle Ergänzung.«

»Ja, wobei …« Sie stockte. »Ich wusste zuerst nicht, ob ich das Bild von den beiden Babyleichen mit aufnehmen sollte. Für mich ist es unvorstellbar, wie so etwas möglich ist … dass es keine Angehörigen mehr gibt, die die Kinder beerdigen können.«

Anna begann zu weinen. Ich legte ihr den Arm um die Schultern. Lange saßen wir so da, ohne zu reden.

Als wir später essen gingen, entschuldigte sie sich bei mir dafür, dass sie die Fassung verloren hätte.

»Du brauchst dich nicht zu entschuldigen. In Äthiopien herrschen unerträgliche Zustände. Ich weiß nicht, was notwendig ist, um die Welt aufzurütteln. Auch Fotos wie diese werden es nicht schaffen. Die meisten Menschen schauen sofort weg.«

»Aber wie … wie kannst du so etwas fotografieren?«

»Im ersten Moment war ich wie gelähmt … dann habe ich angefangen … es darf doch nicht sein, dass niemand etwas davon erfährt.«

In der Situation habe ich das gesagt, was ich früher immer vertreten habe. Anna scheint nicht gemerkt zu haben, dass in mir eine Veränderung vorgegangen ist.

Wenige Tage nach dem Treffen mit ihr kam eine Anfrage von der European Pressphoto Agency. Ob ich demnächst wieder ins Westjordanland, in den Gazastreifen und nach Israel reisen könne. Es sei kein Ende der gewalttätigen Auseinandersetzung zwischen den Palästinensern und der israelischen Armee abzusehen. Und ich sei doch im Dezember 1987, kurz nach Ausbruch der Intifada, schon dort gewesen und kenne die Situation. Zum ersten Mal habe ich abgelehnt, aus familiären Gründen. Aber so kann es natürlich nicht weitergehen. Irgendwann muss ich eine Entscheidung fällen, ob ich mit dieser Art von Arbeit aufhören und ganz neue Wege einschlagen will.

Ich zünde mir die nächste Zigarette an. Gleich werde ich mein Arbeitszimmer aufräumen oder irgendetwas anderes Sinnvolles unternehmen, anstatt hier zu sitzen und zu warten.

Als das Telefon klingelt, bin ich erleichtert über die Ablenkung.

»Elbracht.«

»Hier ist Thorsten. Hast du gerade Zeit?«

»Ja.«

»Ich habe was Interessantes herausgefunden.«

»Erzähl.«

»Ausgehend von dem Hinweis auf die Rettberg-Kaserne in Eutin und den Angaben des DRK-Suchdienstes zu den sowjetischen Kriegsgefangenenlagern, in denen Oskar Greve war, habe ich verschiedene Recherchen angestellt.«

»Und?«

»Ich habe in Nachlässen geforscht, in Tagebüchern von deutschen Kriegsgefangenen gelesen und bin schließlich auf eine Veröffentlichung aus dem Jahr 1980 gestoßen, in der ein Arzt namens Lukas Albrecht, der in Marburg lebt, über seine Erfahrungen in einem Kriegsgefangenenlager im Ural berichtet, in dem auch Oskar war.«

»Nun mach's nicht so spannend«, rufe ich und drücke meine Zigarette aus.

»An mehreren Stellen ist von der großen Kameradschaft unter einigen wenigen Gefangenen die Rede, die ihm geholfen hätte zu überleben«, fährt Thorsten fort, ohne sich beirren zu lassen. »Lukas Albrecht schreibt, dass er zu ihnen heute noch Kontakt habe. Er nennt ein paar Namen, darunter auch Oskar Greve.«

»Was??? Ich muss sofort versuchen, die Adresse von diesem Arzt herauszubekommen.«

»Brauchst du nicht. Vor drei Tagen habe ich ihm an seine

Praxisanschrift geschrieben. In dem Brief habe ich auch gesagt, dass ich der Enkel von Oskar sei. Und stell dir vor, eben habe ich eine Antwort von ihm bekommen.«

In meinen Ohren rauscht es.

»Er schreibt, dass er seit Ende der Siebzigerjahre leider nichts mehr von seinem Freund gehört habe. Und dann heißt es: *Aber vielleicht kann ich Ihnen mit folgender Information weiterhelfen: Oskar war jahrzehntelang Deutsch- und Englischlehrer in Hamburg, und zwar am Gymnasium Altona.*«

Ich schlucke. »Thorsten, das ist unglaublich …«

»*Bitte geben Sie mir Bescheid, sobald Sie Näheres über Ihren Großvater in Erfahrung gebracht haben. Ich hoffe sehr, daß er noch am Leben ist. Herzliche Grüße, Ihr Lukas Albrecht.*«

»Ich bin ganz überwältigt … wie soll ich …«

»Jetzt keine langen Reden. Ruf lieber schnell im Gymnasium Altona an. Oder sprich persönlich mit den Leuten.«

»Ja, das mach ich.«

»Bis bald.«

Ich lege auf und bin so konfus, dass ich fünf Minuten nach meinem Autoschlüssel suche. Dann fahre ich los.

34

Als ich am Gymnasium Altona ankomme, klingelt es dort gerade zur großen Pause.

Ich brauche nicht lange, bis ich das Schulbüro gefunden habe. Die Sekretärin steht am Kopierer und wirkt sehr beschäftigt.

»Entschuldigen Sie, mein Name ist Katharina Elbracht. Ich bin die Tochter von Oskar Greve.«

Sie sieht mich irritiert an. »Wie bitte? Herr Greve hat keine Tochter. Er ist nicht einmal verheiratet.«

»Mein Vater weiß nichts von mir. Ich bin auf der Suche nach ihm.«

»Tja, also …« Die Sekretärin mustert mich mit unverhohlener Neugier. »Herr Greve wurde im Sommer 1988 pensioniert. Wenn ich mich richtig erinnere, liegt seine Wohnung in Eimsbüttel. Ich könnte nachsehen, wie die genaue Anschrift lautet.«

»Nein, das ist nicht nötig. Ich habe beim Einwohnermeldeamt erfahren, dass mein Vater nicht mehr in Deutschland lebt.«

»Aha …«

»Es wäre nett von Ihnen, wenn Sie sich vielleicht bei seinen Kollegen erkundigen könnten, ob jemand noch Kontakt zu ihm hat oder mir sagen kann, was für Pläne mein Vater für die Zeit nach seiner Pensionierung hatte.«

»Ja, warten Sie … ich frage am besten unsere Schulleiterin.«

Kurz darauf werde ich in das Büro von Dr. Mende gebeten. Eine schlanke Frau in beigem Kostüm streckt mir ihre

Hand entgegen. »Guten Tag. Was für eine Überraschung. Möchten Sie einen Kaffee?«

»Nein, danke.«

Sie bittet mich, an ihrem Besuchertisch Platz zu nehmen. Ich erzähle ihr von meiner Suche und wie ich erfahren hätte, dass Oskar Greve Lehrer an dieser Schule war.

Dr. Mende wirkt sichtlich bewegt. Sie ist in meinem Alter, vielleicht etwas jünger.

»Ihr Vater hat sein ganzes Berufsleben an unserem Gymnasium verbracht. Er war sogar schon als Referendar hier. Ich habe 1985 die Leitung der Schule übernommen, das heißt, ich hatte nur drei Jahre lang das Vergnügen, mit ihm zusammenzuarbeiten. Er war außerordentlich beliebt, sowohl bei den Schülern als auch bei den Kollegen. Wenn es Probleme gab, konnte er oft vermitteln. Nicht von ungefähr wurde er immer wieder als Vertrauenslehrer gewählt. Er war wirklich ein hervorragender Pädagoge mit einem immensen Wissensschatz. Und dabei so bescheiden. Wir vermissen ihn immer noch sehr.«

»Können Sie mir sagen, wo er jetzt lebt?«

»Ja. In Irland.«

»Ach …« Eines der Länder ohne Meldepflicht, schießt es mir durch den Kopf.

»Das heißt, er hatte die Absicht, nach Irland auszuwandern. Ich habe ihn noch gewarnt, dass es da doch ständig regne. Und Sonne und Wärme gut fürs Gemüt seien. Ihr Vater neigte nämlich etwas zur Melancholie. *Mein Gemüt mag es nicht so heiß,* antwortete er. *Aber es mag das irische Licht.*«

»Und haben Sie eine Ahnung, wie er auf Irland gekommen ist?«

»Er hat jahrelang Klassenreisen dorthin organisiert und

kennt sich von daher in dem Land bestens aus. Seine Entscheidung hat mich dennoch überrascht. Aber es hielt ihn wohl nichts mehr in Deutschland.«

»Warum nicht?«

»Da kann ich nur Mutmaßungen anstellen. Ich hatte den Eindruck, dass Ihr Vater sehr einsam war. Bei unserer Weihnachtsfeier 1987 fragte ich ihn, wo er die Festtage verbringen werde. Ob er zu Verwandten fahren würde. Ich habe keine Familie mehr, sagte er leise. Ich empfand das als so trostlos, dass ich ihn zu uns eingeladen habe. Wir hätten ein offenes Haus, mein Mann und unsere Kinder würden sich über seinen Besuch freuen. Das sei sehr freundlich von mir, meinte Ihr Vater. Aber er verbringe Weihnachten seit Jahrzehnten alleine und wolle an dieser Gewohnheit auch festhalten.«

Also hat er nie mit jemandem zusammengelebt, hatte vielleicht nie wieder eine Beziehung zu einer Frau. Ich blicke zum Fenster hinaus, und eine tiefe Traurigkeit überkommt mich.

»Es tut mir leid … vielleicht hätte ich all das für mich behalten sollen.«

»Nein, nein …«

»Ich habe mich oft gefragt, was im Leben von Oskar Greve geschehen sein mag … jetzt verstehe ich vieles besser.«

»Wissen Sie, ob er nach Dublin oder irgendwo aufs Land gezogen ist?«

»Die Frage kann ich Ihnen leider nicht beantworten. Lassen Sie uns ins Lehrerzimmer gehen und schauen, ob von den Englischkollegen noch jemand da ist. Die sind möglicherweise besser informiert als ich. Es klingelt zwar gleich zur nächsten Stunde, aber …«

Ich folge ihr ins Lehrerzimmer, wo sie mich zwei Englischlehrerinnen vorstellt und sich dann von mir verabschiedet. Ich danke ihr für ihre Hilfe.

»Viel Glück. Und wenn Sie Ihren Vater finden, bestellen Sie ihm einen herzlichen Gruß von mir.«

Die beiden Lehrerinnen wissen auch nichts über Oskars Wohnort in Irland. Niemand aus dem Kollegium hat noch Kontakt zu ihm.

»Verstehen Sie uns nicht falsch«, sagt die Jüngere. »Oskar war ein wunderbarer Lehrer mit einem unglaublichen Wissen, und er war sehr kollegial. Wir konnten uns jederzeit Rat bei ihm holen.«

»Auf der Beliebtheitsliste der Schüler rangierte er immer ganz oben«, fügt die Ältere hinzu. »Sie mochten ebenfalls seine stille, ruhige Art. Aber es war so, dass er sich niemandem anvertraute.«

Die Jüngere nickt. »Auch nicht auf den Klassenreisen. Oskar und ich waren 1984 mal mit einer elften Klasse in Irland. Damals machte ich noch mein Referendariat. Ich dachte, ich würde ihn in der Woche etwas persönlicher kennenlernen, doch er hielt sich sehr bedeckt. Eines Abends fragte eine Schülerin ihn, ob er Kinder hätte. Da schüttelte er nur stumm den Kopf.«

»Hat er auf der Reise jemals eine Gegend in Irland erwähnt, die ihm besonders gut gefiel?«

Sie überlegt. »Ja … vielleicht die Wicklow Mountains, südlich von Dublin. Wir haben an einem Tag einen Ausflug dorthin gemacht. Ich fand diese Hochmoorlandschaft, ehrlich gesagt, ziemlich eintönig, und den meisten Schülern ging es genauso. Aber Oskar war begeistert; so habe ich ihn selten erlebt. Er meinte, dass die kahlen, braunen Hügel ihn immer wieder faszinierten. Hier könnte man stundenlang unterwegs sein, ohne jemandem zu begegnen.«

»Das würde passen«, sagt die Ältere. »Oskar war ein begeisterter Wanderer.«

Ich denke an das Gespräch mit Dr. Beckmann, in dem er erwähnt hatte, dass Oskar schon als Kind in den Alpen gewandert sei.

»Danke. Das ist vielleicht ein wichtiger Hinweis.«

»Wirklich?« Die Jüngere lächelt. »Es würde mich freuen.«

»Aber seien Sie auf alles gefasst«, fügt die Ältere hinzu. Ihr Blick ist ernst. »Oskar ging es in den Jahren vor seiner Pensionierung manchmal nicht gut, obwohl er das nicht wahrhaben wollte. Doch seiner Gesichtsfarbe war anzusehen, dass er an hohem Blutdruck litt.«

Ich schlucke. »Das wäre natürlich sehr bitter, wenn er nicht mehr leben würde.«

»Ich weiß nicht, ob er in ärztlicher Behandlung war und Medikamente einnahm. So etwas hätte ich ihn nie gefragt.«

Die Pause ist längst beendet, die Lehrerinnen müssen in ihren Unterricht. Ich danke ihnen noch einmal und verlasse gemeinsam mit ihnen das Lehrerzimmer.

Draußen werfe ich einen letzten Blick auf das alte Schulgebäude, in dem mein Vater jahrzehntelang gearbeitet hat. Ich lerne ihn immer besser kennen, ohne ihm je begegnet zu sein. Heute kann ich mir zum ersten Mal vorstellen, dass es zu einer Begegnung kommen könnte. Hoffentlich ist es dafür noch nicht zu spät.

In meiner Buchhandlung in Eimsbüttel besorge ich mir einen Irland-Reiseführer und eine Landkarte. Ich war noch nie in der Republik Irland, bin nur bei meinen Einsätzen 1969 und 1972 etwas durch Nordirland gereist.

Der Dubliner Flughafen liegt im Norden der Stadt. Von dort bis zu den Wicklow Mountains fährt man sicherlich nicht länger als anderthalb Stunden.

Ich telefoniere mit meinem Reisebüro. Einen Direktflug von Hamburg nach Dublin gebe es nicht, sagt mir die Mitarbeiterin. Am besten sei es, über London Heathrow zu fliegen. Alternativ könne ich auch Flüge über Brüssel, Amsterdam oder Paris nehmen. Falls ich irgendwo Station machen wolle.

»Nein, ich möchte direkt nach Dublin.«

»Wann soll es losgehen?«

Heute ist Freitag. Ich brauche mindestens zwei Tage, um mich auf die Reise vorzubereiten. »Wenn möglich, am Montagmorgen.«

»Gut. Und wie lange wollen Sie bleiben?«

Darüber habe ich noch nicht nachgedacht.

»Eine Woche?«

»Das ist zu kurz. Ich denke, zwei Wochen sollten es schon sein.«

»Dann buche ich Ihnen Hinflüge für Montag, den 14. Mai, und zurück geht es am Montag, den 28. Mai.«

Oder ist das zu lang? Was mache ich, wenn ich am zweiten Tag herausfinden sollte, dass Oskar längst tot ist?

»Gibt es die Möglichkeit der Umbuchung?«

»Ja, aber der Tarif ist wesentlich teurer.«

»Dann verzichte ich darauf.« Wenn Oskar nicht mehr lebt, werde ich schon irgendwie wieder nach Hause kommen.

»Brauchen Sie ein Hotel in Dublin?«

»Nein, ich würde mich gerne in den Wicklow Mountains einquartieren. In meinem Reiseführer werden verschiedene Bed & Breakfasts in der Gegend erwähnt.«

»Diese privaten Unterkünfte kann ich von hier aus leider nicht buchen. Das Touristenbüro am Dubliner Flughafen hat vermutlich B & B-Broschüren mit guten Angeboten. Ich würde mir die Pensionen aber auf jeden Fall ansehen und dann vor Ort entscheiden.«

»Genauso werde ich es machen.«

»Und wie sieht es mit einem Mietwagen aus?«

»Ja, den hätte ich fast vergessen. VW-Polo-Größe reicht.«

»Sie können Ihre Unterlagen morgen früh abholen.«

»Danke.«

»Entschuldigen Sie, wenn ich Ihnen eine persönliche Frage stelle …«

»Worum geht's?«

»Diesmal werden Sie nicht beruflich unterwegs sein, oder?«

»Stimmt. Wie kommen Sie darauf?«

»Ich habe noch nie für Sie eine Reise in ein friedliches Land gebucht.«

»So friedlich ist es, zumindest in Nordirland, auch nicht. Und selbst in der Republik gibt es immer wieder Bombendrohungen der IRA.«

»Ich hoffe, dass Sie davon verschont bleiben.«

»Das hoffe ich auch.«

Die Reise wird so schon schwierig genug.

35

Oskar ist auf dem Weg von Enniskerry nach Hause. Dreimal war er jetzt freitags nachmittags bei Luke, Jamie und Fionn. Der kleine Fionn besteht jedes Mal darauf, Zeit mit ihm alleine zu verbringen. Oskar soll ihm eine Geschichte vorlesen oder eine Burg aus Legosteinen mit ihm bauen oder *Fang den Hut* mit ihm spielen. Luke und Jamie toben dann meistens draußen herum. Für Dervlas Mutter scheint es kein Problem zu sein, wenn er einmal in der Woche für ein paar Stunden vorbeikommt. Sobald er da ist, setzt sie Teewasser auf und bietet ihm ihren selbst gebackenen Kuchen an. Sie unterhalten sich über das Wetter, den Garten und natürlich über ihre Enkelkinder. Zum Glück fragt sie ihn nicht nach seinem Leben aus. Wahrscheinlich haben David und Dervla ihr gesagt, dass sie das besser lassen solle.

Er parkt den Wagen in der schmalen Einfahrt neben seinem Cottage und steigt aus. Dervlas Mutter hat ihm ein Stück Schokoladenkuchen fürs Wochenende mitgegeben. Und Fionn hat ihm heute zum Abschied ein selbst gemaltes Bild geschenkt. Darauf ist ein weißhaariger, alter Mann mit einem langen Bart zu sehen. Er sitzt in einem Ohrensessel und hat ein Buch auf dem Schoß.

»Das bist du«, sagte Fionn und schaute ihn mit großen Augen an.

»Danke.«

»Mein neuer Opa.«

Oskar hat noch nie einen Bart getragen, und sein Haarkranz ist grau.

Er beschließt, das Bild in der Küche aufzuhängen.

Dort gibt es seit einigen Wochen auch Anzeichen von aufsteigender Feuchtigkeit. Der Baumeister, den David ihm empfohlen hat, hat sich die gelben Flecken neulich angeschaut. Es wird eine größere und recht teure Baumaßnahme, aber Oskar ist entschlossen, das Geld zu investieren, weil er nicht noch einen Winter in einem feuchten Haus verbringen will. Baubeginn wird Ende Juni sein.

Er wärmt die Kartoffelsuppe auf, die er gestern Abend gekocht hat, und beginnt zu essen. Sein Blick fällt auf Fionns Ohrensessel, und auf einmal erscheint Vater vor seinem inneren Auge, wie er mit starrer Miene in seinem Sessel am Fenster sitzt und sich kaum rührt, als Oskar im Februar 1949 das Wohnzimmer betritt.

»Da bin ich wieder.«

»Das sehe ich. Wie bist du hereingekommen?«

»Die Haushälterin hat mir geöffnet.«

»Du hast also keinen Schlüssel mehr.«

»Der ist im Krieg verloren gegangen.«

»Hättest du nicht besser darauf aufpassen können?«

»Vater, ich …«

»Und dass du mir all die Jahre keine Nachricht geschickt hast.« Er schnalzt mit der Zunge. »Wo warst du überhaupt?«

»Ich bin im Januar '45 in sowjetische Gefangenschaft geraten. Wir wurden in ein Lager im Ural gebracht, nach Nischni Tagil, später war ich in Swerdlowsk. Es war kaum möglich zu schreiben.«

»Andere haben geschrieben.«

»Vielleicht waren die Bedingungen in der englischen, französischen oder amerikanischen Kriegsgefangenschaft nicht so hart.«

»Willst du damit sagen, dass du mehr gelitten hast als andere?«

»Nein, das kann ich nicht beurteilen. Ich weiß nur, dass in den Lagern, in denen ich war, Tausende von Gefangenen umgekommen sind.«

»Es ist keine heldenhafte Tat, sich gefangen nehmen zu lassen.«

»Was soll das heißen?«

»Dein Bruder ist für sein Vaterland gestorben. Aber du, du warst ja schon als einer dieser Swing-Tänzer ein Verräter.«

Oskar verlässt den Raum; er zwingt sich, die Tür nicht hinter sich zuzuschlagen. Sie haben sich seit Oktober '44 nicht gesehen. Wie kann Vater ihn so begrüßen?

Für ihn hat der falsche Sohn überlebt.

Oskar stopft sich eine Pfeife. Nach außen hin hatte Vater sich mit der neuen Demokratie arrangiert. So konnte er problemlos weiter als Rechtsanwalt tätig sein, und er war mit seiner Kanzlei erfolgreicher denn je. Aber in Wirklichkeit hing er noch immer der Nazi-Ideologie an, sprach von Zucht und Ordnung, die unter Hitler geherrscht hätten. Beim Essen hielt er Oskar regelrechte Vorträge über die angeblichen Stärken des »Dritten Reiches«, in dem das deutsche Volk der Welt gezeigt hätte, zu was es in der Lage sei. Und wenn Oskar entgegnete, dass Deutschland im Zweiten Weltkrieg nichts als Verderben über die Welt gebracht hätte, ereiferte Vater sich so sehr, dass Oskar es nicht länger ertrug, mit ihm an einem Tisch zu sitzen.

Schon im Februar 1942 hatte Eduard ihm erzählt, dass er an der Ostfront massenhafte Erschießungen von Juden mit angesehen hätte. Und während der Kriegsgefangenschaft hatte Oskar immer wieder vom nationalsozialistischen

Völkermord an den Juden gehört. Aber erst 1949, nachdem er aus der Sowjetunion zurückgekehrt war, erfuhr er vom tatsächlichen Ausmaß dessen, was in den Konzentrationslagern geschehen war. Sechs Millionen Juden waren von den Nazis ermordet worden. Erschlagen, erschossen, vergast. In Tötungsfabriken, die sie eigens dafür gebaut hatten. Wie war es möglich, dass Menschen anderen Menschen so etwas antun konnten? Es war unbegreiflich für Oskar und würde immer unbegreiflich bleiben.

Und was ihn nicht mehr losließ, war der Gedanke, dass auch Eduard und er Rädchen im Getriebe dieses Vernichtungskrieges gewesen waren. Dass er nicht den Mut gehabt hatte, in den Widerstand zu gehen und dafür sein Leben zu riskieren. Dass er immer weiter mitgemacht hatte, bis er in Gefangenschaft geraten war. Er hatte sich oft gefragt, ob er die vier Jahre in Nischni Tagil und Swerdlowsk als Strafe für sein Versagen angesehen hatte, sich gegen das Regime zu wenden. Ob sie eine Art Buße für ihn gewesen waren. Viele Kriegsgefangene beschwerten sich ständig über die Ungerechtigkeit, von den Sowjets eingesperrt worden zu sein und so schlecht behandelt zu werden. Er konnte in diesen Chor nie mit einstimmen, obwohl auch er sehr gelitten hatte und nicht wusste, ob er die Entbehrungen überstehen würde.

Wenn doch Eduard noch am Leben gewesen wäre und er mit ihm über all das hätte sprechen können.

Am Tag nach seiner Rückkehr macht Oskar sich auf die Suche nach Ingrid. Aufgeregt läuft er die Dorotheenstraße entlang. Bis zur Nummer 174 ist es nicht mehr weit. Dann traut er seinen Augen nicht. Dort, wo Ingrid 1944 mit ihrer Schwester Maria lebte und wohin er seine Rote-Kreuz-Karte aus der Gefangenschaft geschickt hat, gibt es nur noch eine leere Fläche. Und auch von dem Haus daneben ist nichts mehr zu sehen. Hat hier eine Bombe eingeschlagen? Sind Ingrid und Maria in den letzten Kriegsmonaten ums Leben gekommen? Hat er deshalb keine Antwort von ihr erhalten?

Er schaut sich um. Nicht weit entfernt, an einen Baum gelehnt, steht ein einarmiger Mann, nicht älter als er, der ihn beobachtet.

Oskar geht auf ihn zu. »Wissen Sie, was mit den beiden Häusern geschehen ist, die hier standen?«

»Die waren nach den Bombardierungen einsturzgefährdet und sind vor einem Jahr abgerissen worden.«

»Und was ist aus den Menschen geworden, die darin gewohnt haben?«

»Woher soll ich das wissen?«

»Kannten Sie niemanden aus den Häusern?«

»Vor dem Krieg, ja. Aber seitdem … nein. Es hat sich so vieles verändert. Überall sind Menschen verloren gegangen.« Der Mann zündet sich eine Zigarette an und geht weiter.

Oskar überlegt, ob es Sinn hat, sich bei den Bewohnern der Altbauten auf der gegenüberliegenden Straßenseite nach Ingrid und Maria zu erkundigen.

Er hat keine anderen Anhaltspunkte, also wird er es versuchen.

Es sind fünfstöckige Häuser mit unzähligen Wohnungen. Zwei Tage lang fragt er Frauen, Männer und Kinder, ob sie wüssten, wohin Ingrid Jensen und Maria Elbracht gezogen seien. Doch niemand weiß etwas über den Verbleib der Schwestern.

36

Der Flug nach London hatte eine halbe Stunde Verspätung. In Heathrow musste ich rennen, um die Maschine nach Dublin nicht zu verpassen.

Nun sitze ich auf meinem Platz am Fenster und versuche vergeblich, mich zu entspannen. Ich bin müde, habe in den letzten drei Nächten vor Aufregung kaum geschlafen. Heute Morgen um fünf war ich kurz davor, die Reise zu stornieren. Ich wollte plötzlich nichts mehr von dem wissen, was mit meinem Vater und der Vergangenheit zu tun hat. Ich wollte mein altes Leben zurück, das Leben, das ich vor dem 16. Januar geführt habe. Wäre Lars nicht bei mir gewesen, hätte ich meinen Koffer wieder ausgepackt.

»Du kannst jetzt nicht aufgeben«, sagte er, während er mir einen Espresso kochte. »Sonst wirst du es immer bereuen.«

»Umgekehrt könnte es genauso sein. Wenn ich etwas herausfinden sollte, was ich lieber nicht erfahren hätte.«

Lars nahm mich in die Arme. »Nach allem, was du über Oskar weißt, ist die Wahrscheinlichkeit sehr gering, dass du enttäuscht sein wirst.«

»Und was mache ich, wenn ich nach zwei Wochen in den Wicklow Mountains keine Spur von ihm gefunden habe? Oskar könnte überall in Irland sein. Der Hinweis seiner ehemaligen Kollegin, dass ihm die kahlen, braunen Hügel gefielen, ist doch sehr dürftig. Im Nachhinein wundere ich mich über mich selbst, dass ich aufgrund dessen eine Reise nach Irland gebucht habe.«

»Es ist ein Anfang.«

Lars hat natürlich recht. Und es dauerte auch nicht lange, bis er mich überzeugen konnte, dass es sinnvoll war, nach Dublin zu fliegen.

Er brachte mich zum Flughafen und gab mir zum Abschied eine Tüte mit zwei Tafeln meiner Lieblingsschokolade. »Damit deine Nerven gut durchhalten.«

Es ist ein klarer, sonniger Tag. Ich schaue aus dem Fenster. Unter mir erstrecken sich die Ausläufer einer größeren Stadt. Das muss Liverpool sein. Dann ist die Irische See nicht mehr weit.

Ich lehne mich zurück und schließe die Augen.

Thorsten war der Erste, den ich am Freitagnachmittag angerufen habe. Er war begeistert zu hören, was ich am Gymnasium Altona erfahren hatte. Als es jedoch um die Wicklow Mountains ging, merkte ich an seiner etwas verhaltenen Reaktion, dass er meinen Enthusiasmus nicht teilen konnte.

»Wie groß ist das Gebiet?«

»Etwa zwanzigtausend Hektar, steht in meinem Reiseführer.«

»Oh … das sind zweihundert Quadratkilometer.«

»Ja, der größte Teil davon ist allerdings unbesiedelt. Aber es gibt ein paar Ortschaften. Dort werde ich zuerst nach Oskar fragen.«

»Wenn er vor allem die Einsamkeit sucht, könnte es sein, dass er irgendwo ganz abgeschieden lebt und niemand ihn kennt.«

»Ja, möglich ist das. Doch daran will ich jetzt noch nicht denken.«

Seitdem habe ich fast ständig daran gedacht.

Die Stewardess fragt mich, was ich trinken möchte. Ich will erst ›Kaffee‹ antworten und nehme dann doch ein Wasser.

Es ist für mich immer noch ungewohnt, dass Thorsten und ich uns ganz normal unterhalten können. Aber ich darf nicht vergessen, dass es in unseren Telefonaten nur um Oskar ging. Wie wird es sein, wenn ich Thorsten nach seinem Studium, seinen Freunden, seinem Leben in Berlin frage? Ich fürchte mich davor, dass er sofort in seine alte Feindseligkeit zurückfallen könnte. Es ist nicht plötzlich alles wieder gut, nur weil er mir bei meinen Nachforschungen geholfen hat. Dies ist ein erster Schritt, mehr nicht. Alles Weitere muss sich langsam entwickeln. Ich brauche Geduld. Nicht gerade meine Stärke.

Ich muss eingeschlafen sein. Als ich aufwache, sehe ich das Meer, weiße Schaumkronen glitzern im Sonnenlicht. Kurz darauf tauchen die ersten irischen Buchten und Felseninseln auf. Ich erkenne eine Steilküste mit einem Leuchtturm, zwei Kaimauern, die ein Hafenbecken umschließen, und in der Ferne grün-braune, kegelförmige Berge. Das sind sie, die Wicklow Mountains.

Wenig später setzt die Maschine auf.

»Welcome to Ireland«, ertönt es aus dem Lautsprecher.

Auf einmal kann es mir nicht schnell genug gehen. Wann werden endlich die Türen geöffnet?

Das Flughafengebäude nehme ich kaum wahr. Ich bin erleichtert, dass es bei der Passkontrolle keine langen Schlangen gibt, und zwinge mich, am Gepäckband nicht aus der Haut zu fahren, als es fast eine Dreiviertelstunde dauert, bis ich meinen Koffer bekomme.

Bei der Mietwagenfirma steht ein etwas lädierter Opel Astra für mich bereit. Ich frage, ob ich einen neueren Wagen bekommen könne, aber es ist kein anderer verfügbar, und mir fehlt die Energie, um mich auf längere Diskussionen einzulassen.

Ich bin seit Jahren nicht mehr auf der linken Straßenseite gefahren. Nach den ersten Kreisverkehren gewöhne ich mich langsam wieder daran.

Mir fällt auf, wie grau und baufällig viele Häuser wirken. Nur die Türen haben leuchtende Farben. Zinnoberrot, Petrolblau, Dottergelb, Grasgrün. Oder auch Orange, Rosa, Violett. Ich hatte früher ein Plakat der *Doors of Dublin* in meinem Flur hängen. Damals habe ich nie darüber nachgedacht, dass in vielen irischen Familien aufgrund der Geldknappheit vielleicht nur die Haustür regelmäßig gestrichen werden kann.

Als ich eine große Brücke erreiche, die über die Liffey führt, fällt mir ein, dass ich am Flughafen vergessen habe, ins Touristenbüro zu gehen und mir eine Broschüre mit Bed-&-Breakfast-Adressen geben zu lassen. Ich bin seit mindestens zwanzig Minuten unterwegs, es hat keinen Zweck, umzukehren. Am besten fahre ich direkt nach Glendalough, einem Tal in den Wicklow Mountains, das in meinem Reiseführer ausführlich beschrieben wird, weil es für seine alte Klostersiedlung berühmt ist. Dort gibt es mehrere Pensionen.

Die Straße führt jetzt direkt an der Dubliner Bucht entlang. An einer Badestelle neben einem alten Turm geht eine Frau gerade ins Wasser, weiter draußen sehe ich zwei Windsurfer. Die Lufttemperatur beträgt höchstens sechzehn Grad, trotz der Sonne. Aber ich habe schon häufiger gelesen, dass die Iren abgehärtet sind.

Ich steuere einen Parkplatz am Fährhafen an und breite meinen Stadtplan und meine Irlandkarte aus. Es gibt eine Ausfallstraße in Richtung Süden, die N 11. Aber wie komme ich dorthin?

Jemand klopft an meine Scheibe. Ich drehe sie herunter und blicke in das lächelnde Gesicht eines älteren Mannes, der mich fragt, ob er mir helfen könne. Ich antworte ihm, dass ich nach Glendalough fahren wolle. Dieses Wort löst einen wahren Redeschwall bei ihm aus, von dem ich nur so viel verstehe, dass es sich unbedingt lohne, dort länger zu verweilen. Dann beginnt er, mir zu beschreiben, wo ich rechts und gleich darauf wieder links abbiegen solle, um dann an der nächsten Kreuzung geradeaus zu fahren, bis ich schließlich an eine Kirche käme. Dort sei eine Ampel und ein Schild zur N 11. Ich kann ihm schon längst nicht mehr folgen, aber es ist gut gemeint.

Letztlich finde ich den Weg schneller, als ich gedacht hätte. Die Läden in diesen südlichen Vororten sind mit Blumenkästen geschmückt. Ich komme an gepflegten Häusern vorbei und an Villen in üppigen Gärten. Hier wohnen die wohlhabenden Iren.

Allmählich lasse ich die Stadt hinter mir. Rechts tauchen die ersten Hügel auf und dahinter die Wicklow Mountains. Überall blüht der Ginster.

Nach einer knappen halben Stunde biege ich ab in Richtung Glendalough. Die Straße steigt an, sie ist schmal und voller Kurven. Als mir ein Wagen entgegenkommt, weiche ich beinahe zur falschen Seite aus.

Unzählige Schafe grasen auf den grünen Weiden, dazwischen liegen einzelne Häuser, hier und da auch ein Gehöft. Great Sugar Loaf heißt einer der Kegelberge, Großer Zuckerhut. Irgendwo muss es auch einen Kleinen Zuckerhut geben.

Ich komme an schmalen Bächen vorbei und entdecke Seen am Fuße der Berge. Nach einem weiteren steilen Anstieg sehe ich unter mir einen gewaltigen Wasserfall. Ich halte an und steige aus. Wolken sind aufgezogen, es weht ein kalter Wind. Die schroffen Felsen und die kahlen Berge dahinter haben plötzlich etwas Abweisendes, sie wirken fast bedrohlich. Es ist eine so karge, so einsame Landschaft. Ich kann mir nicht vorstellen, dass jemand aus Hamburg beschließt, hier leben zu wollen.

Zurück im Wagen, esse ich einen Apfel, mein letztes Käsebrot und ein Stück von Lars' Schokolade. Dann studiere ich die Landkarte. Der winzige Ort, den ich als Nächstes erreichen müsste, heißt Annamoe. Von dort ist es nicht mehr weit bis Glendalough und dem kleinen Dorf Laragh, wo ich mir ein Bed & Breakfast suchen werde.

Die Straße geht steil bergab, sie ist voller Schlaglöcher und hat keine Randbefestigung. Hier würde ich nicht gerne im Winter fahren.

Ich bin erleichtert, als ich in dem hübschen Laragh ankomme. Es ist noch kleiner, als ich gedacht habe. Nach den Restaurants, Cafés und Läden zu urteilen, verdienen die meisten Einwohner ihr Geld durch die Touristen, die Glendalough besuchen.

Keine der privaten Unterkünfte sagt mir zu, bis ich kurz hinter dem Ort ein Schild mit der Aufschrift *Lakeview House B & B* sehe. Ein Zimmer mit Blick auf einen See würde mir gefallen.

Es ist ein altes, gelb gestrichenes Haus, das ein Stück oberhalb vom *Upper Lake* liegt. Die Besitzerin, eine freundliche Frau von Mitte fünfzig, stellt sich mir als Róisín vor.

»Wie lange wollen Sie bleiben?«

»Zwei Wochen.«

Sie lächelt. »Das freut mich. Dann gebe ich Ihnen das große Zimmer. Sie haben Glück. Heute Morgen hat einer meiner Stammgäste aus Krankheitsgründen abgesagt. Er kommt übrigens auch aus Deutschland.«

Ich betrete das Zimmer und verstehe sofort, warum Róisín deutsche Stammgäste hat. Die Einrichtung besteht aus schlichten Holzmöbeln, an den Sprossenfenstern hängen blau gestreifte Leinengardinen, auf dem honigfarbenen Dielenboden liegt ein Kelim in denselben Tönen, zwei gerahmte Fotos zeigen den Rundturm und St. Kevin's Church in Glendalough. Es gibt ein weiß gekacheltes Badezimmer und einen Ausblick auf den See, der nicht schöner sein könnte.

Die Sonne ist inzwischen wieder herausgekommen, und der Wind hat sich gelegt. Die Berge spiegeln sich auf der glatten Wasseroberfläche.

»Wunderbar«, sage ich.

»Wenn Sie sich Tee oder Kaffee machen möchten, hier ist ein Wasserkocher. Etwas Shortbread gibt es auch.«

»Danke.«

»Und bitte im Zimmer nicht rauchen.«

»Okay …«

»Frühstück serviere ich zwischen acht und zehn, es sei denn, Sie möchten schon morgens um sieben loswandern. Dann würde ich Ihnen belegte Brote und Obst mitgeben.«

»Das wird nicht nötig sein. Ich … bin nicht zum Wandern gekommen.«

Róisín schaut mich überrascht an. »Sind Sie beruflich hier?«

»Nein, privat.«

»Ist dies Ihr erster Aufenthalt in Irland?«

»In der Republik, ja. Vor Jahren war ich zweimal in Nordirland.«

»Aha …«

Róisín runzelt leicht die Stirn. Vielleicht ist es ungewöhnlich, dass ihre Gäste noch nie hier, aber schon in Nordirland waren.

»Die Klosteranlage hat bis achtzehn Uhr geöffnet, falls Sie sie heute noch besichtigen wollen. Letzter Einlass ist um Viertel nach fünf.«

»Ich plane keine Besichtigungen. Darf ich Sie etwas fragen?«

»Natürlich.«

»Ich bin auf der Suche nach jemandem, der möglicherweise in den Wicklow Mountains lebt.«

»Wie heißt die Person?«

»Oskar Greve.«

»Den Namen habe ich noch nie gehört. Stammt der Mann aus Deutschland?«

»Ja.«

»Wie alt ist er?«

»Siebenundsechzig.«

»Und seit wann soll er hier leben?«

»Seit Juli 1988.«

»Das ist noch nicht sehr lange.«

»Ich weiß.«

»Und das Gebiet ist größer, als man denkt.«

»Das habe ich auf der Fahrt gemerkt.«

»Ich werde die Ohren offen halten.«

»Haben Sie vielen Dank. Es ist doch so, dass es in Irland keine Meldepflicht gibt, oder?«

»Ja.«

»Ich denke, ich werde ab morgen durch die verschiedenen Ortschaften fahren und mich in Geschäften und Kneipen erkundigen, ob jemand den Mann kennt.«

»Das ist auf jeden Fall nicht verkehrt.« Róisín zögert. »Darf ich Sie jetzt auch etwas fragen?«

»Ja.«

»Um wen handelt es sich?«

»Meinen Vater.«

Sie starrt mich entgeistert an. »Sie haben Ihren Vater seit fast zwei Jahren nicht gesehen?«

»Ich habe ihn noch nie gesehen. Wir kennen uns nicht.«

Róisín streicht sich kurz über die Stirn. »Ich werde sehen, was ich für Sie tun kann.«

»Das ist sehr nett von Ihnen.«

Sie nickt mir zu und schließt leise die Tür hinter sich.

Ich blicke auf den See hinaus. Mir ist seltsam zumute, so als ob ich schweben würde. Alte Sicherheiten habe ich hinter mir zurückgelassen, neue Gewissheiten gibt es nicht.

37

In den letzten Tagen ist es wieder kälter geworden, und das mitten im Mai.

Heute war Oskar in Dublin und hat ein Lunchtime-Konzert in der National Concert Hall besucht. Auf dem Programm standen ein Streichtrio und das *Forellenquintett* von Franz Schubert. Beide Stücke hatte er lange nicht mehr gehört. Auf dem Rückweg ist er noch ganz erfüllt von der Musik.

In Enniskerry muss er hinter einem Lkw halten, der vor der Kneipe Bierfässer auslädt. Während Oskar überlegt, ob er wenden und einen anderen Weg nehmen soll, fällt sein Blick auf eine Frau, die gerade aus der Bäckerei kommt. Sie ist um die vierzig und hat so große Ähnlichkeit mit Ingrid, dass ihm schwindelig wird. Er schließt einen Moment lang die Augen. Als er sie wieder öffnet, ist die Frau verschwunden.

Jetzt sieht er schon Gespenster.

Ein paar Minuten später sind die Fässer ausgeladen, und Oskar kann weiterfahren. Er sagt sich, dass jeder Mensch Doppelgänger hat und er dieser eigenartigen Begebenheit nicht zu viel Bedeutung beimessen darf.

Zu Hause kocht er sich einen Tee und stellt das Radio an. Nachmittags um halb vier läuft immer eine Kultursendung, die wird ihn ablenken. Heute geht es um ein Theaterstück von Brian Friel mit dem Titel *Dancing at Lughnasa,* das kürzlich im Abbey Theatre Premiere hatte. Der Erzähler erinnert sich, wie er als kleiner Junge einen Sommer bei seinen fünf unverheirateten Tanten in Donegal verbrachte. Es geht um ihre Träume und ihre Hoffnungen. Am Ende dieses Sommers wird in der Familie nichts mehr so sein wie zuvor.

Oskar schaltet um auf einen Sender mit Jazzmusik. Er hätte einkaufen müssen. Außer ein paar Eiern und zwei Tomaten hat er nichts mehr in seinem Kühlschrank.

Er macht sich ein Omelett und isst es ohne großen Appetit. Dann zündet er ein Torffeuer an, setzt sich in seinen Sessel und schlägt die *Irish Times* auf. Aber er kann sich nicht aufs Lesen konzentrieren. Immer wieder muss er an die Frau vorhin in Enniskerry denken.

Wie würde Ingrid heute aussehen?

Eine Erinnerung wird in ihm wach, die tief in ihm vergraben war. Warum hat er in jenem Februar '49, nachdem er die Bewohner der Altbauten in der Dorotheenstraße nach Ingrid und Maria befragt hatte, nicht weiter nach den Schwestern gesucht?

Oskar ist verzweifelt. Es gibt nur noch eine Möglichkeit, wie er erfahren könnte, was mit Ingrid geschehen ist. Er muss sich im Einwohnermeldeamt erkundigen, ob sie innerhalb Hamburgs umgezogen ist oder gar nicht mehr hier in der Stadt wohnt. Und wenn sie den Krieg nicht überlebt hat, wird man ihm das dort vielleicht auch sagen können.

Am nächsten Tag radelt er morgens in der Dunkelheit los, damit er um acht, wenn das Amt öffnet, einer der Ersten ist. Doch als er dort ankommt, gibt es bereits eine lange Schlange. Hinten anstellen, ruft ihm ein älterer Mann zu. Als ob Oskar sich hätte vordrängeln wollen. Ab und zu dringen Gesprächsfetzen an sein Ohr, auch wenn er sich bemüht, nicht hinzuhören. Von Wohnungsnot und feuchten Zimmern ist da die Rede, von Männern, die nicht aus dem Krieg heimgekehrt sind, und von anderen, die seit ihrer Rückkehr die Familie tyrannisieren. Eine junge Frau wartet darauf, dass ihre kranke Großmutter endlich stirbt, damit sie die Zweizimmerwohnung nicht länger mit ihr teilen muss. Ihre Freundin ist entschlossen zu heiraten, um all dem Elend zu entfliehen. Weißt du auch schon, wen? Nein, Hauptsache, der Mann hat Geld.

Oskar erträgt es plötzlich nicht länger, hier zu stehen. Er schert aus der Schlange aus und läuft nach draußen, wo er versehentlich eine Frau mit einem Kind anrempelt, die wütend hinter ihm herschreit, ob er nicht besser aufpassen könne.

Was ist los mit ihm? Fürchtet er sich davor, etwas zu erfahren, das all seine Hoffnungen auf ein Leben mit Ingrid zunichtemachen könnte?

Einige Wochen später nimmt er einen zweiten Anlauf, und wieder schafft er es nicht, eine Auskunft über sie einzuholen. Dabei quält ihn die Unsicherheit darüber, was mit ihr geschehen ist, Tag und Nacht. Er weiß, er müsste den Mut aufbringen, sich der Wahrheit zu stellen, aber dazu ist er nicht in der Lage.

Oskar legt etwas Torf nach. Was ging in jenen Monaten in ihm vor? Glaubte er insgeheim, er würde Ingrid eines Tages zufällig auf der Straße begegnen, und sie würde ihm freudestrahlend in die Arme fallen?

Im Wintersemester 1949 / 50 begann er in Hamburg Germanistik und Anglistik zu studieren.

Zu Vaters großer Enttäuschung hatte er sich gegen ein Studium der Rechtswissenschaften entschieden. »Du hättest später einmal meine Kanzlei übernehmen können.«

»Ich habe mich für Jura nie interessiert.«

»Nein, leider nicht. Ganz anders als dein Bruder. Er wäre ein hervorragender Rechtsanwalt geworden.«

In dem Augenblick verlor Oskar die Beherrschung. »Hör endlich auf, mich ständig mit Eduard zu vergleichen! Was kann ich denn dafür, dass er gestorben ist und ich überlebt habe?«

Vaters Blick war voller Verachtung. »Mäßige deinen Ton, sonst wirst du es bereuen.«

Ihr Zusammenleben wurde immer unerträglicher.

Oskar begann, seinen Auszug zu planen. Er gab neben seinem Studium Nachhilfeunterricht in Englisch und bemühte sich um erste Übersetzungsaufträge. Sobald er nicht mehr zu Hause wohnte, würde Vater seine monatlichen Zahlungen für Bücher und Kleidung sofort einstellen; dessen war er sich sicher.

Und genauso kam es. Als Oskar im November 1951 seine Sachen packte, um ein kleines, kaltes Zimmer in Ottensen zu beziehen, verkündete Vater, dass er künftig auch nicht mehr zum sonntäglichen Mittagessen in der Averhoffstraße aufzutauchen brauche.

»Hast du ernsthaft geglaubt, dass mir danach der Sinn stehen würde?«, antwortete Oskar und übergab Vater seine Schlüssel.

Er bewarb sich um ein Stipendium, obwohl er wusste, dass jemand wie er, dessen Vater über ein gutes Einkommen verfügte, kaum Chancen hatte, vom Staat finanziell unterstützt zu werden. Als Begründung für seinen Antrag gab er *zerrüttete Familienverhältnisse* an. In der Ablehnung, die er nach wenigen Wochen erhielt, hieß es, dass andere Kandidaten mit weitaus schwierigeren Lebensumständen zu kämpfen hätten. Nach außen hin mochte dies so aussehen, dachte Oskar. Aber seine Lage war schwierig genug; er ging oft hungrig ins Bett.

Irgendwann begegnete er in der Ausleihe der Staatsbibliothek zufällig seinem alten Schulfreund Erich. Sie tranken einen Kaffee zusammen. Erich erzählte ihm, dass er kurz vor seinem Ersten Juristischen Staatsexamen stünde. Sie sprachen über die Schule, über den Krieg, über Heinz. Danach erstarb das Gespräch. Erst als Oskar wieder zu Hause war, fiel ihm auf, dass Erich nicht hatte wissen wollen, was er studierte oder wo er wohnte. Die Vergangenheit hatte ihn mehr interessiert als die Gegenwart. Kein Wunder, dass sie darauf verzichtet hatten, Adressen auszutauschen.

Oskar beeilte sich mit seinem Studium, um so schnell wie möglich mit dem Referendariat beginnen zu können. Im Frühjahr 1954 war es so weit, er bekam eine Stelle am Gymnasium Altona zugewiesen. Natürlich hätte er sich darum bewerben können, sein Referendariat am Johanneum zu absolvieren; vielleicht hätten sie ihn sogar genommen. Aber ihn erschreckte die Vorstellung, tagaus, tagein durch die Flure seiner ehemaligen Schule zu gehen und ständig an jene Zeit erinnert zu werden, als er sich in das Matrosenmädchen verliebt hatte.

Und dann entdeckte er Anfang Juni das Foto.

Oskar steht auf und tritt ans Fenster. Ein heftiger Regen hat eingesetzt; alle Farben sind ausgelöscht, wie an einem Tag im Januar.

Er schenkt sich einen Whiskey ein.

Es war kurz vor Pfingsten. Seit einer Weile las er jede Woche *DIE ZEIT*, vor allem das Feuilleton, aber auch die politischen Berichterstattungen. Mit großem Interesse verfolgte er die Entwicklungen in der DDR, wo es vor einem knappen Jahr einen Aufstand gegeben hatte, der von der sowjetischen Armee blutig niedergeschlagen worden war. Immer mehr Menschen verließen ihr Land. Andere dagegen machten Karriere. So war in einem Artikel von dem Funktionär Ernst Thiele die Rede, der für seine Verdienste in der SED mit dem Vaterländischen Verdienstorden in Gold ausgezeichnet worden war. Das Foto daneben zeigte ihn im Kreis seiner Familie. Oskar starrte fassungslos auf das Bild. Die Frau an der Seite von Ernst Thiele war Ingrid. Er hatte sie seit zehn Jahren nicht mehr gesehen, und doch erkannte er sie sofort. Ihre Augen, ihr Lächeln, ihre blonden Locken. In ihrem dunklen Kostüm und der hochgeschlossenen Bluse sah sie älter aus als siebenundzwanzig. Ernst Thiele war mindestens fünfzig, ein feister Mann mit einem verkniffenen Blick. Vier Kinder hatten sie, das jüngste war höchstens ein paar Monate alt.

Noch am selben Tag beschloss Oskar, nach Berlin zu fahren.

Er quartiert sich in einer Pension in Charlottenburg ein und beginnt nachzuforschen, wo Ingrid mit ihrer Familie leben könnte. Eine Angestellte im Rathaus sagt ihm schließlich, dass die Regierungsspitze der DDR am Majakowskiring in Pankow wohne.

»Aber das ganze Gebiet ist abgesperrt«, erklärt sie. »Die Einfahrt wird durch einen Schlagbaum gesichert und rund um die Uhr bewacht. Da kommen Sie unangemeldet nicht hinein.«

Gehört ein SED-Funktionär wie Ernst Thiele zur Regierungsspitze? Oskar kennt sich in diesen Dingen nicht aus. »Hat es Sinn, in einem Ostberliner Telefonbuch nach der Adresse zu suchen?«

»Die wenigsten Privatpersonen haben ein eigenes Telefon. Und Politiker, die über einen Anschluss verfügen, stehen oft nicht im Telefonbuch.«

»Oh, das ist viel schwieriger, als ich gedacht hätte.«

»An Ihrer Stelle würde ich es trotzdem versuchen. Waren Sie schon mal im Ostsektor der Stadt?«

»Nein.«

»Dann gebe ich Ihnen einen Tipp. Fahren Sie nach Kreuzberg, zum Grenzübergang in der Prinzenstraße.«

»Danke.«

»In der Friedrichstraße ist ein Postamt. Dort werden Sie ein Telefonbuch einsehen können. Viel Glück.«

Oskar hält sich an die Empfehlung der Angestellten. Beim Verlassen des amerikanischen Sektors ist ihm etwas mulmig zumute, aber es gibt keine Probleme.

Er hat den Stadtplan vorher genau studiert und sich überlegt, wie er die Friedrichstraße am besten erreicht. Unterwegs ertappt er sich immer wieder dabei, dass er nach Ingrid Ausschau hält.

Die Friedrichstraße ist lang. Es dauert eine Weile, bis er das Postamt gefunden hat. Und im dortigen Telefonbuch entdeckt er tatsächlich die Adresse von Ernst Thiele. *Kollwitzstraße 84.* Seine Hände zittern, als er den Stadtplan aufschlägt, um nachzusehen, wo diese Straße liegt. Ihm kommen plötzlich Zweifel, ob es richtig ist, Ingrid in ihrem neuen Leben zu stören. Aber er hat nicht diese lange Reise unternommen, um so kurz vor dem Ziel aufzugeben und wieder nach Hause zu fahren.

Prenzlauer Berg heißt der Stadtbezirk, in dem sie mit ihrer Familie wohnt. Bis dahin wird er zu Fuß mindestens eine Dreiviertelstunde brauchen. Er könnte auch mit der Straßenbahn fahren, aber wenn er läuft, lernt er die Gegend besser kennen.

Oskar macht sich auf den Weg. Je näher er der Kollwitzstraße kommt, umso langsamer geht er. Bei dem Gedanken, dass dies jetzt Ingrids Welt ist, zieht sich in seinem Innern etwas zusammen. Er betrachtet die alten Häuser, die Geschäfte, die Plätze. Hier wurde im Krieg wenig zerstört.

Die Sonne ist herausgekommen, es duftet nach Jasmin. Im Café sitzen Frauen mit ihren Babys, Kinder spielen auf dem Bürgersteig, irgendwo übt jemand Klavier.

Oskar bleibt stehen und lehnt sich gegen eine Hauswand. Diese Idylle überwältigt ihn. Was hat er erwartet? Dass Ingrid mit ihrem SED-Funktionär in einer schäbigen Umgebung haust?

Bis zur Nummer 84 sind es nur noch wenige Meter. Ihm ist heiß, er zieht seine Jacke aus.

Thiele steht auf dem untersten Klingelschild. Wahrscheinlich gehört zu der Wohnung sogar ein eigener Garten.

Er klingelt. Und wartet. Vielleicht ist niemand da. Oder Ingrid hat ihn durchs Fenster gesehen und beschlossen, ihm nicht aufzumachen.

Oskar überlegt noch, ob er ein zweites Mal klingeln soll, als die Haustür geöffnet wird. Ein kleines Mädchen mit blonden Zöpfen blickt ihn fragend an. Er bringt keinen Ton heraus.

»Wollen Sie zu uns?«

Das Mädchen ist höchstens sechs oder sieben Jahre alt. Auf dem Foto stand es rechts neben Ingrid. Es ähnelt ihr. Jetzt runzelt es die Stirn. Gleich wird es die Tür wieder schließen.

Oskar räuspert sich. »Ist deine Mutter zu Hause?«

Das Mädchen beugt sich leicht vor. Hat er zu leise gesprochen?

In dem Moment hört er Babygeschrei, und da steht Ingrid auf einmal vor ihm, mit einem brüllenden Säugling auf dem Arm. Sie ist bleich vor Entsetzen.

»Was … was machst du hier?«, kreischt sie. »Verschwinde! Und komm nie wieder!«

Bevor er antworten kann, schlägt sie ihm die Tür vor der Nase zu.

Oskar hat Ingrid nie zuvor kreischen hören. Der schrille Klang ihrer Stimme hallt in seinen Ohren nach. Er kann sich nicht rühren. Aber er weiß, dass er nicht länger hier stehen darf, sonst ruft sie womöglich die Polizei.

Später erinnert er nicht mehr, wie er den Weg zurück zur Prinzenstraße und weiter nach Charlottenburg geschafft hat. Er holt seine Sachen aus dem Pensionszimmer und bezahlt seine Rechnung. Die Frage der Wirtin, ob es ihm in Berlin gefallen habe, lässt er unbeantwortet.

Er wird nie wieder in diese Stadt zurückkehren.

Bei diesem Entschluss ist es all die Jahre geblieben. Als 1961 die Mauer errichtet wurde, kam es Oskar so vor, als ob mit der Zementierung der deutschen Teilung auch sein Schicksal besiegelt war.

Er trinkt seinen Whiskey aus. Die Mauer ist vor mehr als sechs Monaten gefallen. Wenn er wollte, könnte er morgen nach Berlin fliegen und versuchen, Ingrid zu finden. Vielleicht wohnt sie noch in der Kollwitzstraße 84. Vielleicht ist ihr Mann längst gestorben. Vielleicht wartet sie darauf, dass er sich bei ihr meldet.

Nein. Was sollen diese Hirngespinste?

38

Seit drei Tagen wohne ich im *Lakeview House*. Ich hätte es nicht besser treffen können. Róisín betreut mich, als sei ich eine Verwandte von ihr. Morgens serviert sie mir ein großes Frühstück, das aus Orangensaft, Eiern mit Speck, Toast mit Orangenmarmelade und frischem Obst besteht. Dazu gibt es reichlich Kaffee, der für meinen Geschmack etwas stärker sein könnte, doch das behalte ich für mich. Wenn ich von meinen stundenlangen Erkundungstouren quer durch die Wicklow Mountains zurückkomme, wärmt Róisín einen Teller Gemüsesuppe oder eine Portion Lasagne für mich auf. Zum Nachtisch gibt es Apple Crumble oder selbst gebackenen Rhabarberkuchen.

Aber am wichtigsten sind für mich die Gespräche. Róisín will jedes Mal genau wissen, wo ich gewesen bin, mit wem ich gesprochen habe, ob es neue Anhaltspunkte gibt. Und sie schickt mich in Ortschaften, die nicht auf meiner Liste stehen. So sagte sie mir gestern Morgen, dass ich unbedingt nach Enniskerry fahren solle. Selbst wenn das Städtchen nicht mitten in den Wicklow Mountains, sondern am Fuße der Berge liege, sei es ein zentraler Ort für viele, die die Gegend besuchten.

Nachmittags war ich dort im Lebensmittelgeschäft, in der Bäckerei, in einem Souvenirladen, in einem kleinen Hotel und in der Kneipe. Als ich die junge Kellnerin nach Oskar Greve fragte, schüttelte sie den Kopf und meinte, dass ich nach neunzehn Uhr wiederkommen solle. Dann sei der Wirt da; der wisse vielleicht mehr. Aber abends war ich zu erschöpft, um im strömenden Regen noch einmal die dreißig Kilometer von Laragh nach Enniskerry zu fahren. Außerdem kann ich mir nicht vorstellen, dass jemand, der die Einsamkeit liebt, ein regelmäßiger Kneipengänger ist.

Heute will Róisín nach dem Frühstück von mir wissen, ob ich gestern in Enniskerry auch in der Metzgerei gewesen sei.

»Nein. Ich habe den Laden zwar gesehen, aber an dem Punkt wollte ich nur noch nach Hause. Die Fragerei kam mir so sinnlos vor.«

»Der Metzger heißt David Gibson und kommt aus Nordirland. Er hat die Tochter einer Bekannten von mir geheiratet. Ihre Familie stammt aus Enniskerry. Da werde ich nachher mal anrufen.«

»Danke, Róisín. Ich weiß nicht, was ich ohne Sie machen würde. Mal ganz abgesehen davon, dass Sie mich hier auch noch so gut verpflegen.«

»Es ist mir eine Freude.«

Ich steige wieder in meinen Wagen und fahre ziellos durch kilometerlange Hochmoore, die aussehen wie eine Mondlandschaft. Mir kommt kein einziger Wagen entgegen. Und wenn ich anhalte, entdecke ich nirgendwo ein Haus. Es ist hoffnungslos, hier jemanden finden zu wollen, von dem ich noch nicht einmal weiß, wie er aussieht.

Als ich in Roundwood an einer Telefonzelle vorbeikomme, sehne ich mich plötzlich danach, mit Lars zu sprechen. Bisher habe ich ihn nur einmal angerufen, um ihm zu sagen, dass ich gut gelandet sei.

Gleich zwölf, das heißt, in Deutschland ist es kurz vor eins. Wenn ich Glück habe, erwische ich ihn in seiner Mittagspause.

»Lars Petersen.«

»Ich bin's, Katharina.«

»Ist was passiert?«

»Nein, nichts, gar nichts. Das ist es ja. Ich glaube, das hat hier alles keinen Zweck. Was meinst du, wo ich überall herumgekurvt bin und wie viele Leute ich gefragt habe, ob sie einen Deutschen namens Oskar Greve kennen würden …«

»Du bist noch nicht lange da.«

»Mir erscheint es wie eine Ewigkeit. Es war eine absurde Idee, hierherzukommen, nur weil sich Oskar auf irgendeiner Klassenreise positiv über die Wicklow Mountains geäußert hat. Es gibt viele andere bergige Gegenden in Irland, wo man gut wandern kann. Oskar könnte in West Cork oder am Ring of Kerry sein, in Connemara, in Donegal oder was weiß ich wo.«

»Vielleicht machst du einen Tag Pause und lenkst dich etwas ab. Du könntest nach Dublin fahren und dir die Stadt anschauen.«

»Dazu habe ich keine Ruhe.«

»Oder du fährst ans Meer und machst einen Spaziergang am Strand entlang. Es würde dir bestimmt guttun, aus diesen Bergen herauszukommen.«

»Ja … am liebsten würde ich meinen Aufenthalt hier abbrechen und morgen nach Hamburg zurückfliegen.«

»Zur Not musst du das machen. Aber ich fände es etwas verfrüht.«

»Wahrscheinlich kriege ich so kurzfristig auch gar keinen Flug von Dublin nach London.«

»Das würde ich nicht ausschließen.«

»Ich habe mir schon überlegt, wenn es da Schwierigkeiten geben sollte oder die Preise astronomisch hoch sind, fahre ich mit der Fähre nach Wales und nehme einen Zug nach London. Von dort gibt's immer Flüge nach Hamburg.«

»Das klingt, als ob du dich bereits entschieden hättest.«

»Nicht ganz. Ich werde noch einmal darüber schlafen. Wie sieht's bei dir aus?«

»Hier ist alles okay. Meinem Vater geht es besser. Und ich glaube, Andrea hat sich verliebt.«

»Na, wunderbar.«

Ich blicke in den Nieselregen. Mir ist kalt. Vielleicht sollte ich mir einen dicken Pullover und Gummistiefel kaufen.

»In Hamburg scheint bestimmt die Sonne, oder?«

»Ja.«

»Hier ist es kühl und nass. Ich hätte wärmere Sachen mitnehmen müssen.«

»Lass dich nicht unterkriegen.«

»Das sagst du so leicht.«

»Ich würde mich natürlich sehr freuen, wenn du eher wieder da wärst, aber …«

»Ich weiß genau, was du sagen willst«, unterbreche ich Lars. »Zu Hause würde die elende Quälerei weitergehen.«

»Ganz so hätte ich es nicht ausgedrückt.«

»Nein … es tat gut, mit dir zu reden.«

»Ich liebe dich.«

»Ich dich auch.«

Ich verspreche ihm, mich bald wieder zu melden und lege auf.

Im Wagen zünde ich mir eine Zigarette an. Lars hat recht. Ich sollte nach Dublin fahren und mich ablenken. Einkaufen. Ins Museum gehen. Und später ins Kino.

39

Die Erinnerung an seine letzte Begegnung mit Ingrid hat Oskar so aufgewühlt, dass er in der Nacht kaum schlafen kann. Je länger er sich hin und her wälzt, umso stärker werden seine Kopfschmerzen.

Am nächsten Morgen fällt ein leichter Regen, und die Sicht ist schlecht. Trotzdem bricht er nach dem Frühstück zu einer Wanderung auf. Zu Hause würde er doch nur wieder anfangen zu grübeln.

Zu seinem eigenen Erstaunen bewältigt er die Steigungen ohne größere Probleme. Und nach und nach verschwinden auch die Schmerzen im Kopf. Er denkt daran, dass er morgen Nachmittag mit Fionn spielen wird. Für Sonntag haben David und Dervla ihn zum Mittagessen eingeladen. Und in der nächsten Woche könnte er einen Ausflug an die Südküste machen. Dort war er seit Jahren nicht.

Gegen ein Uhr ist er wieder zurück. Er backt sich eine Pizza auf, trinkt ein Bier dazu und beschließt, heute ausnahmsweise einen Mittagsschlaf zu halten.

Er steht vor einem grauen Turm, der steil in den Himmel ragt. Neben der Eingangstür aus Stahl sind Hunderte von Klingelschildern angebracht. Den Namen *Thiele* kann er nicht finden. Er geht zum nächsten Turm, und wieder findet er nicht das gesuchte Schild. Sie sehen alle gleich aus, diese Türme. Und es ist niemand da, den er fragen könnte. Was fällt Ihnen ein, hier herumzulungern?, schreit plötzlich jemand hinter ihm. Er dreht sich um. Ein älterer Mann mit Specknacken und breiten Schultern baut sich vor ihm auf. Er kennt diesen düsteren Blick. Das ist er. Ernst Thiele. Unbefugten ist das Betreten des Sperrgebiets verboten!, brüllt Thiele. Ich bin nicht unbefugt, ich bin hier, um Ihnen die Wahrheit zu sagen. Die Wahrheit?, grölt Thiele. Dass ich nicht lache! Sie haben mir meine Frau gestohlen. Was soll das denn heißen? Ingrid und ich gehören zusammen. Sie sind ja verrückt! Er geht auf Thiele zu und will ihn bei den Schultern packen. Doch in dem Moment verschwimmen seine Konturen, und er fasst ins Leere.

Oskar wacht auf. Einige Sekunden lang weiß er nicht, wo er ist.

Was für ein seltsamer Traum. Es hätte nichts genützt, sich gegen Ernst Thiele aufzulehnen. Ingrid hatte ihre Wahl längst getroffen.

40

Ich war schon auf dem Weg nach Dublin, als ich wieder umgekehrt bin. Warum soll ich wie eine Touristin durch die Stadt laufen oder mir einen Film anschauen, wenn ich doch nur über weitere Möglichkeiten nachdenke, wo ich nach Oskar suchen könnte?

Ich halte an einer Tankstelle nicht weit von Enniskerry entfernt und frage den Tankwart, ob er einen älteren Deutschen kenne, der seit knapp zwei Jahren in der Gegend wohne. Er zuckt mit den Achseln. Und erst da wird mir bewusst, dass natürlich nicht jeder, der mit Oskar zu tun hat, automatisch weiß, dass er Deutscher ist. Er wird sehr gut Englisch sprechen, sein Wagen könnte ein irisches Nummernschild haben, und er wird vermutlich nicht wie ein deutscher Pensionär gekleidet sein, der zum Golfspielen nach Irland gekommen ist.

»Sprechen Sie mal mit ein paar Anglern«, schlägt der Tankwart mir vor, als ich bezahle. »Irland ist auch für viele Deutsche ein Anglerparadies.«

»Daran hatte ich noch nicht gedacht. Danke für den Tipp. Aber wo finde ich bei dem Wetter heute einen Angler?«

»Sagen Sie nichts gegen das Wetter. Wir Angler lieben es, wenn es so nieselt. Fahren Sie nach Annamoe. Der Avonmore River ist berühmt für seine Forellen.«

Auf einmal bin ich wieder optimistisch. Das Bild eines schweigsamen Anglers passt genau zu der Vorstellung, die ich von Oskar habe.

Die Sicht ist inzwischen so schlecht, dass ich auf der Straße nach Annamoe ein paarmal anhalten muss. Dann entdecke ich endlich den Avonmore River. Die nächsten zwei Stunden verbringe ich damit, eine Reihe von einsilbigen Anglern nach Oskar zu befragen. Niemand kann sich an einen solchen Mann erinnern.

Völlig durchnässt fahre ich nach Laragh zurück. Ich habe das Gefühl, dass ich eine Erkältung bekomme. Vielleicht kann ich Róisín bitten, mir einen Grog zu machen.

»Da sind Sie ja«, begrüßt sie mich strahlend. »Ich habe Neuigkeiten. Der Metzger David Gibson kennt Oskar Greve.«

»Was???« Mir sackt das Blut aus dem Kopf, und ich muss mich am Tisch festhalten.

»Ja, David weiß sogar, wo er wohnt. Sechs Kilometer außerhalb von Enniskerry.«

»Das … das kann ich kaum glauben.«

Róisín überreicht mir eine Skizze mit einer Wegbeschreibung. »Oskar Greve lebt in einem alten, weiß gestrichenen Cottage mit einer roten Tür. David sagte mir, dass es nicht zu verfehlen sei.«

»Danke.« Ich nehme Róisín in die Arme.

»Ziehen Sie sich etwas Trockenes an, und dann nichts wie los.«

Zehn Minuten später sitze ich wieder im Wagen. Im letzten Moment habe ich noch Marias Briefe an Ingrid eingesteckt.

Ich weiß nicht, wie oft ich diese Strecke schon gefahren bin. Aber zum ersten Mal habe ich ein Ziel. Meine Gedanken überschlagen sich; es fällt mir schwer, mich auf den Verkehr zu konzentrieren.

In Enniskerry suche ich vergeblich nach der Abzweigung, die ich laut Wegbeschreibung nehmen soll. Ich muss zweimal nachfragen, bis ich feststelle, dass ich die Schilder nicht richtig gelesen habe.

Nach sechs Kilometern biege ich einmal rechts und gleich wieder links ab. Und dann sehe ich das Cottage vor mir.

Plötzlich fehlt mir der Mut, anzuklopfen und Oskar zu sagen, wer ich bin.

Ich parke ein Stück weiter entfernt und überlege, ob ich ihm einen kurzen Brief schreiben soll, anstatt so unangekündigt bei ihm aufzutauchen. Womöglich wäre der Schock zu groß. Doch ein Brief ist auch nicht viel besser.

Ich gebe mir einen Ruck, steige aus dem Wagen und gehe auf das Haus zu.

41

Oskar hat gerade die *Irish Times* aufgeschlagen, als es an der Haustür klingelt. Er blickt auf die Uhr. Kurz vor halb sechs. Wer könnte an einem Donnerstagabend etwas von ihm wollen? David und seine Familie besuchen ihn nicht, ohne vorher anzurufen. Und der Baumeister hatte auch nicht vor, noch einmal vorbeizukommen; sie haben neulich alles Wesentliche besprochen. Ob da jemand seine Dienste als Schornsteinfeger oder Fensterputzer anbieten will? Nein, nicht um diese Uhrzeit und vor allem nicht bei diesem Wetter. Wahrscheinlich ziehen wieder die Roma-Kinder durch die Gegend. Sie wissen inzwischen, dass er sie nie wegschickt, ohne ihnen ein paar Münzen oder etwas zu essen zu geben.

Jetzt klingelt es zum zweiten Mal. Oskar legt die Zeitung beiseite und steht auf. Er schaut in sein Portemonnaie. Viel Kleingeld hat er heute nicht. Drei Pfund und fünfundsiebzig Pence.

Im Flur knipst er das Licht an. Man könnte meinen, der Herbst hätte begonnen, so düster und ungemütlich ist es draußen. Und das am 17. Mai.

Er öffnet die Tür. Und für einen Moment glaubt er, dass Ingrid vor ihm steht. Nein, es ist die Frau, die er gestern in Enniskerry aus der Bäckerei hat kommen sehen. Ihm wird schwindelig.

»Guten Abend.« Sie lächelt. »Sind Sie Oskar Greve?«

Er nickt, sagen kann er nichts.

»Mein Name ist Katharina Elbracht. Ich bin Ihre Tochter.«

»… kommen Sie … komm herein«, stammelt er und streckt ihr die Hand entgegen.

Ihr Händedruck ist fest, genau wie der ihrer Mutter.

»Es tut mir leid, dass ich … dich hier so überfalle. Ich weiß erst seit einer Stunde, wo du wohnst, und da wollte ich keine Zeit verlieren.«

Oskar tastet nach der Wand, um Halt zu finden. »… du musst dich nicht entschuldigen … Ich bin nur völlig überwältigt …«

»Ja, natürlich … So ging es mir auch, als ich erfahren habe, dass es dich gibt.«

Oskar fährt sich über die Augen. Nein, es ist keine Einbildung. Selbst ihre Stimme erinnert ihn an Ingrid.

Katharina greift nach seinem Arm. »Willst du dich lieber hinsetzen?«

»Ja, aber … ich habe dir noch gar nichts angeboten … möchtest du einen Tee?«

»Später vielleicht.«

»Dann lass uns ins Wohnzimmer gehen.«

Er schwankt leicht auf dem Weg dorthin.

»Nimm bitte Platz«, murmelt er und deutet aufs Sofa.

Doch sie wartet, bis er sich in seinen Sessel gesetzt hat.

Allmählich lässt der Schwindel nach. Oskar kommt es vor, als ob sein Leben auf einmal in einem anderen Licht erschiene. Er hat ein Kind, eine Tochter. Wie oft hat er in den letzten viereinhalb Jahrzehnten geträumt, dass Ingrid schwanger sei. Beim Aufwachen spürte er jedes Mal eine innere Leere und versuchte, den Traum zu vergessen. Was ihm nie gelang.

»Ich … kann es noch gar nicht richtig fassen, dass ich dich tatsächlich gefunden habe«, hört er Katharina sagen.

Nein, es ist keine Einbildung. Dort auf dem Sofa sitzt seine Tochter.

»Es war ganz schön schwierig … zwischendurch war ich kurz davor, aufzugeben.«

Er muss seine Gedanken sammeln. »Wie … bist du überhaupt auf die Idee gekommen, nach mir zu suchen?«

»Vor vier Monaten bekam ich ein Bündel Briefe aus Ostberlin. Daraus ging hervor, dass die Frau, die ich mein Leben lang ›Mutter‹ genannt habe, in Wahrheit meine Tante war.«

»Maria Elbracht …«

»Ja. Hast du sie gekannt?«

»Ich bin ihr einmal begegnet.« Oskar sieht Ingrids Schwester genau vor sich, wie sie damals in der offenen Wohnungstür stand, in ihrer blau-weißen Kittelschürze. »Sie war viel älter als Ingrid.«

»Ja, Maria hätte ihre Mutter sein können.«

Sein Blick fällt auf den *Ulysses*, der oben im Bücherregal steht. Vor ein paar Tagen hat er den Roman zu Ende gelesen und danach noch einmal zurückgeblättert zu den Seiten, auf denen Leopold Bloom an seinen toten Sohn denkt. Und wieder überkam ihn eine große Traurigkeit. Wenn er gewusst hätte, dass er eine Tochter hat, die auf der Suche nach ihm ist …

»Maria und ihr Mann haben mich 1946 adoptiert.«

»Aber … warum konntest du nicht bei Ingrid aufwachsen?«

»Sie steckte in einem tiefen Konflikt … und das führte dazu, dass die beiden Schwestern einen geheimen Pakt schlossen …«

Katharina bricht ab und schaut in eine unbestimmte Ferne. Kann sie nicht weitersprechen, weil sie ihn schonen will?

»Was war das für ein Pakt?«, fragt er leise.

Sie öffnet ihre Tasche und reicht ihm einen wattierten

Umschlag. »Darin sind die Briefe, die Maria ihrer Schwester in den Jahren von 1946 bis 1947 geschrieben hat.«

Seine Hände zittern. »… lebt Ingrid noch?«

Katharina schüttelt traurig den Kopf. »Sie starb 1975 an Krebs.«

In Oskars Kehle brennt es. Seit fünfzehn Jahren ist sie schon tot. Hat er wirklich bis heute gehofft, dass er sie eines Tages wiedersehen würde?

»Ich hätte sie so gerne kennengelernt.«

»… ich habe Ingrid geliebt … mehr als alles auf der Welt.« Er muss plötzlich an den Traum denken, in dem Ingrid ihm im Metzgerladen in Enniskerry begegnete. Sie hatte kleine Leberflecken auf ihrem Handrücken, so wie er. Was hätte er dafür gegeben, mit ihr zusammen älter zu werden.

»Eure Liebe wurde durch den Krieg zerstört.«

»Ja.« Oskar räuspert sich. »Ich geriet Anfang '45 in sowjetische Gefangenschaft … Wir hörten nichts mehr voneinander … Vermutlich galt ich als verschollen. Ende '46 durfte ich eine erste Postkarte an Ingrid schreiben, aber ich bekam keine Antwort. Und als ich 1954 erfuhr, dass Ingrid in Berlin wohnte, hatte sie sich längst für ein anderes Leben entschieden.«

»Wie hast du davon erfahren?«

»Ganz zufällig. Aus der Zeitung.«

Katharina starrt ihn ungläubig an.

»In dem Artikel ging es darum, dass Ingrids Mann, Ernst Thiele, mit einem Verdienstorden ausgezeichnet worden war. Das Foto daneben zeigte ihn mit seiner Familie.«

»Das muss ein schwerer Schlag für dich gewesen sein.«

Oskar nickt. Und dann erzählt er Katharina von seiner Begegnung mit Ingrid in Ostberlin. Als er erwähnt, dass ihm ein kleines Mädchen mit blonden Zöpfen die Tür öffnete, sieht er, wie sie stutzt. Kennt sie die Geschichte? Aber woher?

»Ingrid hatte Angst, dass ihr Mann sie verstoßen könnte.«

»Ja … er wusste vermutlich nichts von mir.«

»Doch, und er wusste auch, dass sie ein Kind von dir hatte.«

»Und trotzdem hat er sie geheiratet?«

»Ingrid hat behauptet, dass du kurz vor Kriegsende gefallen seiest.«

»Was??? Sie hat mich einfach so für tot erklärt? Das hätte ich ihr nicht zugetraut.«

»Es war eine Notlüge.«

Wie endeten immer ihre Briefe? *Deine Dich liebende Ingrid, die auf Dich warten wird.* »Vielleicht habe ich mich in ihr getäuscht.«

»Nein, das hast du nicht. Ich habe neulich meine Halbschwester getroffen, die Frau, die damals jenes Mädchen mit den Zöpfen war. Ingrid verbot ihr, über die Geschichte zu sprechen, sonst würde etwas ganz Schlimmes passieren. Sie hat sich bis zu dem Treffen mit mir daran gehalten. Zum Schluss sagte sie, dass ihre Mutter in der Zeit viel geweint hätte. Ich denke, es hat Ingrid das Herz gebrochen, dich wegschicken zu müssen. Ihre Ehe mit Ernst Thiele war alles andere als glücklich.«

Oskar nickt wieder. Er hat sich oft gefragt, wie Ingrid sich in diesen Mann verlieben konnte.

»Am besten liest du, was Maria damals geschrieben hat. Dann wirst du Ingrids Verhalten besser verstehen.«

Vorsichtig zieht er die Briefe aus dem Umschlag und beginnt zu lesen.

Als er die Stelle erreicht, an der es heißt: *Bleibt er dabei, daß er Dich nur ohne das Kind will?*, sieht Oskar hoch.

Katharina hat sich zurückgelehnt und schaut auf ihre Hände. Es muss hart für sie gewesen sein, auf diese Weise herauszufinden, wer ihre leibliche Mutter war.

Aus dem nächsten Brief geht hervor, dass Ingrid beschlossen hat, Ernst Thiele zu heiraten. Maria und ihr Mann Johannes werden Katharina adoptieren. Und dann ist vom Umzug der Familie nach Ostwestfalen die Rede. *In Herford wird niemand erfahren, daß wir nicht Katharinas leibliche Eltern sind.* Sie dachten nicht daran, ihr die Wahrheit zu sagen.

Marias Frage am Ende ihres letztes Briefes treibt ihm die Tränen in die Augen. *Denkst Du manchmal noch an Katharinas Vater? Oskar war so ein feiner Mensch.*

Ingrid wird versucht haben, so wenig wie möglich an ihn zu denken. Verschwinde, und komm nie wieder! Wie soll er diese Worte jemals vergessen können.

Er liest die Briefe ein zweites und drittes Mal und kehrt immer wieder zu einem Abschnitt in Marias Schreiben vom 20. Januar 1946 zurück.

Du bist noch so jung und hast schon so viel Kummer und Leid erfahren müssen. Letztlich ist es doch ein großes Glück, daß Du dem so viel älteren Ernst begegnet bist, der Dich liebt und beschützt und für Dich sorgen will. Was ich damit sagen möchte, ist, daß Du kein schlechtes Gewissen zu haben brauchst, wenn Du Dich entscheidest, Katharina bei uns zu lassen. Niemand wird Dir deshalb einen Vorwurf machen. Es sind schwere Zeiten, und Du wünschst Dir nur das Beste für Dein Kind.

Oskar wischt sich die Tränen ab. Maria hatte recht. Es waren schwere Zeiten. Nicht nur für ihn, auch für Ingrid. Sie wusste nicht, ob er noch lebt. Ob er jemals zu ihr zurückkommen würde. Vermutlich kann er sich gar nicht vorstellen, wie zerrissen sie sich gefühlt haben muss. Sich von ihrem Kind zu trennen, damit es eine bessere Zukunft hat. Und einen ungeliebten Mann zu heiraten, um versorgt zu sein.

»Mein Halbbruder Manfred hat mir die Briefe geschickt«, sagt Katharina nach einer Weile. »Zu ihm habe ich einen ganz guten Kontakt.«

Oskar hält inne, als sein Blick auf den Absender fällt. »*Kollwitzstraße 84*. Dort hat Ingrid 1954 mit ihrer Familie gewohnt.«

»Ah, das wusste ich nicht. Dann hat Manfred die Wohnung seiner Eltern übernommen.«

Oskar gibt ihr den Umschlag zurück. »Danke, dass ich die Briefe lesen durfte.«

»Kannst du Ingrids Entscheidung jetzt besser nachvollziehen?«

»Ja. Ich wünschte, dass uns allen dieser schreckliche Krieg und seine Folgen erspart geblieben wären.«

Sie nickt.

»Aber nun musst du mir von dir erzählen und wie du mich gefunden hast.«

»Das ist eine lange Geschichte. Wollen wir vorher einen Tee kochen?«

»Ja, natürlich.« Oskar steht auf. »Oder soll ich uns eine Erbsensuppe auftauen?«

»Das klingt wunderbar.«

Auch das Lächeln hat sie von ihrer Mutter.

42

»Kann ich etwas tun?«, frage ich, während Oskar in der Küche den Tisch deckt und eine Kerze anzündet.

»Ja, du könntest die Butter aus dem Kühlschrank nehmen und das Brot schneiden. Es kommt aus der Bäckerei, in der du gestern Nachmittag warst.«

»Woher weißt du das?«, frage ich verblüfft.

»Weil ich dich gesehen habe, als du den Laden verlassen hast. Ich musste sofort an Ingrid denken und fing schon an, an meinem Verstand zu zweifeln. Du siehst deiner Mutter sehr ähnlich.«

Er holt zwei grüne Stoffservietten aus der schönen, alten Anrichte und stellt eine kleine Vase mit Schlüsselblumen auf den Tisch.

Ich schneide ein paar Scheiben von dem braunen Sodabrot ab und gieße uns Mineralwasser ein.

»Möchtest du ein Glas Wein?«

»Ja, gern.«

»Ich glaube, ich habe nur Rotwein im Haus.«

»Den trinke ich sowieso am liebsten.«

Oskar lächelt. »Ich auch. Setz dich schon mal. Es geht gleich los.«

Ich schaue ihm zu, wie er mit ruhigen Bewegungen die Weinflasche öffnet, einen Schluck probiert und uns beiden einschenkt. Dann füllt er die Suppe auf.

Er ist groß und von drahtiger Gestalt. Wahrscheinlich wandert er jeden Tag und hält sich auf diese Weise fit. Trotz seines grauen Haarkranzes wirkt er jünger als siebenundsechzig.

Als er sich hinsetzt und nach seinem Löffel greift, fällt mir auf, wie schmal seine Hände sind.

»Guten Appetit.«

»Danke.«

»Nimm dir bitte auch Brot und Butter.«

Erst jetzt merke ich, wie hungrig ich bin. Ich habe seit heute Morgen nichts mehr gegessen.

»Deine Suppe schmeckt hervorragend.«

»Das freut mich.«

»Und gemütlich hast du's hier.«

»Ja, mir hat das Haus auch auf Anhieb gefallen, aber es muss noch einiges restauriert werden.«

»Machst du solche Dinge selbst?«

»Nein, das habe ich leider nie gelernt. Meine häuslichen Aktivitäten beschränken sich aufs Kochen, Putzen und etwas Gartenarbeit.«

»Ich kann so was auch nicht. Und ich koche nicht mal viel. Das hat Maria bei uns immer gemacht, bis zu ihrem Tod vor zweieinhalb Jahren.«

»Bist du verheiratet?«

»Nein, ich habe einen Partner. Aber Lars und ich leben nicht zusammen. Mit ›uns‹ meinte ich meinen Sohn Thorsten und mich.«

Oskar lächelt. »Ich habe einen Enkel …«

»Er ist zwanzig und studiert seit Oktober letzten Jahres Geschichte und Politik in Berlin.«

»Weiß er von mir?«

»Ja. Ohne Thorsten hätte ich dich vermutlich nie gefunden.« Und dann beginne ich zu erzählen. Oskar hört mir zu, ohne mich auch nur einmal zu unterbrechen. Als ich Lukas Albrecht und das von ihm veröffentlichte Buch erwähne, sehe ich, wie Oskar die Lippen zusammenpresst. Doch er fängt sich sofort wieder.

»Ich habe vor Kurzem Lukas' letzten Brief an mich noch einmal gelesen«, sagt er leise. »Darin ging es unter anderem darum, dass er dabei sei, seine Erinnerungen an die Gefangenschaft aufzuschreiben. Aber ich hatte keine Ahnung, dass er sie veröffentlichen wollte.«

»Das war unser Glück. Er spricht in seinen Memoiren von dir als einem der wenigen, die ihm geholfen hätten zu überleben, und sagt auch, dass ihr noch Kontakt hättet. Doch in seinem Brief an Thorsten schrieb er, dass er seit Ende der Siebzigerjahre nichts mehr von dir gehört hätte.«

Oskar fährt sich über die Stirn. »… ich weiß … es ist wirklich lange her …«

»Aber jetzt wirst du ihm schreiben, oder?«

»Ja, natürlich.«

Ich schildere Oskar die nächsten Etappen auf meiner Suche: den Besuch im Gymnasium Altona, die Reise nach Irland, das *Lakeview House B & B* in Laragh.

»Róisín heißt die Besitzerin. Sie hat eine Bekannte in Enniskerry, deren Tochter mit dem Metzger David Gibson verheiratet ist …«

»Oh, das ist Dervla. Die Familie hat mich sehr freundlich aufgenommen. Einmal in der Woche fahre ich dorthin und spiele mit dem jüngsten ihrer drei Söhne, dem kleinen Fionn. Er ist vier. Ich bin … eine Art Großvater für ihn.«

»Thorsten ist zwar schon erwachsen, aber über einen Großvater würde er sich bestimmt auch freuen. Sein Vater lebt in den USA, die beiden haben seit vielen Jahren keinen Kontakt mehr. Und ich war ihm alles andere als eine gute Mutter.«

Oskar schaut mich erstaunt an. »Wieso?«

»Weil ich beruflich immer unterwegs war. Maria hat Thorsten großgezogen.«

»Bevor du mir erzählst, was du für einen Beruf hast, fülle ich uns noch einen Teller Suppe auf, oder?«

»Ja, gerne. Möchtest du noch Wasser?«

Er nickt. Ich schenke uns nach und frage mich, wie Oskar reagieren wird, wenn er hört, dass ich als Fotografin in Krisen- und Kriegsgebieten arbeite. Für Menschen wie ihn, die den Krieg als Soldat und als Gefangener erlebt haben, muss es völlig unverständlich sein, dass sich jemand freiwillig für einen solchen Beruf entscheidet.

Wir beginnen wieder zu essen.

»Ich bin Fotografin«, sage ich nach einer Weile.

»Oh, interessant. Was fotografierst du?«

Ich trinke einen Schluck Wasser. Oskar wirft mir einen aufmunternden Blick zu. Spürt er, wie schwer es mir fällt, ihm zu sagen, an was für Orten meine Fotos entstehen?

Als ich es schließlich ausspreche, sehe ich die Bestürzung in seinem Gesicht. Ich erzähle ihm, wie es angefangen hat, damals in Paris. Und wie ich besessen von der Idee war, der Welt die Wahrheit zeigen zu wollen.

»Hast du keine Angst bei deinen Einsätzen?«

»Früher nicht. Aber vor zwei Monaten war ich in Addis Abeba, und dort ist es mir zum ersten Mal anders ergangen … Seitdem überlege ich, ob ich weitermachen kann wie bisher.«

»Du setzt dich großen Gefahren aus. Und der Anblick von so viel Gewalt und Zerstörung hinterlässt Spuren.«

»Ja … vielleicht sollte ich anfangen, Landschaften zu fotografieren, oder mich auf Portraits konzentrieren.«

»Hättest du Lust dazu?«

»Ich weiß nicht. Ausgerechnet in diesem Jahr wird es in Berlin eine Retrospektive meiner Fotos geben. *30 Jahre Photographie aus Krisen- und Kriegsgebieten.*«

»Wann?«

»Im Oktober.«

»Da werde ich kommen.«

»Das würde mich sehr freuen. Aber es sind aufwühlende Bilder …«

»Ich … kann es mir vorstellen.«

Wir schweigen einen Moment lang.

»Stört es dich, wenn ich rauche?«, frage ich.

»Nein, überhaupt nicht. Ich werde mir eine Pfeife stopfen.« Oskar steht auf und holt einen Aschenbecher und seine Pfeifenutensilien.

Ich zünde mir eine Zigarette an. Es ist heute erst die zweite. Ich mache Fortschritte.

»Du sprachst eben von Addis Abeba«, sagt Oskar, während er seine Pfeife ausklopft. »Ich habe neulich in der *Irish Times* einen erschütternden Artikel über den jahrelangen Bürgerkrieg in Äthiopien gelesen. Die Fotos daneben werde ich nie vergessen. Sie zeigten die Leichen zweier winziger Babys, die auf die Ladefläche eines Transporters geworfen werden.«

»Die Aufnahmen sind von mir.«

Oskar legt seine Pfeife beiseite und greift nach meiner Hand. »Vielleicht musst du künftig nicht mehr so tapfer sein.«

Ich fange plötzlich an zu weinen.

Es dauert lange, bis ich mich wieder beruhigen kann.

Später zeigt Oskar mir ein Foto, das im Herbst 1944 aufgenommen wurde. Es zeigt Ingrid und ihn, Arm in Arm. Sie lächeln in die Kamera.

»Ihr wart so jung.«

»Ja … ich hatte Fronturlaub, und Ingrid war für ein Wochenende nach Hamburg gekommen. An jenem Sonntag habe ich sie nach Schleswig-Holstein begleitet, wo sie auf einem Hof Arbeitsdienst machte. Und dort bot eine Frau an, uns zu fotografieren.«

An dem Wochenende bin ich entstanden, schießt es mir durch den Kopf.

»Das Foto lag in einem Brief, den Ingrid mir an die Ostfront geschickt hat. Kurz danach geriet ich in Kriegsgefangenschaft.«

»Ich kenne bisher nur ein Bild von ihr. Beim Blumenstreuen auf Marias Hochzeit, da war sie höchstens vier. Jetzt sehe ich zum ersten Mal ihr Gesicht. Sie hatte so strahlende Augen.«

»Ja. Und sie steckte voller Optimismus und Energie. Du hättest sie mal beim Swing-Tanzen erleben sollen. Das war unglaublich.«

Vorsichtig streiche ich mit dem Finger über die Ränder des Fotos. Es ist erstaunlich gut erhalten, wenn ich bedenke, dass es vier Jahre Kriegsgefangenschaft überstanden hat. Oskar wird es gehütet haben wie einen Schatz.

»Ich schenke es dir.«

»Nein, du musst es behalten. Es ist deine letzte Erinnerung an Ingrid.«

»Ich bewahre die Erinnerung in mir auf. Du sollst ein Bild deiner Mutter haben.«

»Danke.«

Es ist fast Mitternacht, als ich aufbreche. Wir haben uns für morgen um zehn zu einer Wanderung verabredet. Noch regnet es, aber Oskar ist zuversichtlich, dass das Wetter besser wird. Darauf vertraue ich.

43

Oskar blickt Katharinas Wagen nach und geht langsam ins Haus zurück. Er kann jetzt nicht schlafen; zu viele Gedanken kreisen in seinem Kopf. Immer wieder muss er sich sagen, dass es kein Traum war, was in den letzten Stunden geschehen ist. Er hat seine erwachsene Tochter kennengelernt. Vom ersten Moment an war Katharina ihm alles andere als fremd. Nicht nur, weil sie ihrer Mutter so ähnlich sieht. Etwas an ihrer Art zu sprechen und zuzuhören erinnert ihn an ihn selbst.

Wo war er, als Ingrid im Sommer 1945 ihr gemeinsames Kind zur Welt brachte? In irgendeinem Steinbruch in Nischni Tagil. Er kämpfte gegen den Hunger, die Erschöpfung, die Mücken. Und gegen das Gefühl, dass es für einen wie ihn keine Hoffnung mehr gäbe. Wie wäre es ihm ergangen, wenn er damals erfahren hätte, dass er Vater geworden sei? Es hätte alles verändert.

Oskar schenkt sich einen Whiskey ein und sucht sein Briefpapier heraus. Dann legt er eine der Balladen von Chopin auf und beginnt, an Lukas zu schreiben. Als Erstes entschuldigt er sich dafür, dass er so viele Jahre nichts von sich hat hören lassen.

Ich hatte mich völlig von der Welt zurückgezogen. Im Alleinsein lag für mich die erträglichste Form des Lebens.

Doch nun ist etwas geschehen, was mich aufgerüttelt hat. Und das verdanke ich Dir. Seit heute Abend weiß ich, daß ich eine Tochter habe. Ihr Name ist Katharina.

Sie stand plötzlich bei mir vor der Tür. Es klingt wie ein Märchen. Und ich kann es selbst immer noch kaum glauben, daß es wahr ist.
Jahrzehntelang hatte ich keine Verwandten, und nun habe ich auf einmal eine Tochter und einen Enkel. Katharina sagt, daß sie mich ohne ihren Sohn Thorsten nicht gefunden hätte. Und ohne Deinen Hinweis auf die Schule, an der ich so viele Jahre als Lehrer tätig war, wäre sie nie auf den Gedanken gekommen, sich an das Gymnasium Altona zu wenden. Dort hatten ehemalige Kolleginnen von mir die Idee, daß ich nach Irland ausgewandert sein könnte. Von meinen vielen Klassenreisen hierher wußten sie, wie sehr ich dieses Land mag, vor allem die einsam gelegenen Wicklow Mountains, südlich von Dublin, in denen ich nun seit knapp zwei Jahren lebe.
Vor mehr als einem Jahrzehnt ist durch mein Verschulden unser Kontakt abgebrochen. Ich hätte es verstanden, wenn Du darüber so traurig und verbittert gewesen wärst, daß Du einen Brief meines Enkels nicht weiter beachtet hättest. Stattdessen hast Du Thorsten sofort geantwortet. Dafür danke ich Dir von ganzem Herzen.
Katharina wird bis zum 28. Mai in Irland bleiben. Ich werde ihr meine neue Heimat zeigen und lernen, wie es ist, Vater zu sein.
Spätestens im Oktober plane ich, nach Deutschland zu reisen, unter anderem nach Berlin, wo eine Ausstellung mit Photos von Katharina eröffnet wird. Sie ist Kriegsphotographin. Ich habe mich zunächst sehr erschrocken, als ich das gehört habe. Es geht ihr darum, der Welt die Wahrheit zu zeigen. Das heißt, in letzter Zeit scheinen ihr Zweifel gekommen zu sein, ob sie auf diese Weise weiterarbeiten kann. Es ist ein gefährlicher Beruf, und

sie hat schon viel Elend und Brutalität mit ansehen müssen. Aber wem sage ich das … Wir kennen den Krieg.

Hoffentlich geht es Dir gut. Ich würde Dich sehr gerne wiedersehen. Wenn es Dir recht ist, plane ich für meinen nächsten Deutschlandaufenthalt ein paar Tage in Marburg ein. Oder wir treffen uns in Hamburg. Du bist natürlich auch herzlich eingeladen, mich in Irland zu besuchen.

Herzliche Grüße
von Deinem Freund Oskar

Er liest den Brief noch einmal durch, dann steckt er ihn in einen Umschlag und klebt eine Briefmarke drauf. Lukas' Adresse hat er noch im Kopf.

Es ist kurz nach drei, als er im Bett liegt und das Licht ausknipst. Er schläft beinahe sofort ein.

Am nächsten Morgen ruft er bei David an, der schon darauf wartet zu hören, wie Oskars Begegnung mit seiner Tochter verlaufen ist.

»Ich kann es dir so schnell gar nicht beschreiben. Mein Leben ist auf einmal ganz anders.«

»Wir freuen uns so mit dir.«

»Danke. Was für ein glücklicher Zufall, dass Katharinas Wirtin Dervlas Mutter kennt.«

»Ja, aber über kurz oder lang hätte deine Tochter dich auch so gefunden. Die Wicklow Mountains sind ja nicht sehr besiedelt. Irgendwann hätte sie einen Tipp bekommen, wo dieser Mann aus Deutschland lebt.«

»Vermutlich hast du recht.«

»Was habt ihr heute vor?«

»Wir wollen eine Wanderung machen.«

»Dann viel Vergnügen. Das Wetter soll sich halten.«

»Bitte entschuldige mich bei Fionn, dass ich heute Nachmittag nicht kommen kann.«

»Das erklären wir ihm. Und Katharina ist natürlich auch herzlich eingeladen, am Sonntag mit bei uns zu essen.«

»Danke.«

Oskar legt auf. Gleich Viertel vor zehn. Das Picknick ist fertig. Jetzt muss er nur noch sein Fernglas einpacken.

44

Ich bin auf dem Weg zu Oskar. Die Sonne scheint, so wie er es vorhergesagt hat.

In der Nacht habe ich von einer Telefonzelle aus bei Thorsten angerufen. Wie so häufig meldete sich Sven Schubert.

»Hier ist Katharina Elbracht. Entschuldigen Sie die späte Störung. Kann ich Thorsten mal sprechen?«

»Ich glaube, der schläft schon.«

»Es wäre nett, wenn Sie ihn wecken könnten.«

»Okay. Aber das wird ihm nicht gefallen.«

Kurz darauf kam Thorsten an den Apparat. »Mensch, Mama, es ist halb zwei!«

»Ich habe Oskar gefunden.«

»Was??? Hey, super! Erzähl!«

Die Geschichte sprudelte nur so aus mir heraus. An irgendeinem Punkt versuchte ich, sie etwas zu raffen, aber Thorsten wollte alles ganz genau wissen.

»Und wann lerne ich meinen Opa kennen?«

»Bald«, versprach ich ihm. »Er freut sich, dass er einen Enkel hat.«

»Ich freu mich auch. Ist ja bei uns in der Familie nicht üblich, dass jemand Neues auftaucht. Bisher haben sich alle immer nur aus dem Staub gemacht, auf die eine oder andere Weise.«

»Das stimmt … Wie geht es dir?«

»Ich muss morgen in Geschichte ein Thesenpapier vortragen.«

»Ach, du meine Güte. Und ich habe dich geweckt.«

»Das war schon in Ordnung.«

»Schlaf schnell weiter.«

»Mach ich. Und grüß meinen Opa von mir.«

Erst auf der Weiterfahrt fiel mir auf, dass Thorsten zum ersten Mal etwas erwähnt hatte, was mit seinem Studium zusammenhängt.

Ich überhole einen Traktor. Nach der nächsten Kurve öffnet sich das Tal. Heute wirken die Kegelberge nicht abweisend. Im Gegenteil, sie schimmern goldgelb. Ich freue mich auf die Wanderung.

Vorhin beim Frühstück musste ich Róisín ausführlich von der Begegnung mit meinem Vater berichten. Sie putzte sich die Nase und meinte, dass sie normalerweise nicht dazu neige, sentimental zu werden, aber mein Fall ginge ihr doch sehr nahe.

Und eben habe ich Lars in der Bibliothek erreicht. Ich spürte seine Freude und auch seine Erleichterung.

»Jetzt wird alles gut«, sagte er zum Abschied. »Genieß die Zeit mit deinem Vater. Und lad ihn nach Hamburg ein, damit ich ihn auch kennenlernen kann.«

»Ja, ich bin sicher, dass er demnächst zu Besuch kommen wird.«

Diesmal finde ich in Enniskerry mühelos die richtige Abzweigung.

Als ich um kurz vor zehn vor dem Cottage halte und aussteige, öffnet sich sogleich die rote Tür, und Oskar kommt heraus. Wir nehmen uns zur Begrüßung in die Arme. Es ist ein ungewohntes Gefühl. Und ich merke, dass es ihm genauso geht.

»Wie hast du geschlafen?«, fragt er.

»Tief und fest. Und du?«

»Etwas kurz, aber nicht schlecht. Möchtest du einen Tee oder Kaffee?«

»Nein, danke. Meinetwegen können wir sofort aufbrechen.«

»Gut. Ich habe alles vorbereitet.« Oskar holt seinen Rucksack aus dem Haus und schließt ab.

»Der sieht recht schwer aus. Kann ich etwas davon übernehmen?«

»Ja. Wenn du das Obst tragen willst.« Er reicht mir zwei Äpfel und zwei Bananen.

Wir laufen los. Es ist ein warmer Tag, der wärmste seit meiner Ankunft in Irland. Schon nach zehn Minuten muss ich meinen Pullover ausziehen.

»Nachdem du gefahren bist, war ich noch so wach, dass ich einen langen Brief an Lukas geschrieben habe«, sagt Oskar nach einer Weile.

»Er wird sehr erleichtert sein, von dir zu hören.«

»Ich habe ihm angekündigt, dass ich ihn gerne treffen würde.«

»Das heißt, du kommst bald nach Deutschland?«

Oskar nickt lächelnd.

»Das ist ja schön. Thorsten lässt dich übrigens herzlich grüßen. Wir haben heute Nacht noch telefoniert. Er freut sich darauf, dich kennenzulernen. Und Lars natürlich auch. Mit ihm habe ich heute Morgen gesprochen. Er wusste sofort, dass etwas Besonderes passiert sein musste, wenn ich ihn an seinem Arbeitsplatz anrufe.«

»Was macht er beruflich?«

»Er ist Bibliothekar an der Uni-Bibliothek.«

»Ah, eine solche Tätigkeit hätte mir auch gefallen, wenn ich nicht Lehrer geworden wäre.«

»Lars' Alltag ist ganz anders als meiner. In seinem Leben gibt es eine klare Struktur mit geregelten Arbeits- und Urlaubszeiten, keine Aufregungen oder unvorhergesehenen Ereignisse.«

»Vielleicht ergänzt ihr euch deshalb so gut.«

»Nicht immer. Wir hatten in diesem Frühjahr eine große Krise. Aber die haben wir zum Glück überwunden. Lars ist sehr geduldig … anders als ich.«

Wir haben die erste Steigung hinter uns. Oskar läuft in einem ruhigen, gleichmäßigen Rhythmus. Er ist kein bisschen außer Puste, im Gegensatz zu mir.

»Hat er Kinder?«

»Ja, eine dreizehnjährige Tochter. Sie heißt Andrea. Er erzieht sie allein, seine geschiedene Frau ist alkoholabhängig.«

»Und verstehst du dich mit Andrea?«

»Unser Verhältnis könnte besser sein. Sagen wir mal so: Ich bemühe mich.«

»Wieso ist es denn schwierig mit ihr? Findet ihr keinen Draht zueinander?«

»Für Andrea ist es nicht leicht, ihren Vater mit mir zu teilen.«

»Meinst du, sie ist eifersüchtig auf dich?«

»Ja … aber … um ehrlich zu sein, ich glaube, ich bin auch eifersüchtig auf sie … oder vielmehr auf die gute Beziehung, die sie zu ihrem Vater hat.« Seltsam. Bisher habe ich mir das nie eingestehen können. »Thorsten war seiner Großmutter immer näher als mir.«

»Das wundert mich nicht, wenn sie ihn großgezogen hat. Aber so schlecht kann dein Kontakt zu Thorsten nicht sein. Er hat sich doch jetzt bei der Recherche sehr engagiert.«

»Ja, das stimmt. Ich habe ihm zu seinem zwanzigsten Geburtstag im März einen Brief geschrieben und ihm darin unsere Familiengeschichte erzählt. Seitdem hat sich zwischen uns einiges verändert.«

»Na, siehst du.«

»Trotzdem bin ich immer noch etwas unsicher, wie es

weitergehen wird. Ich weiß so wenig über ihn, seine Interessen, seine Freunde. Und umgekehrt weiß er auch nicht viel über mich. Ich habe mit ihm nie über meine Arbeit gesprochen, um ihn nicht zu ängstigen. Und in den letzten ein, zwei Jahren, als er alt genug war, wollte er von meinen Einsätzen nichts hören.«

»Es wird länger dauern, bis ihr euch gegenseitig besser kennenlernt. Aber an deiner Stelle wäre ich ganz zuversichtlich.«

»Ich versuch's.«

Nach gut zwei Stunden gelangen wir auf ein Felsplateau. Unter uns erstreckt sich das Tal. Und in der Ferne sehe ich das Meer. »Schön ist es hier.«

»Ja. Diese Stelle gehört zu meinen Lieblingsplätzen.«

»Wollen wir eine Pause machen?«

»Gerne. Hast du Hunger?«

»Und wie.«

Oskar breitet eine kleine Decke aus und holt Käsebrote, Tomaten und hart gekochte Eier aus seinem Rucksack. Sogar an Salz hat er gedacht. Und für jeden gibt es eine Flasche Wasser. Ich lege das Obst dazu, und dann beginnen wir zu essen.

»Gestern hätte ich mir nie vorstellen können, dass das Wetter heute so gut sein würde.«

»Durch den Wind ändert es sich hier viel häufiger als in Hamburg.«

»Vermisst du die Stadt?«

»Manchmal schon. Vor allem im letzten Winter gab es Tage, an denen ich mir sehr isoliert vorkam. Und wenn ich mir überlege, dass wir jahrelang in Hamburg nicht weit voneinander entfernt gewohnt haben …«

»Vielleicht wirst du eines Tages nach Deutschland zurückkehren.«

»Mal sehen.« Oskar greift nach seinem Fernglas. »Ich habe eben einen Greifvogel gehört.« Er sucht den Himmel ab und hält dann inne. »Da ist er, ein Turmfalke.« Oskar reicht mir das Fernglas.

Ich brauche einen Moment, bis ich ihn auch sehe. Er schwebt, als ob er in der Luft stillstehen würde.

»Gleich wird er sich auf seine Beute stürzen.«

Ich lasse das Fernglas sinken und erzähle Oskar, dass ich im Rahmen meiner Recherchen auch bei seinem ehemaligen Mitschüler Heinrich Beckmann gewesen sei und der ein Referat über Greifvögel erwähnt habe, das Oskar in der Sexta oder Quinta gehalten hätte.

Er lacht. »Daran erinnert Heinrich sich noch? Das ist ja erstaunlich.«

»Er meinte, dass du mit deinem Bruder und deinem Vater in den Ferien meistens zum Wandern in die Berge gefahren seiest und dort Greifvögel beobachtet hättest.«

»Ja …«

Oskars Gesicht hat sich verdüstert.

»An die Wanderungen scheinst du nicht die besten Erinnerungen zu haben …?«

»Das Wandern an sich habe ich schon als Kind genossen. Aber an meinen Vater denke ich nicht gerne zurück. Er war außerordentlich streng. Für mich hatte er nichts übrig. Meinen Bruder dagegen liebte er über alles. Ich glaube, er hat mir nie verziehen, dass ich den Krieg überlebt habe und Eduard gefallen ist.«

»Wirklich?«

»Ja. Als eingefleischter Nazi war er erbarmungslos. Und er hat sich auch nach dem Krieg nicht verändert. Wir konnten nicht miteinander reden. 1951 bin ich ausgezogen. Von da an weigerte er sich, mich finanziell zu unterstützen. Ich habe mit Nachhilfe und Übersetzungen Geld verdient und mich irgendwie durchgeschlagen. Alles war besser, als bei meinem Vater wohnen zu müssen. In seinen letzten Lebensjahren hatten wir keinen Kontakt mehr. Ein Nachlassverwalter teilte mir im Herbst 1957 mit, dass mein Vater gestorben sei.«

»Und deine Mutter, was war sie für ein Mensch?«

»Warmherzig, gütig und immer auf meiner Seite. Ich habe nie verstanden, dass sie einen Mann wie meinen Vater heiraten konnte. Ihr früher Tod war ein großer Verlust für mich.«

»Ja, ich habe im Johanneum erfahren, dass du damals erst sieben Jahre alt warst.«

»Was du alles über mich herausgefunden hast …« Oskar räumt die Reste des Picknicks zusammen. »Wollen wir allmählich zurück?«

»Ja.«

Seine Miene hat sich wieder aufgehellt.

Über seinen Vater werde ich nicht mehr mit ihm sprechen.

45

Wolken haben sich vor die Sonne geschoben, und ein leichter Wind kommt auf. Oskar sitzt auf der Bank vor seinem Haus und schaut auf die Uhr. Viertel nach sieben. Spätestens in einer halben Stunde wird Katharina hier sein, um sich von ihm zu verabschieden.

Die anderthalb Wochen mit ihr sind wie im Flug vergangen. Wie oft hat er sich gewünscht, dass er die Zeit anhalten könnte. Er hat ihr Dublin gezeigt, sie hat David und seine Familie kennengelernt, vorgestern haben sie einen langen Spaziergang am Strand gemacht. Und jeden zweiten Tag sind sie in den Bergen gewandert. Bei ihrem letzten Aufstieg gab Katharina etwas verlegen zu, dass sie sich bis zu der Begegnung mit ihm nie fürs Wandern interessiert hätte. Im Nachhinein könne sie das gar nicht mehr verstehen.

Irgendwann fing sie an, die Landschaft und auch ihn zu fotografieren. Er hatte sich schon gefragt, ob sie überhaupt einen Fotoapparat dabeihätte. Und dann wunderte er sich, wie klein und handlich die Kamera war.

»Ich habe sie oft bei meinen Einsätzen benutzt, weil sie so unauffällig ist.«

»Wie geht es dir jetzt, wenn du an deinen Beruf denkst?«

»Ich werde aufhören.«

»Aber hoffentlich nicht meinetwegen.«

»Nein. Mir ist in diesen Tagen klargeworden, dass ich es nicht mehr schaffe, mich den Risiken auszusetzen. Ich habe zu viele Bedenken. Und ich weiß, dass meine Arbeit darunter leiden würde.«

»Es gibt andere Zweige der Fotografie.«

»Ja, sicher. Trotzdem wird es nicht leicht sein, in einem neuen Bereich Fuß zu fassen. Ich bin eben als Kriegsfotografin bekannt.«

Es ist kühl geworden. Oskar steht auf, um sich eine Jacke zu holen.

Im Haus fällt sein Blick auf den Zettel mit Katharinas Adresse und verschiedenen Telefonnummern. Auch Thorstens Nummer hat sie ihm aufgeschrieben. Neulich haben sie schon einmal miteinander telefoniert, und Oskar konnte ihm sagen, wie glücklich es ihn gemacht hätte, zu erfahren, dass er eine Tochter und einen Enkel habe.

»Ich finde es auch toll, dass ich jetzt einen Opa habe.«

»Vielleicht hast du Lust, mich mal in Irland zu besuchen.«

»Ja, eine super Idee.«

Als er erwähnte, dass er im Oktober auf jeden Fall nach Berlin zur Eröffnung von Katharinas Ausstellung kommen werde, merkte er an Thorstens verhaltener Reaktion, dass er davon nichts wusste. Es handele sich um eine große Retrospektive ihrer Arbeiten, fügte er hinzu. Die werde er sich natürlich auch angucken, meinte Thorsten. Aber bis Oktober sei es noch lange hin. Ob sie sich nicht im Sommer mal in Hamburg treffen könnten.

»Ja, das machen wir.«

»Und wenn du magst, kannst du mir dann etwas über deine Erfahrungen in der sowjetischen Kriegsgefangenschaft erzählen. Ich arbeite schon länger an dem Thema und werde im Sommer dazu ein Referat schreiben.«

»Oh … ich weiß nicht, ob das, was ich erlebt habe, so interessant für dich ist …«

»Doch, bestimmt.«

Er hatte ihm angeboten, dass er ihn jederzeit anrufen könne, wenn er zwischendurch Fragen hätte.

Bei dem Gespräch war es ihm so vorgekommen, als ob er seinen Enkel schon immer gekannt hätte.

Oskar legt den Zettel in sein Adressbuch und überlegt, ob er Teewasser aufsetzen soll. Nein. Katharina hat ihm gestern Abend gesagt, dass sie nur kurz vorbeikommen werde. Auf dem Weg zum Flughafen muss sie durch die Stadt, und um diese Uhrzeit gibt es viel Verkehr. Sie darf ihre Maschine nicht verpassen. Gleich müsste sie hier sein. Genau wie er ist sie immer sehr pünktlich.

Er zieht seine Jacke an und holt die Käsebrote aus dem Kühlschrank, die er für Katharina vorbereitet hat. In der Picknicktüte sind auch zwei Äpfel und eine Tafel Schokolade.

Draußen setzt er sich wieder auf die Bank. Zwei Minuten später fährt ihr Wagen vor. Ihm ist beklommen zumute. Als sie aussteigt, sieht er, dass es ihr genauso geht.

»Versprich mir, dass du mich bald in Hamburg besuchst.«

»Ja.«

»Und pass gut auf dich auf.«

»Du auch auf dich. Hier hast du etwas Verpflegung für unterwegs.«

»Danke. Das ist lieb von dir.«

»Wann wirst du zu Hause sein?«

»Hoffentlich gegen sechs.«

»Das Leben wird mir jetzt sehr still vorkommen.«

»Wir telefonieren.«

Oskar nimmt sie in die Arme. Er will ihr sagen, wie dankbar er ist, dass sie ihn gesucht hat, aber er bringt kein Wort heraus.

Sie steigt in den Wagen, kurbelt die Scheibe herunter und winkt ihm im Wegfahren zu. Dann biegt sie um die Kurve und ist verschwunden.

Oskar geht ins Haus zurück und schaut sich etwas verloren um. Er könnte den Abwasch machen oder mal wieder staubsaugen.

Sein Blick fällt auf den grauen Kieselstein, den Katharina neulich am Strand gefunden hat. Er ist rund und glatt und passt genau in seine Hand. Durch die Mitte zieht sich ein feiner, weißer Streifen.

»Wie eine Ader«, meinte sie.

»Schön ist der.«

»Ich schenke ihn dir.«

Nein, er wird jetzt nicht putzen, sondern lieber noch einmal an den Strand fahren.

Er packt sein Regenzeug ein, zieht Gummistiefel an und schließt das Haus ab.

Nachmittags erwarten ihn die Gibsons. Dervla hatte ihm neulich beim Essen vorgeschlagen, dass er am Tag von Katharinas Abreise zu ihnen kommen solle. Fionn würde gerne auch an einem Montagnachmittag mit ihm spielen.

46

Ich bin dabei, die irischen Landschaftsfotos zu entwickeln. Meine Portraits von Oskar sind fertig. Sie haben alle etwas Melancholisches.

»Ich sehe auf Fotos immer traurig aus«, murmelte er, als ich ihn fragte, ob es ihm recht sei, wenn ich ein paar Aufnahmen von ihm machen würde.

Nur auf dem Bild, das ihn zusammen mit Ingrid zeigt, da lächelt er.

»Deine Eltern müssen sehr glücklich gewesen sein«, meinte Lars, als er am Dienstag hier war und das Foto auf meinem Schreibtisch stehen sah. »Wenn ihre Liebe bloß eine Chance gehabt hätte …«

»Mein Vater hat mir erzählt, dass Ingrid 1942 mit ihm über Dänemark nach Schweden fliehen wollte, doch ihm hätte der Mut dazu gefehlt. Das hat er später sehr bereut.«

»Es wäre äußerst gefährlich gewesen.«

»Ja, natürlich. Genau das war auch Oskars Reaktion. Er hat Ingrid gefragt, ob sie wahnsinnig sei. Sie würden ihr Leben riskieren. Darauf lautete ihre Antwort: ›Na und? Besser als getrennt zu werden.‹«

»Deine Mutter war eine starke Frau.«

»Ja. Aber der Tod ihrer Eltern und die quälende Ungewissheit, ob Oskar noch am Leben war, müssen sie verändert haben. Und natürlich die Schwangerschaft. Vermutlich sehnte sie sich vor allem nach irgendeiner Sicherheit.«

Drei Tage sind seit meiner Rückkehr nach Hamburg vergangen. Ich habe Oskar Bescheid gesagt, dass ich gut angekommen sei, habe lange Telefonate mit Thorsten und mit

Lilo geführt. Und heute Morgen habe ich einen Brief an Manfred und seine Geschwister geschrieben, dass ich dank ihrer Hilfe meinen Vater in Irland gefunden hätte.

Am Wochenende ist Pfingsten. Lars hat mich eingeladen, morgen mit Andrea, seinem Vater und ihm für vier Tage nach Amrum zu fahren. Sie werden dort in einem Haus von Freunden des Vaters wohnen. Es gäbe genug Platz, betont Lars. Ich habe geschwankt, es ist eine schöne Idee, aber ich will mich weiter auf meine Fotos konzentrieren. Außerdem brauche ich Ruhe, um all das Erlebte etwas zu verdauen.

Am Freitagabend bin ich mit der Entwicklung der Fotos fertig. Ich backe eine Salamipizza auf und schaue mir einen Krimi im Fernsehen an.

Gegen zehn bekomme ich plötzlich starke Magenschmerzen. So etwas kenne ich gar nicht. Ich lege mich aufs Sofa und versuche, mich zu entspannen. War die Salami nicht mehr gut? Die Pizza kam direkt aus dem Tiefkühlfach.

Ich überlege, ob ich ein Mittel gegen Magenbeschwerden habe. Mit Mühe schaffe ich es bis zum Badezimmer. In meinem Schränkchen finde ich nur allgemeine Schmerztabletten, eine angebrochene Flasche Hustensaft, ein altes Nasenspray und eine Packung mit Pflastern. Wieso habe ich mich nie um eine richtige Hausapotheke gekümmert?

Im nächsten Moment wird mir übel, und ich muss mich übergeben.

Ich wasche mir das Gesicht und will mir die Zähne putzen, als ich mich wieder übergeben muss. So geht es noch ein paarmal, bis ich gegen drei Uhr erschöpft in meinem Bett liege und einschlafe.

Am nächsten Morgen bin ich so schwach, dass es mir schwerfällt aufzustehen. Ist mir die Frage, wie es beruflich weitergehen soll, auf den Magen geschlagen? Mache ich mir mehr Sorgen über meine Zukunft, als ich es bisher wahrhaben wollte?

Mittags ruft Lars an. Auf Amrum scheint die Sonne.

»Wie sieht's bei dir aus?«

»Nicht gut. Ich muss was Falsches gegessen haben.«

»Wieso? Ist dir schlecht?«

»Heute Nacht war mir furchtbar übel, jetzt bin ich nur noch schlapp.«

»Was hattest du zum Abendbrot?«

»Eine Salamipizza … Aber ich mag gar nicht ans Essen denken.«

»Ruf mal den Notarzt an.«

»Das ist nicht nötig. Selbst wenn es eine Lebensmittelvergiftung war … Ich habe ja alles erbrochen. Gleich lege ich mich wieder hin und ruhe mich aus.«

»Soll ich nach Hamburg zurückkommen?«

»Nein, Lars. Das wäre völlig übertrieben.«

»Hast du Fieber?«

»Ich glaube nicht.«

»Aber du solltest auf jeden Fall messen.«

»Mach ich.«

»Ich melde mich heute Abend wieder.«

»Okay.«

»Gute Besserung.«

»Danke.«

»Und versprich mir, dass du etwas unternimmst, wenn es dir schlechter geht.«

»Ja.«

Ich habe mich getäuscht. Als ich Fieber messe, zeigt mein Thermometer 38,2 Grad.

Ein paar Stunden später bekomme ich Schmerzen rechts unten im Bauch. Kann es sein, dass ich eine Blinddarmentzündung habe? Ich lese in meinem Gesundheitslexikon nach, was für Symptome darauf hindeuten können: Schmerzen in der Magengegend, Appetitlosigkeit, Erbrechen, leichtes Fieber, nach einigen Stunden Verlagerung der Schmerzen in den rechten Unterbauch. Aber so ein entzündeter Blinddarm ist angeblich nicht leicht zu diagnostizieren. Manchmal handelt es sich auch nur um eine Blinddarmreizung, die von selbst wieder verschwindet. Oder es ist etwas ganz anderes, zum Beispiel eine Bauchhöhlenschwangerschaft. Doch das kann ich mir nicht vorstellen. Ich nehme die Pille und habe noch nie gynäkologische Probleme gehabt.

Ich mache mir eine Wärmflasche und lege mich wieder ins Bett.

Das Klingeln des Telefons weckt mich.

»Hier ist Lars.«

»Oh, ich habe tief geschlafen.«

»Wie geht es dir?«

»Ich bin ziemlich erledigt.«

»Ist dir noch schlecht?«

»Im Moment nicht.«

»Und die Magenschmerzen?«

»Sind weg.«

»Da bin ich sehr erleichtert.«

Ich werde ihm nicht sagen, dass ich jetzt rechts unten im Bauch Schmerzen habe. Dann regt er sich nur auf. »Wie geht es euch?«

»Wir waren am Wattenmeer spazieren und anschließend zum Schwimmen im Hallenbad. Andrea hat von meinem Vater Geld für einen neuen Anorak bekommen, den wir ausgesucht haben, und gleich wollen wir Fisch essen gehen.«

Bei dem Wort Fisch muss ich schlucken. »Dann … wünsche euch einen schönen Abend.«

»Danke. Und dir weiterhin alles Gute. Morgen Mittag rufe ich dich wieder an.«

Ich richte mich auf. Irgendetwas stimmt mit mir nicht. Wahrscheinlich war es wirklich eine Vergiftung.

Im Badezimmer blicke ich in den Spiegel, mein Gesicht ist bleich, meine Augen sind fiebrig. Ich nehme eine Schmerztablette. Die soll auch gegen Fieber wirken.

Am Sonntagmorgen reiße ich mich zusammen und dusche. Ich wasche mir die Haare und ziehe mich an. Anschließend bin ich in Schweiß gebadet.

Ich koche mir einen Pfefferminztee, doch mehr als ein paar Schlucke kann ich nicht trinken.

Als Lars anruft, erzähle ich ihm, dass ich aufgestanden sei. Das beruhigt ihn.

Spätabends tut mir plötzlich nichts mehr weh. Wie gut, dass ich erst einmal abgewartet habe.

Um sieben Uhr werde ich wach. Ich habe starke Schmerzen im ganzen Bauch. Als ich aufstehen will, werde ich beinahe ohnmächtig.

Mit letzter Kraft rufe ich den Notarzt an. Eine Viertelstunde später ist er da und untersucht mich.

»Könnte es eine Vergiftung sein? Ich habe am Freitagabend eine Salamipizza gegessen.«

»Nein, Ihre Beschwerden lassen eher auf eine akute Blinddarmentzündung schließen. Wir werden Sie umgehend in die Uni-Klinik bringen.«

Auf dem Weg dorthin frage ich den Arzt, wie so etwas so

schnell gehen könne. Bis Freitagabend sei es mir gut gegangen.

»Die Entzündung des Blinddarms entwickelt sich innerhalb weniger Stunden.«

»Und wie kommt es, dass die Schmerzen gestern Abend plötzlich aufgehört haben?«

Er zögert. »Wir … wollen es nicht hoffen, aber es ist möglich, dass Sie einen Blinddarmdurchbruch haben. Da lassen die Schmerzen für kurze Zeit nach. Man nennt dieses Intervall den ›faulen Frieden‹.«

Blinddarmdurchbruch? Darüber habe ich in meinem Lexikon auch etwas gelesen … *Eiter und Darmkeime breiten sich ungehindert in der Bauchhöhle aus und gelangen in die Blutbahn … Eine Operation ist unumgänglich … Es besteht höchste Lebensgefahr.*

Bei der Einlieferung ins Krankenhaus soll ich der Schwester den Namen einer nahestehenden Person nennen, die benachrichtigt werden kann.

»Mein Partner, Lars Petersen.«

»Wie lautet seine Anschrift?«

»Bornstraße 6, 2000 Hamburg 13.«

»Und die Telefonnummer?«

»413 403. Er ist verreist und erst ab heute Abend wieder in Hamburg.«

»Können wir ihn vorher telefonisch erreichen?«

»Nein.«

»Und sonst haben Sie keine Angehörigen?«

»Doch … mein Sohn lebt in Berlin … und mein Vater in Irland. Aber die beiden möchte ich nicht beunruhigen.«

»Ich würde dennoch gerne ihre Namen notieren. Wie heißt Ihr Sohn?«

»Thorsten Elbracht.«

»Und Ihr Vater?«

»Oskar Greve. Ihre Telefonnummern weiß ich nicht auswendig.«

»Es reicht, wenn wir die Nummer des Partners haben«, höre ich eine andere Schwester sagen.

Mir wird Blut abgenommen, eine Ärztin tastet meinen Bauch ab und macht eine Ultraschalluntersuchung. Sie will wissen, ob ich in den letzten vierundzwanzig Stunden etwas gegessen hätte. Ich schüttele den Kopf.

Im Vorraum des Operationssaals spricht ein Anästhesist mit mir. Seine Stimme scheint von weit her zu kommen. Es geht um mögliche Komplikationen bei der Operation. Die Durchtrennung des Harnleiters oder Ähnliches. Mir ist alles egal. Ich unterschreibe die Formulare.

Die Schmerzen sind so schlimm, dass ich die Beine nicht mehr ausstrecken kann.

»Sie bekommen jetzt eine Spritze, die die Vollnarkose in Gang setzen wird«, höre ich jemanden sagen.

Kurz darauf verliere ich das Bewusstsein.

47

Oskar mäht den Rasen, der es dringend nötig hat.

Über eine Woche ist seit Katharinas Abreise vergangen. Sie rief noch am selben Abend an, um zu sagen, dass die Reise sehr gut geklappt hätte.

»War bei dir zu Hause alles in Ordnung?«

»Ja. Hab vielen Dank für die schönen Tage.«

»Ich danke dir … dafür, dass du mich gesucht hast.«

»Morgen fange ich an, die Fotos zu entwickeln. Und dann schicke ich dir ein paar Abzüge.«

»Ich bin gespannt.«

Noch hat er keinen Brief von ihr bekommen, aber die Post von Deutschland nach Irland ist manchmal recht lange unterwegs.

Am letzten Mittwoch meldete sich Lukas, um ihm zu sagen, wie sehr er sich über seinen Brief gefreut habe. Er hätte gewusst, dass es nur eine Frage der Zeit sei, bis seine Tochter ihn finden würde. Wie schön, dass er jetzt eine Familie habe. Oskar hatte ihm noch einmal von Herzen gedankt. Und Lukas hatte ihm versprochen, ihm seine Memoiren zu schicken. Im Juli oder August wollen sie sich in Hamburg treffen.

Gestern, am Pfingstmontag, hat er versucht, Katharina anzurufen, doch sie war nicht da. Er hat eine kurze Nachricht auf ihren Anrufbeantworter gesprochen; bisher hat sie sich nicht gemeldet. Oskar weiß nicht, ob er sich Sorgen machen soll. Vielleicht hat sie kurzfristig beschlossen, über Pfingsten für ein paar Tage wegzufahren. Sie ist ihm keine Rechenschaft darüber schuldig, wo sie sich aufhält.

Hat das Telefon geklingelt? Er schaltet den Rasenmäher aus. Ja. Das könnte sie sein.

Auf dem Weg ins Haus fällt er beinahe über die Gartenschere.

»Oskar Greve.«

»Mein Name ist Lars Petersen. Ich …«

»Oh, Sie sind der Partner von Katharina, stimmt's?«

»Ja. Ich habe leider schlechte Nachrichten.«

»… Was ist passiert?«

»Katharina hatte einen Blinddarmdurchbruch.«

Oskar wird schwindelig. Langsam sinkt er auf einen Stuhl.

»Es war eine sehr schwere Operation. Jetzt liegt sie auf der Intensivstation im Universitätskrankenhaus Eppendorf.«

»Aber … wie ist so etwas möglich? Es ging ihr doch gut.«

»Ja. Bis Freitagabend hatte sie keinerlei Beschwerden. Unglücklicherweise war ich mit meiner Tochter und meinem Vater in den letzten Tagen verreist. Katharina und ich haben am Samstag und am Sonntag mehrmals telefoniert. Sie sagte mir, dass ihr schlecht geworden sei. Wahrscheinlich hätte sie etwas Falsches gegessen. Ich habe sie gefragt, ob sie Fieber hätte. Das glaube sie nicht, meinte sie. Und mein Angebot, nach Hamburg zurückzukommen, fand sie völlig übertrieben.«

Oskar kann sich Katharinas Tonfall vorstellen. Sie wird sich zusammengerissen haben.

»Irgendwann sagte sie, dass sie keine Schmerzen mehr hätte, sondern nur noch schlapp sei. Und am Sonntag ist sie sogar aufgestanden. Es klang, als ob sie auf dem Weg der Besserung sei. Ich mache mir solche Vorwürfe.«

Es darf nicht sein, dass seine Tochter, die er gerade erst kennengelernt hat, in Lebensgefahr schwebt …

»Als ich sie gestern Morgen telefonisch nicht erreichen konnte, habe ich es plötzlich mit der Angst bekommen. Wir sind sofort aufgebrochen. Und zu Hause fand ich dann auf meinem AB die Nachricht aus der Klinik vor. Ich bin gleich hingefahren, aber ich durfte Katharina nicht sehen. Man hat sie in ein künstliches Koma versetzt.«

»… was sagen die Ärzte?«

»Dass wir abwarten müssen, wie die Dinge sich entwickeln. Katharina bekommt Infusionen mit hohen Antibiotika-Dosierungen, und durch eine Drainage wird der Eiter aus der Bauchhöhle abgeleitet.«

»Besteht die Gefahr einer Blutvergiftung?«

»Ja …«

Oskar schluckt.

»Ich bin jetzt in ihrer Wohnung, und hier habe ich Ihre Telefonnummer entdeckt. Katharina war so glücklich darüber, dass sie Sie gefunden hat. Von daher dachte ich, dass es in ihrem Sinne wäre, Sie anzurufen.«

»Natürlich. Ich werde so schnell wie möglich nach Hamburg kommen.«

»Das habe ich gehofft … Kann ich Ihnen irgendwie behilflich sein? Brauchen Sie ein Hotelzimmer?«

»Danke, ich …«

»Oder werden Sie bei Freunden wohnen?«

Oskar fährt sich über die Stirn. Es gibt niemanden, bei dem er unterkommen könnte.

»Vielleicht wollen Sie auch erst einmal in Ruhe darüber nachdenken.«

»Nein, Sie haben recht. Ich sollte irgendwo ein Zimmer buchen. Können Sie mir ein Hotel in der Nähe des Krankenhauses nennen?«

»Direkt in der Nähe vom UKE gibt es nichts Passendes. Ich würde Ihnen das *Hanseatic* in der Sierichstraße 150 empfehlen. Nicht weit entfernt ist eine Bushaltestelle. Und von dort fahren Sie nur sieben Minuten bis zum UKE.«

»Danke.«

Oskar notiert sich die Kontaktdaten von Lars Petersen und verspricht, ihm Bescheid zu sagen, sobald er weiß, wann er in Hamburg ankommen wird.

»Haben Sie Katharinas Sohn schon benachrichtigt?«

»Ja, er ist auf dem Weg hierher.«

Jetzt wird er seinem Enkel viel früher als erwartet begegnen. Und das in einer so schwierigen Situation.

Am nächsten Morgen sitzt Oskar in einer Maschine nach London. Von dort wird es weiter nach Hamburg gehen. Ohne die Hilfe von David und Dervla wäre es ihm nicht gelungen, so schnell aufzubrechen. Sie haben ihm ein Reisebüro empfohlen, in dem er kurzfristig Flüge buchen konnte. Und dort hat er auch ein Einzelzimmer im Hotel *Hanseatic* reservieren lassen. Auf die Frage der Mitarbeiterin, wie lange er in Hamburg bleiben wolle, wusste er nicht, was er antworten sollte.

»Zwei Wochen, vielleicht auch länger«, sagte er schließlich.

»Und wann fliegen Sie zurück?«

»Das möchte ich offenlassen.«

Er schließt die Augen. Sieht Ingrid vor sich. Ob sie käme, wenn sie wüsste, wie krank Katharina ist?

Was für ein müßiger Gedanke.

48

Ich tauche am Meeresboden entlang, es ist dunkel und kalt, Algen schlingen sich um meine Beine. Kleine und große Fische gleiten an mir vorbei, Schwanzflossen treffen mich im Gesicht, ein Hai schwimmt auf mich zu. Ich will schreien, sauge an meinem Mundstück, verschlucke mich beinahe. Ich rudere mit den Armen, stoße mich an einem Felsen, finde die Öffnung zu einer Höhle. Hier ist es noch dunkler. Wieso bewegt sich der Boden? Ich taste mich vor und sehe, es sind Aale, die hier laichen, Hunderte von Aalen. Den Anblick ertrage ich nicht. Wo ist der Ausgang? Ich muss raus hier. Raus hier. Kriege keine Luft mehr.

49

Auf der Fahrt vom Flughafen zum Hotel nimmt Oskar die Umgebung zunächst kaum wahr. Er will so schnell wie möglich sein Gepäck im Hotel abgeben und dann versuchen, Katharina zu sehen.

Doch als sie Winterhude erreichen, kann er nicht umhin zu spüren, wie vertraut ihm die Straßen und die Gebäude sind. Er hat nie in diesem Stadtteil gewohnt, aber in Winterhude liegt das Johanneum. Erst jetzt wird ihm bewusst, dass das Hotel höchstens zehn Minuten zu Fuß von seiner alten Schule entfernt ist.

Das *Hanseatic* wirkt eher wie eine private Stadtvilla. Es ist frisch restauriert und hat sicherlich nicht mehr als zehn oder zwölf Zimmer. Er wird freundlich begrüßt. Sein Zimmer ist mit schönen, alten Möbeln eingerichtet. Es zeigt zum Garten, vor Oskars Fenster steht eine Birke. Hier wird er zwischendurch etwas Ruhe finden. Katharina muss mit Lars ausführlich über ihn gesprochen haben, sonst hätte er ihm nicht eine so passende Unterkunft empfehlen können.

Auf Oskars Frage hin, ob es schneller sei, mit dem Taxi oder mit dem Bus zur Uni-Klinik zu fahren, rät ihm der Besitzer, jetzt, in der Hauptverkehrszeit, den Bus zu nehmen.

Er braucht tatsächlich nur sieben Minuten bis zum Haupteingang des Krankenhauses. Wesentlich länger dauert es, den Eingang zur Intensivstation zu finden. An der Tür hängt ein Schild mit der Aufschrift *Kein Zutritt*. Er wartet, bis eine Schwester herauskommt, und erklärt ihr, wer er sei. Sie weist ihn ab. Als er verlangt, einen Arzt zu sprechen, bittet sie ihn zu warten. Nach einer halben Stunde teilt ihm ein müde aussehender junger Arzt mit, dass Katharina Elbracht noch im künstlichen Koma liege und ein Besuch von daher nicht möglich sei.

»Hallo, Oskar«, hört er da eine Stimme hinter sich sagen.

Er dreht sich um. Vor ihm steht ein junger Mann mit langen, dunklen Locken und Katharinas hellblauen Augen. »Thorsten …« Er will ihm erst die Hand geben, doch dann nimmt er ihn in die Arme.

»Ich wusste von Lars, dass du heute Nachmittag in Hamburg landen würdest. Und da dachte ich mir, dass ich dich wahrscheinlich hier treffe.«

»Wie hast du mich erkannt?«

»Von Mamas Fotos.«

»Warst du schon bei Katharina?«

»Nein, sie lassen niemanden zu ihr, auch Lars nicht.«

Oskars Herz klopft. »… hat sich ihre Situation verschlechtert?«

»Ich glaube nicht. Lars haben sie gesagt, dass das künstliche Koma vielleicht morgen zurückgefahren wird.«

»Wirklich? Das würde bedeuten, dass sie über den Berg ist.«

Thorsten nickt. »Aber sicher ist es nicht.«

»Sollen wir morgen früh wiederkommen?«

»Genau. Jetzt fahren wir erst mal zu uns … ich meine, zu mir. Und nachher holt Lars uns ab; dann gibt's bei ihm was zu essen.«

»Ihr habt ja einen richtigen Plan gemacht.«

»Na, klar. Wenn mein Opa aus Irland kommt …«

Thorsten lächelt, aber Oskar sieht die Angst in seinen Augen.

Sie fahren ein paar Stationen mit dem Bus und laufen

noch ein Stück zu Fuß. Katharinas Wohnung liegt im dritten Stock eines Altbaus. Sie ist hell und geräumig. Die Abendsonne taucht die Dielen in ein warmes Licht.

An der Garderobe hängt die Jacke, die Katharina in Irland anhatte. Und im Regal entdeckt er ihre Turnschuhe. Auf der letzten Wanderung hatte sie ihm verkündet, dass sie sich nach ihrer Rückkehr richtige Wanderstiefel kaufen wolle.

»Möchtest du einen Espresso?«

»Ja, gern.« Oskar folgt Thorsten in die Küche.

Auf dem alten Eichentisch steht eine Vase mit verblühten gelben Rosen. Daran lehnt ein Zettel: *Herzlich willkommen. Ich freue mich sehr, daß Deine Reise nach Irland so erfolgreich war. Kuß, Dein L.*

»Setz dich doch. Lars schreibt Mama immer solche Zettel. Und Blumen kriegt sie auch jedes Mal, wenn sie weg war.«

»Er scheint sehr fürsorglich zu sein.«

»Das kann mal wohl sagen. Mir würde so was total auf die Nerven gehen, aber Mama hält es jetzt schon ziemlich lange mit ihm aus.«

Oskar schaut Thorsten zu, wie er mit geübter Handbewegung den Espresso in zwei dunkelgrüne Mokkatassen mit Goldrand gießt.

»Zucker?«

»Ja, danke. Lars macht sich große Vorwürfe, weil er über Pfingsten nicht da war.«

»Das hat er mir auch gesagt. Aber Mama ist ungeheuer hart sich selbst gegenüber, eine richtige Einzelkämpferin. Sie wollte bestimmt nicht wahrhaben, dass sie Hilfe brauchte. Sonst hätte sie ja auch mich anrufen können. Oder dich.«

Oskar nickt.

»Dazu kommt, dass Blinddarmentzündungen sich manchmal wirklich innerhalb von wenigen Stunden entwickeln.«

»Ja, aber ein Durchbruch ... Ich kann es immer noch nicht richtig fassen, dass Katharina so krank ist.«

»Ich auch nicht ...«

Sie verfallen in Schweigen. Oskar trinkt seinen Espresso aus. Er merkt plötzlich, wie erschöpft er ist. Heute Nacht hat er kaum geschlafen.

»Soll ich dir den Rest der Wohnung zeigen?«

»... ja.«

»In meinem Zimmer sieht es leider etwas chaotisch aus.«

»Das macht nichts.«

Sie gehen langsam von Raum zu Raum. Oskar ist seltsam zumute, Katharinas Welt kennenzulernen, ohne dass sie dabei ist.

Als Letztes betreten sie ihr Arbeitszimmer. Auf ihrem Schreibtisch sieht er das Foto von Ingrid und ihm, daneben verschiedene Stapel mit Landschaftsaufnahmen und Portraits. Auf einem liegt ein Zettel: *Für Oskar.*

Thorsten legt ihm die Hand auf den Arm. So stehen sie eine Weile, ohne etwas zu sagen.

Später kommt Lars, um sie abzuholen. Er ist ein ruhiger, besonnener Mensch, zu dem Oskar sofort Vertrauen fasst.

Bei ihm zu Hause essen sie Spaghetti Bolognese. Seine Tochter Andrea redet ununterbrochen. Über ihren unmöglichen Mathelehrer, ihr nächstes Handballturnier und eine untreue Freundin, die nur noch Zeit für ihren Freund hat. Thorsten sieht aus, als wolle er jeden Augenblick aufstehen und das Zimmer verlassen. Aber dann überstehen sie den Abend doch gemeinsam.

Oskar ist erleichtert, als Lars ihn um zehn vor dem Hotel absetzt.

»Machen Sie sich bitte keine Vorwürfe mehr«, sagt er beim Abschied.

»Danke, dass Sie das so sehen, aber …«

»Vielleicht geht es Katharina morgen schon besser.«

»Ja, das wollen wir hoffen.«

In Oskars Zimmer ist die Bettdecke zurückgeschlagen. Auf dem Nachttisch steht ein Schälchen mit zwei Pralinen. An der Lampe lehnt eine kleine Karte mit der Aufschrift: *Gute Nacht.*

50

Was sind das für Geräusche? Das Licht ist so grell. Ich habe Durst.

»Frau Elbracht?«

Woher kommt die Stimme?

»Hören Sie mich?«

Ich nicke.

»Sie erwachen jetzt langsam aus der Narkose …«

Was ist das für ein Druck im Hals? Ich atme gegen einen Widerstand. Meine Kehle fühlt sich eng an, viel zu eng.

»Bleiben Sie ganz ruhig … Sie haben noch einen Beatmungsschlauch … Es kann nichts passieren … Ein Gerät versorgt Sie mit Luft …«

Ich schließe die Augen. Versuche zu schlucken. Mein Mund ist so trocken.

»Wir drehen Sie gleich vorsichtig auf die Seite … und dann wollen wir …«

Die Stimme wird leiser.

Ich bin so müde.

51

Am Donnerstagmorgen treffen sich Oskar und Thorsten im Wartebereich vor der Intensivstation. Als sie sich nach Katharinas Befinden erkundigen, erklärt ihnen der Arzt, dass das künstliche Koma zurückgefahren worden sei, aber nach so einer langen Narkose dauere das Aufwachen viele Stunden und vollziehe sich in Etappen. Er rät ihnen, gegen achtzehn Uhr wiederzukommen. Wobei nicht sicher sei, dass Besucher dann zugelassen würden. Es hänge alles vom Verlauf der nächsten Stunden ab.

»Ist es okay, wenn ich bis dahin nach Hause fahre?«, fragt Thorsten.

»Natürlich«, antwortet Oskar.

»Ich will versuchen zu arbeiten und … ich kann im Moment auch gar nicht reden.«

»Das geht mir genauso.«

Oskar verbringt den Tag im Eppendorfer Park und in einem Café, wo er Zeitung liest und ein Stück Kuchen bestellt, das er nur mit Mühe essen kann.

Auf dem Weg zum Krankenhaus merkt er, dass er von dem Gelesenen nichts behalten hat.

Er kommt fast gleichzeitig mit Lars und Thorsten im Warteraum an. Der Arzt teilt ihnen mit, dass Katharina Elbracht noch nicht durchgehend wach sei. Dennoch könne er es vertreten, dass sie sie nacheinander, für jeweils ein bis zwei Minuten, sehen dürften.

Thorsten gibt Lars einen kleinen Knuff. »Geh du mal zuerst.«

»Oder wollen Sie …?«, fragt Lars.

Oskar schüttelt den Kopf.

Er sieht, wie Lars tief Luft holt und dann dem Arzt folgt.

Als er kurz darauf zu ihnen zurückkommt, ist er sehr blass.

»Hat sie dich erkannt?«, fragt Thorsten.

»Ja … sie hat nach dir gefragt …«

»Dann solltest du jetzt gehen«, sagt Oskar.

Er wartet, bis Thorsten hinter der Tür verschwunden ist. »Wie war Ihr Eindruck?«

Lars seufzt. »Sie ist ganz unruhig … und ziemlich verwirrt. Offenbar hört sie irgendwelche Stimmen …«

»Ich glaube, solche Halluzinationen sind als Nachwirkung der Narkose nicht ungewöhnlich.«

»Das kann sein. Ich kenne mich mit diesen Dingen nicht aus.«

Es dauert etwas länger, bis Thorsten wiederkommt.

Er wirkt auch zutiefst erschrocken. »Sie wusste, wer ich bin. Aber dann hat sie mich auf einmal gefragt, ob die Aale noch da seien …«

Als Oskar Katharinas Zimmer betritt, hat sie die Augen geschlossen. Vielleicht waren die beiden Besuche schon zu anstrengend für sie.

Die Patientin im Nachbarbett scheint ebenfalls zu schlafen. Überall ticken Geräte. Eine Krankenschwester prüft eine von Katharinas Infusionen.

»Soll ich wieder gehen?«, fragt Oskar leise.

»Sind Sie der Vater?«

»Ja.«

»Warten Sie ruhig noch etwas. Vielleicht wacht Ihre Tochter gleich wieder auf.«

Oskar betrachtet Katharinas Gesicht. Es ist bleich und sehr schmal.

Plötzlich gibt sie einen seltsamen Laut von sich. Hat sie Schmerzen? Oskar greift nach ihrer Hand.

Sie öffnet die Augen und schaut ihn an.

»Katharina, ich bin's, Oskar … dein Vater.«

Sie erkennt ihn nicht.

52

Ich habe keine Erinnerung an die letzte Woche, weiß nur, dass ich viele Albträume hatte. Irgendwann haben sie den grässlichen Schlauch aus meinem Hals entfernt, und dann ging der Druck weg. Ich musste furchtbar husten, und dabei tat die Wunde am Bauch noch mehr weh, aber allmählich konnte ich wieder eigenständig atmen. Meine Arme und Beine waren so schwer, sie ließen sich kaum bewegen. Das ist jetzt auch besser.

Angeblich sollen Lars, Thorsten und mein Vater mich mehrmals besucht haben. Ist Oskar wirklich aus Irland angereist?

Der Arzt sagt, dass mein Kreislauf sich einigermaßen stabilisiert habe. Ich schlafe nicht mehr ganz so viel. Und heute Morgen hat mir die Schwester geholfen, für kurze Zeit im Stuhl zu sitzen.

»Mama?«

»Thorsten, wie schön, dich zu sehen.«

»Geht's dir etwas besser?«

»Ja.«

»Du machst vielleicht Sachen. Wir haben echt Angst um dich gehabt.«

»Es war wohl ziemlich knapp …«

»Und wie!«

»Hast du schon mal was vom ›faulen Frieden‹ gehört?«

»Nein.«

»So nennt man das Intervall, wenn nach dem Blinddarmdurchbruch die Schmerzen für kurze Zeit nachlassen. Das hat mir der Notarzt auf der Fahrt zum Krankenhaus erklärt. Am Sonntagabend tat mir plötzlich nichts mehr weh, und ich bin ins Bett gegangen, anstatt etwas zu unternehmen.«

»Du hättest sterben können …«

»Ja … Thorsten, ich wollte dir noch einmal sagen, wie leid es mir tut, dass ich all die Jahre nicht mehr für dich da war.«

»Das spielt doch jetzt gar keine Rolle mehr.«

»Du sollst es aber wissen.«

»Ist gut.«

»Ich bin froh, dass wir es in der letzten Zeit etwas leichter miteinander hatten.«

»Das stimmt.«

»Ohne dich hätte ich Oskar nicht gefunden.«

»Der ist übrigens auch hier.«

»Dann habe ich das nicht geträumt?«

»Nein.« Thorsten streicht mir kurz über die Hand. »Ich hol ihn mal.«

»Danke.«

Ich hätte ihm sagen sollen, dass ich eine kurze Pause brauche. Ich bin wieder so müde.

Doch da betritt Oskar schon das Zimmer. Er wirkt viel älter als bei unserem Abschied vor knapp zwei Wochen.

»Ich habe mir solche Sorgen um dich gemacht.«

»Das war wirklich eine blöde Geschichte.«

»Wie fühlst du dich jetzt?«

»Sehr schlapp, aber wenigstens werde ich nicht mehr künstlich beatmet.« Ich trinke einen Schluck Wasser. Mein Mund ist immer noch so trocken. »Seitdem ich wieder bei Bewusstsein bin, habe ich viel nachgedacht.«

»Worüber?«

»Über den Tod … und meinen Beruf. Als ich in Äthiopien war, hatte ich plötzlich Angst, dass ich sterben könnte, bevor ich dich gefunden habe. Und jetzt wäre ich fast an einem geplatzten Blinddarm gestorben.«

»Der Tod kann uns überall ereilen.«

»Ja …« Mich überfällt wieder die Müdigkeit.

»Katharina, ich sehe dir an, wie erschöpft du bist. Lass uns morgen weiterreden.«

»… ich wollte dir noch etwas Wichtiges sagen.« Es fällt mir schwer, die Augen offen zu halten.

»Hat das nicht Zeit?«

»Nein … neulich war ich doch schon so weit zu glauben, dass ich nie wieder in Kriegsgebieten fotografieren könnte, weil ich zu viel Angst um mein Leben hätte … Die Angst habe ich nicht mehr.«

»Würdest du denn gerne weitermachen?«

»Ja. Es ist mein Beruf. Ich kann gar nicht anders.«

»Dann wirst du es auch schaffen. Aber erst mal musst du gesund werden.«

Ich nicke.

Im nächsten Moment bin ich eingeschlafen.

53

»Frau Elbracht?«

Es fällt mir schwer zu atmen.

»Hören Sie mich?«

»… ja.«

»Ich will Ihnen helfen, sich aufzurichten.«

»… heute nicht. Ich bin so müde …«

Verschiedene Stimmen reden durcheinander … Verschlechterung der Blutwerte … erneute Intubation … Bekomme ich wieder diesen Schlauch?

»Katharina?«

Ist das Lars? Ja … ich sehe die Angst in seinem Blick.

»Was … ist mit dir?«

»Ich habe keine Kraft mehr …«

»Kann ich etwas tun? Willst du einen Schluck Wasser?«

»Nein, danke. Ich … verzeih mir, dass ich dich im Frühjahr so verletzt habe … Es waren gute Jahre mit dir …«

»Und es werden noch viele folgen.«

Vor meinen Augen verschwimmt alles. Da sind wieder diese Stimmen … Sepsis … Sie müssen jetzt gehen … Das können wir Ihnen leider nicht sagen …

54

Oskar hatte Hoffnung geschöpft, weil es Katharina zwei, drei Tage lang etwas besser zu gehen schien.

Doch am Dienstag erfährt er von Lars, dass sich ihr Zustand aufgrund der Blutvergiftung, die durch den geplatzten Blinddarm hervorgerufen wurde, wesentlich verschlimmert habe. Die Ärzte hätten eine erneute Intubation mit kontrollierter Beatmung und Sedierung veranlasst. Sie sei nicht mehr bei Bewusstsein.

Er ruft Lukas an und schildert ihm, was passiert ist.

»Das klingt sehr ernst.«

»Hat meine Tochter überhaupt eine Chance zu überleben?«

»Die Sepsis ist eine äußerst gefährliche Erkrankung. Dennoch gibt es immer wieder Menschen, die sie überstehen.«

Am Freitag wird ein Luftröhrenschnitt durchgeführt, um die Beatmung zu erleichtern, aber Katharinas Zustand verändert sich nicht.

Drei Tage später spricht der Arzt von einem schweren septischen Krankheitsbild mit kontinuierlicher Verschlechterung des Allgemeinzustands, Fieberschüben, einem stark beschleunigten Puls und Abfall des Blutdrucks.

»Wie ist Ihre Prognose?«

»Wir müssen es abwarten.«

Oskar hat eingekauft und eine Gemüsesuppe gekocht, weil Thorsten und er seit Tagen nichts Richtiges mehr gegessen haben.

»Sie wird sterben, oder?«

»Noch ist alles möglich …« Oskar versucht, seiner Stimme einen festen Klang zu geben. Es gelingt ihm nicht.

55

Ich bin eingeschlossen in einem kalten Gebäude ohne Licht. Von überallher höre ich Schüsse. Jemand drückt mir von hinten die Kehle zu. Loslassen!, schreie ich. Es gibt noch so viel zu tun.

Schemenhafte Gesichter in Schwarz-Weiß ziehen an mir vorbei. Thorsten … Maria … Lars … Ingrid … Oskar …

Die Konturen werden schwächer …

Verschwinden im Dunst …

Es wird dunkel …

56

Heute ist Sommeranfang. Die Sonne scheint, im Hotelgarten blühen Lupinen.

Nach dem Frühstück fährt Oskar zur Klinik. Eine seltsame Aufregung erfasst ihn. Vielleicht hat diese Nacht eine Wende gebracht.

Die Schwester schaut ihn ruhig an. Es täte ihr leid, sagt sie und stockt für einen Moment. Katharina Elbracht sei in den frühen Morgenstunden verstorben.

Zehn Tage vor ihrem fünfundvierzigsten Geburtstag.

Fünf Wochen nachdem er von ihrer Existenz erfahren hat.

EPILOG

Oktober 2015

Oskar lebt seit zehn Jahren in einer Seniorenresidenz in Hamburg. In den Wicklow Mountains war es ihm zu einsam und zu beschwerlich geworden. Thorsten hatte ihn regelmäßig dort besucht und ihm Anfang 2005 vorgeschlagen, nach Hamburg zurückzukehren, wo er seit dem Ende seines Studiums auch wieder lebt. Er ist Redakteur beim NDR und verheiratet mit Sandra, einer Übersetzerin. Vor acht Jahren wurde ihre Tochter Sophie geboren. Nachher werden die drei ihn zum Kaffeetrinken abholen.

Vor Oskar auf dem Tisch liegt der Katalog der Ausstellung vom Oktober 1990: *Katharina Elbracht – 30 Jahre Photographie aus Krisen- und Kriegsgebieten*. Es war sehr schmerzlich, vier Monate nach ihrem Tod durch die Ausstellung zu gehen und so viele Etappen aus ihrem Leben kennenzulernen, ohne mit ihr darüber sprechen zu können. Das Foto von den Demonstranten, die in der Stasi-Zentrale auf dem Fußboden hocken und Aktenberge durchwühlen, hatte er im Januar 1990 in der *Irish Times* gesehen. Und immer wieder kehrte er zu dem Bild von den zwei winzigen toten Babys in Äthiopien zurück.

Vieles von dem, was Katharina fotografiert hat, erinnert ihn an seine Erfahrungen im Krieg und in der Gefangenschaft.

Es ist, als ob seine Tochter all die Jahre etwas von ihm in sich getragen hätte.

Renate Ahrens

DAS GERETTETE KIND

ROMAN

Als sich die achtzehnjährige Irin Rebecca in den deutschen Austauschstudenten Jonas verliebt, rührt sie an ein altes Familien-Tabu. 1939 wurde ihre Großmutter Irma als Zwölfjährige mit einem jüdischen Kindertransport aus Nazi-Deutschland gerettet – der hohe Preis dafür war der Verlust der Eltern und Freunde. Dieses Trauma begleitet Irma und ihre Familie ihr ganzes Leben. Nun beginnt Rebecca, Fragen zu stellen. Ihre Nachforschungen reißen alte Wunden auf, eröffnen Irma aber auch die Möglichkeit, ihr Schweigen zu brechen und von damals zu berichten – von ihrem Schicksal und einer Schuld, die sie auf sich lud.

DROEMER